ストライク・ザ・ブラッド
APPEND 4
三雲岳斗
illustration マニャ子

Contents

デザイン／渡邊宏一（ニイナナニイゴオ）

ストライク・ザ・ブラッド
APPEND
4

第一話

人工島の落日

「くくく……他愛もない。斯様《かよう》な小細工、我《わ》が手にかかれば児戯《じぎ》のごとし」

放課後の空き教室。通称《つうしょう》〝マゾ部〟こと、魔族特区研究部《まぞくとっくけんきゅうぶ》の部室。

机の上に置いた鏡に向かって、制服姿の小柄《こがら》な少女が勝《か》ち誇《ほこ》ったように言い放つ。

光の加減で、虹《にじ》のように色を変えていく鮮《あざ》やかな金髪《きんぱつ》。そして炎《ほのお》のように輝《かがや》く碧《あお》い瞳《ひとみ》。

人形のような精緻《せいち》な美貌《びぼう》の持ち主だが、無邪気《むじゃき》に笑う表情は幼い。

今の少女の姿から、彼女《かのじょ》がかつて第四真祖《だいよんしんそ》と呼ばれた世界最強の吸血鬼《きゅうけつき》だったと想像できる者はいないだろう。

十二番目の〝焔光の夜伯《カレイドブラッド》〟アヴローラ・フロレスティーナ——

それが彼女《かのじょ》の名前だった。

「アヴローラちゃん、自分で制服のリボン結べるようになったんだ。すごいね。結び目も綺麗《きれい》だし、これで体育のあとの着替《きが》えもばっちりだね」

誇《ほこ》らしげにリボンを見せびらかすアヴローラを、暁凪沙《あかつきなぎさ》が素直《すなお》に褒《ほ》め称《たた》えた。

甘《あま》やかし過ぎと言われればそのとおりだが、何百年もの間、氷の中で眠《ねむ》り続《つづ》けていたアヴローラは現代社会の風俗《ふうぞく》に疎《うと》い。学校の制服を着ること自体が、彼女《かのじょ》にとってはいまだに新鮮《しんせん》な経験であり、そんなアヴローラが自力でリボンの結び方を覚えたというのは、涙《なみだ》ぐましい努力の結果なのだった。

「はい、こっちも終わったよ。どう？」

そして凪沙《なぎさ》はもう一枚の鏡を取り出して、アヴローラの後頭部を映し出した。

三つ編みにした髪《かみ》を王冠《おうかん》風に巻きこんだゴージャスなハーフアップ。凪沙《なぎさ》は、アヴローラがリボンと格闘《かくとう》している間に、彼女《かのじょ》の特徴《とくちょう》的《てき》な金髪《きんぱつ》をアレンジして遊んでいたのだ。

「ふわぁぁ……ほ、褒《ほ》めてつかわす……！」

目を大きく見開いたアヴローラが、興奮で鼻息を荒《あら》くしながら、尊敬の眼差《まなざ》しを凪沙《なぎさ》に向ける。

「あはは、ありがと」

人懐《ひとなつ》こい小動物のようなアヴローラを、よしよしと撫《な》でて抱《だ》きしめる凪沙《なぎさ》。吸血鬼《きゅうけつき》と人間――人種どころか種族すら違《ちが》う二人だが、こうしているとまるで本当に姉妹《しまい》のようだ。

「仲良しですね、凪沙《なぎさ》ちゃんとアヴローラさん」

じゃれ合う二人の姿を眺《なが》めて、姫柊雪菜《ひめらぎゆきな》が柔《やわ》らかく微笑《ほほえ》んだ。

凪沙《なぎさ》とアヴローラは、正式にはマゾ部の部員ではない。今日は、先輩《せんぱい》である藍羽浅葱《あいばあさぎ》に急ぎの用があると言われて、部室に呼び出されたらしい。凪沙《なぎさ》たちが部室を訪《おとず》れるのは初めてなので、今日は雪菜《ゆきな》が二人の引率者《いんそつしゃ》的なポジションである。

「あいつら、ある意味、姉妹《しまい》みたいなものだからな」

部室に用意されていた菓子《かし》をつまみながら、暁古城《あかつきこじょう》は苦笑《くしょう》した。

アヴローラ・フロレスティーナは、過去に一度死んでいる。

殺神兵器《さつじんへいき》として造られた第四真祖《だいよんしんそ》に仕掛《しか》けられていた悪意ある罠《ブービートラップ》――〝原初のアヴローラ〟の暴走を止めるために、彼女《かのじょ》は自ら死を選んだのだ。

そんなアヴローラを救ったのは、凪沙《なぎさ》だった。

強い霊媒《れいばい》の力を持っていた凪沙《なぎさ》は、消滅《しょうめつ》するはずだったアヴローラの魂《たましい》を受け入れ、自分の中に封印《ふういん》した。そしてアヴローラが再び肉体を得て復活するまで、彼女《かのじょ》たちは文字どおりの一心同体として過ごしていたのだ。

そのせいか、二人は今でも仲がいい。面倒見《めんどうみ》のいい凪沙《なぎさ》にとって、世間知らずなアヴローラは、世話の焼きがいがある妹分といったところなのだろう。

「あの……先輩《せんぱい》は、アヴローラさんのこと……」

優《やさ》しげに目を細める古城《こじょう》をチラチラと見ながら、雪菜《ゆきな》がぼそりと呟《つぶや》きを洩《も》らす。

「え？」

「い、いえ……なんでもないです」

訊《き》き返してくる古城《こじょう》から、雪菜《ゆきな》は慌《あわ》てて目を逸《そ》らした。

物言いたげな雪菜《ゆきな》の態度に古城《こじょう》は怪訝《けげん》な表情を浮《う》かべたが、それについてなにかを尋《たず》ねることはできなかった。部室のドアが勢いよく開いて、新たな生徒が駆《か》けこんできたからだ。

制服をセンス良く着崩《きくず》した、華《はな》やかな髪型《かみがた》の女子生徒。

雪菜《ゆきな》たちをこの場に呼び出した張本人の藍羽浅葱《あいばあさぎ》である。

「ごめん、お待たせ」

　軽く息を弾《はず》ませたまま、浅葱《あさぎ》は運んできた大きな段ボールを机の上に置いた。

　それから彼女《かのじょ》は、ちょうどいいところに、と言いたげな事務的な視線を古城《こじょう》に向ける。

「あ、古城《こじょう》。那月《なつき》ちゃんが呼んでたわよ。今すぐに教官室まで来てくれって」

「那月《なつき》ちゃんが？」

　不吉《ふきつ》な予感に襲《おそ》われて、古城《こじょう》は思わず顔をしかめた。これまでの経験上、南宮那月《みなみやなつき》からの呼び出しを喰《く》らって、何事もなかった記憶《きおく》がほとんどないからだ。

「なんの用事だ？　出席日数は足りてるよな？　最近は赤点も取ってないし……」

「知らないけど、攻魔局方面《けいさつ》の話みたいよ。急いでたみたいだから、さっさと行ったほうがよくない？」

「なんか嫌《いや》な予感しかしないんだが……」

　どんよりとした気分になりながら、古城《こじょう》は渋々《しぶしぶ》と立ち上がる。

「悪い、凪沙《なぎさ》、アヴローラ。今日は先に帰っててくれ」

「はいはい。頑張《がんば》ってね、古城君《こじょう》」

「よかろう。汝《なんじ》の願い、聞き入れた」

「大袈裟《おおげさ》なやつだな」

　言葉とは裏腹にしょんぼりと肩《かた》を落とすアヴローラの頭を、古城《こじょう》はぽんぽんと軽く撫《な》でた。

再会した当初こそぎこちなかった二人だが、そんな古城《こじょう》も今ではすっかりアヴローラに対して、実の妹と同じような親しげな距離感《きょりかん》で接している。

そんな古城《こじょう》の後ろ姿を、雪菜《ゆきな》は複雑そうな態度で見送った。

先代の第四真祖《だいよんしんそ》であるアヴローラが古城《こじょう》の庇護下《ひごか》にあるのは、余計なトラブルを避《さ》けるという意味で、日本政府としても歓迎《かんげい》すべき状況《じょうきょう》だ。

獅子王機関《ししおうきかん》から派遣《はけん》されている監視《かんし》役の雪菜《ゆきな》が、不満に思う理由はない。

にもかかわらず、雪菜《ゆきな》の表情は晴れない。

もやもやとした感情を抱《いだ》いてしまう自分自身に困惑《こんわく》しているのだ。

そんな雪菜《ゆきな》の気持ちを知ってか知らずか、浅葱《あさぎ》が力強く手を打ち鳴らした。古城《こじょう》が出て行ったあとの部室のドアを閉め、しっかりと鍵《かぎ》をかけた上で、彼女《かのじょ》は雪菜《ゆきな》たちに向き直る。

「さて……と。邪魔者《じゃまもの》もいなくなったところで、こっちの用事も済ませちゃいましょうか」

「用事？　あの、藍羽先輩《あいばせんぱい》？　なぜ鍵《かぎ》を……？」

雪菜《ゆきな》が怪訝《けげん》な口調で訊《き》いた。

浅葱《あさぎ》は古城《こじょう》を追い出した上で、雪菜《ゆきな》たちを閉じこめたようにしか見えなかったからだ。

しかし浅葱《あさぎ》は、むしろ不思議そうに雪菜《ゆきな》を見返して、

「だって、見られたら困るでしょ？」

「見られる？　なにをですか？」

「ん？　裸《はだか》だけど？」

「……裸《はだか》？」

一瞬《いっしゅん》なにを言われたのか理解できずに、雪菜《ゆきな》はきょとんと眼《め》を瞬《またた》いた。

そんな雪菜《ゆきな》に近づいて来た浅葱《あさぎ》が、雪菜《ゆきな》の制服のリボンをするりと解《ほど》く。

「さ、脱《ぬ》いで」

「は、はい……？」

「制服。邪魔《じゃま》だから。撮影《さつえい》できないし」

「さ、撮影《さつえい》……!?」

「大丈夫《だいじょうぶ》、プライバシーは守るわよ」

「全然、大丈夫《だいじょうぶ》じゃないんですけど!?　ないんですけど!?」

「いいからいいから。さっさと覚悟《かくご》を決めなさい。凪沙《なぎさ》ちゃん、この子たち脱《ぬ》がすから、手伝って」

じりじりと後ずさる雪菜《ゆきな》を壁際《かべぎわ》まで追《お》い詰《つ》めながら、浅葱《あさぎ》が凪沙《なぎさ》に呼びかけた。

この子たち、という浅葱《あさぎ》の言葉には、雪菜《ゆきな》だけでなくアヴローラも脱《ぬ》がせる対象だという意味がこめられているらしい。

しばらく呆気《あっけ》にとられていた凪沙《なぎさ》だが、浅葱《あさぎ》が運んできた荷物の中身を見るなり、納得《なっとく》したように力強く笑う。

「わかった。じゃあ、あたしはアヴローラちゃんを脱《ぬ》がしちゃうね。雪菜《ゆきな》ちゃんのほうはよろしく」

「っ⁉」

「任せて」

声も出せずに怯《おび》えるアヴローラと、それとは対照的に満足げな表情を浮《う》かべる浅葱《あさぎ》。

そして雪菜《ゆきな》は予期せぬ友人の裏切りに、絶望の声を上げるのだった。

「え、えええええっ⁉」

1

南宮那月《みなみやなつき》は彩海学園《さいかいがくえん》の英語科教師だが、攻魔局《こうまきょく》所属の国家攻魔官《こっかこうまかん》でもある。

魔族特区《まぞくとっく》内の教育機関は、生徒の安全確保のために一定数の攻魔師《こうまし》を常駐《じょうちゅう》させることが義務づけられており、教員免許《めんきょ》を持つ攻魔官《こうまかん》というのは、なにかと重宝《ちょうほう》される存在なのだ。

そんな那月《なつき》の執務室《しつむしつ》で古城《こじょう》を出迎《でむか》えたのは、少し意外な人物だった。

古城《こじょう》の後輩《こうはい》でもある鬼族《オグレス》の少女——香菅谷雫梨《かすがやしずり》・カスティエラだ。

「こ、古城《こじょう》！」

部屋に足を踏《ふ》み入《い》れた古城《こじょう》に、半ば体当たりするような勢いで雫梨《しずり》がしがみついてくる。

彼女《かのじょ》の瞳《ひとみ》はわずかに潤《うる》んで、血《ち》の気《け》を失った唇《くちびる》の色は蒼白《そうはく》だ。情報を伝えなければという義務感と恐怖《きょうふ》が綯《な》い交《ま》ぜになって、彼女《かのじょ》が混乱しているのがよくわかる。

「カス子？　おまえも那月《なつき》ちゃんに呼ばれてたのか……っておい⁉」

「出た！　出たんですの！　この歳《とし》になって、こんなことを言うのは恥《は》ずかしいのですけど……」

「出たって、なにが……」

困惑《こんわく》に眉《まゆ》を寄せながら、古城《こじょう》は声を詰《つ》まらせる雫梨《しずり》を見下ろした。

普段《ふだん》は強気な雫梨《しずり》の両手が、ふるふると小刻みに震《ふる》えていた。さすがの古城《こじょう》も、今の雫梨《しずり》が、普通《ふつう》の精神状態ではないことに気づく。よほどショッキングな出来事があったのだろう。

「そ、そうか……替《か》えの下着とか買ってきたほうがよかったか？」

「お、お漏《も》らししたとか、そういうことではありません！」

古城《こじょう》が明らかになにかを誤解したことに気づいて、雫梨《しずり》が顔を真っ赤にして叫《さけ》んだ。

「え、あれ？　じゃあ、いったいなにが出たんだ……？」

「幽霊《ゆうれい》ですわ！　幽霊《ゆうれい》！」

「……幽霊《ゆうれい》？」

古城《こじょう》が戸惑《とまど》ったような表情で訊《き》き返す。

半聖職者の修女騎士《パラディイネス》である雫梨《しずり》が、幽霊《ゆうれい》に怯《おび》えているという事実に若干呆《じゃっかんあき》れたのだ。悪霊《あくりょう》退治は、むしろ彼女《かのじょ》の専門分野のはずである。

「残念だけど、嘘《うそ》じゃないよ」

興奮して会話にならない雫梨《しずり》の代わりに、部屋の中にいた別の人物が説明を引《ひ》き継《つ》いだ。

来客用のソファに座《すわ》っていたのは、端整《たんせい》な顔立ちの小柄《こがら》な少年。その隣《となり》には、特徴的《とくちょうてき》な獣《けもの》耳《みみ》を持つ獣人種《じゅうじんしゅ》の少女が座《すわ》っている。古城《こじょう》にとっても馴染《なじ》み深い友人たちだ。

「琉威《るい》と優乃《ゆの》……？」

「やっほー、コジコジ。久しぶり！」

「なんでおまえらがウチの学校に？」

しがみついたままの雫梨《しずり》を引きずるようにして、古城《こじょう》は二人に近づいた。

宮住琉威《みやずみるい》と天瀬優乃《あませゆの》。魔術的《まじゅってき》仮想空間〝恩莱島《おんらいとう》〟で古城《こじょう》と共に暮らしていた、元パーティーメンバーである。

現在の彼《かれ》らの職業は、絃神新島《いとがみしんとう》に事務所を構えたプロの民間攻魔師《みんかんこうまし》だ。

そんな彼《かれ》らが彩海学園《さいかいがくえん》にいるのは、古城《こじょう》にとっては意外な状況《じょうきょう》だった。

「人工島管理公社からの依頼《いらい》だそうだ」

古城《こじょう》の疑問に、那月《なつき》が答える。部屋の主である彼女《かのじょ》は豪華《ごうか》なアンティークの椅子《いす》に座《すわ》って、分厚い報告書の束をめくっていた。

琉威《るい》たちは、その報告書を那月《なつき》に届けにきたらしい。

「依頼《いらい》って？」

「人工島南地区《アイランド・サウス》の地下構造部に、大規模な放水設備があるのは知ってるな？」

「ああ……あの馬鹿でかい地下トンネルだろ？」

「その放水路内で、幽霊《ゆうれい》の目撃《もくげき》情報があった」

「幽霊《ゆうれい》？　本当に出たのか？」

古城《こじょう》は驚《おどろ》いて雫梨《しずり》を見た。雫梨《しずり》は怒《おこ》ったように眉《まゆ》を吊《つ》り上《あ》げて、

「さっきからそう言ってますの！」

「人的な被害《ひがい》があったわけではないが、人工島管理公社は、念のために民間攻魔師《みんかんこうまし》に調査を依頼《いらい》した。まさかその民間攻魔師《みんかんこうまし》というのが、そこにいるパッパラ修女騎士《パラディネス》の知り合いというのは少々意外だったがな」

「あー……」

なるほど、と古城《こじょう》は納得《なっとく》し、琉威《るい》と優乃《ゆの》が苦笑《くしょう》する。

「その放水路内で、このところメンテナンス用のロボットの事故が続いているそうだ。行方不明《ゆくえふめい》になったのが七台。残骸《ざんがい》になって発見されたのが二台。一台一千万円以上する機体だからな。現時点ですでに一億円近い損失だ」

そう言って那月《なつき》が、古城《こじょう》に報告書を差し出してくる。

正直あまり関わり合いになりたくはなかったが、逆らっても無駄《むだ》だと判断して、古城《こじょう》は仕方

なく報告書を受け取った。報告書は二通。一通は人工島管理公社が用意した依頼書《いらいしょ》で、もう一通は琉威《るい》たちが作成した調査報告書だ。

「発見されたロボットの残骸《ざんがい》だが、機体そのものに物理的なダメージはなかった。損傷の原因は、経年劣化《けいねんれっか》だそうだ」

「経年劣化《けいねんれっか》？」

「ああ。何十年も放置されていたみたいに、腐食《ふしょく》が進行していたらしい」

那月《なつき》が平坦《へいたん》な口調で告げる。

報告書に貼《は》りつけられていた写真を一瞥《いちべつ》して、古城《こじょう》は驚《おどろ》きに目を眇《すが》めた。

そこに映っていたロボットの筐体《きょうたい》は、サビに覆《おお》われてボロボロだった。ほんの数日前まで稼働《かどう》していた、現役《げんえき》の機械とはとても思えない。

「祟《たた》りですわ……祟《たた》りに違《ちが》いありませんわ……！」

報告書の写真を凝視《ぎょうし》したまま、雫梨《しずり》がブルブルと肩《かた》を震《ふる》わせた。

古城《こじょう》はそんな雫梨《しずり》の横顔を半眼で眺《なが》めて、

「おまえ、聖職者もどきのくせに、祟《たた》りにビビり散らかすのはいいのか……？」

「仕方ありませんわ！　だって本当に出たんですのよ！」

「幽霊《ゆうれい》の目撃《もくげき》報告があったのは本当だ」

那月《なつき》が、雫梨《しずり》の言葉を肯定《こうてい》した。

「ロボットの回収に向かった作業員が何人も証言している。それもあって攻魔局《こうまきょく》は、民間の攻《こう》魔師《まし》に調査の依頼《いらい》を出したんだが……」

「つまりカス子は琉威《るい》たちと一緒《いっしょ》に放水路に潜《もぐ》ったのか。それで、本当に幽霊《ゆうれい》を目撃《もくげき》した、と」

なるほどな、と古城《こじょう》は納得《なっとく》して息を吐《は》く。

年齢《ねんれい》制限のせいで、まだ正式な攻魔師《こうまし》ではないが、雫梨《しずり》はもともと琉威《るい》たちのパーティーの班長《リーダー》だったのだ。そんな彼女《かのじょ》が調査に同行するのはべつにおかしなことではない。

「ばーっ！　って、いっぱい出たんですわ。あと見たことのない変な景色も……！」

雫梨《しずり》が身振《みぶ》り手振《てぶ》りを駆使《くし》して、必死に幽霊《ゆうれい》の脅威《きょうい》を説明する。

「いっぱい出た？　幽霊《ゆうれい》は一体じゃなかったのか？」

「そうだね。群体というわけではないけど、複数の存在を確認《かくにん》したよ」

古城《こじょう》の疑問に、琉威《るい》が答えた。優乃《ゆの》もめずらしく真面目な表情でうなずいて、

「間違《まち》いなく気配はあったんだけどね。触《ふ》れなかったっていうか、近づいたらすぐに消えちゃって」

「本当に幽霊《ゆうれい》みたいだな」

「最初からそう言っているのですわ！」

雫梨《しずり》が不満そうに声を荒《あら》らげた。

詰《つ》め寄《よ》る彼女《かのじょ》を、わかったわかった、と古城《こじょう》はぞんざいに押《お》し返《かえ》す。

「まあ、幽霊《ゆうれい》が出るのはわかったけど、なんで俺《おれ》が呼ばれたんだ？」

「今のところ幽霊《ゆうれい》による人的な被害《ひがい》は出ていないが、破壊《はかい》されたメンテナンス用ロボットの件もある。このまま放っておくわけにはいかないだろう？」

那月《なつき》が、無感情な瞳《ひとみ》で古城《こじょう》を見た。

「それはわかるけど……って、まさか俺《おれ》に幽霊《ゆうれい》をどうにかしろって言うんじゃないだろうな？」

古城《こじょう》が警戒《けいかい》の視線を那月《なつき》を向けた。人工島管理公社の手に負えない厄介《やっかい》な問題を、彼女《かのじょ》が自分に丸投げする気だと気づいたのだ。

「調査を引き受けたのはあたしたちだけど、幽霊《ゆうれい》退治は管轄外《かんかつがい》なんだよね。ほら、うちのパーティー、物理《ぶつり》攻撃《こうげき》が専門だから」

優乃《ゆの》が少し困ったように言い訳して、ペロリと舌を出した。

雫梨《しずり》と優乃《ゆの》はバリバリの近接アタッカーで、琉威《るい》は狙撃手《そげきしゅ》。火力が高くて小回りも利《き》くが、物理《ぶつり》攻撃《こうげき》に偏《かたよ》っている香菅谷《かすがや》班の面々は、実体を持たない霊《れい》に対する攻撃《こうげき》手段が乏《とぼ》しい。

しかしそれは古城《こじょう》も同じである。

「それはわかるけど、俺《おれ》も亡霊《ゴースト》や生霊《レイス》の相手なんかしたことないぞ？」

「おまえが放水路の調査に行けば、自動的に姫柊雪菜《ひめらぎゆきな》もついていくだろう？」

「姫柊《ひめらぎ》？」

担任教師の唐突《とうとつ》な指摘《してき》に、古城《こじよう》はきょとんと目を瞬《またた》いた。

「そうか、あいつの〝雪霞狼《せっかろう》〟なら、霊体《れいたい》を無理やり消し飛ばせるのか……って、俺《おれ》じゃなくて、姫柊《ひめらぎ》が最初から目当てなのかよ」

「攻魔局《こうまきよく》が獅子王機関《ししおうきかん》に協力を依頼《いらい》するのは、いろいろと面倒《めんどう》なしがらみがあるからな」

那月《なつき》が悪びれもせずに堂々と言った。

縦割り行政の弊害《へいがい》なのか、那月《なつき》の勤務先である警察庁の攻魔局《こうまきよく》と、雪菜《ゆきな》が所属する獅子王機《ししおう》関《かん》は仲が悪い。雪菜《ゆきな》が持っている七式突撃降魔機槍《シユネーヴアルツアー》が亡霊《ゴースト》相手に効果的だとわかっていても、素直《すなお》に手伝ってくれと頼《たの》むわけにはいかないらしい。

「それに、メンテナンス用ロボットとやらの壊《こわ》れ方《かた》も少し気になるな」

「あー……経年劣化《けいねんれつか》で壊《こわ》れたんだっけか」

「仮に、生命力を抜《ぬ》き取《と》るようなドレイン系の攻撃《こうげき》だとしても、不老不死のおまえなら問題ないだろう？　最悪、姫柊雪菜《ひめらぎゆきな》も血の伴侶《はんりよ》にしてしまえば済むことだしな」

「さらっと姫柊《ひめらぎ》の意思とか人権とかいろいろ無視するのはやめてやれ」

古城《こじよう》が溜息《ためいき》まじりに那月《なつき》に抗議《こうぎ》した。

一方で、那月《なつき》の依頼《いらい》に逆らえないことも理解していた。

望んで手に入れた力ではないが、古城《こじよう》は第四真祖《だいよんしんそ》と呼ばれる世界最強の吸血鬼《きゆうけつき》であり、この島――絃神市国《いとがみしこく》の領主なのだ。島内に異変が起きており、島民の生活が脅《おびや》かされているというのなら、古城《こじよう》にはその異変を解決する義務がある。

「わかった。とにかく、俺《おれ》と姫柊《ひめらぎ》で放水路の幽霊《ゆうれい》を調べてくればいいんだな」

「人目につかない地下トンネルの中だからといって、女とイチャつくのはほどほどにしておけよ。ホラー映画だとそういうバカップルは、真っ先に不幸な目に遭《あ》うからな」

「誰《だれ》がバカップルだ！　あんたが姫柊《ひめらぎ》を連れていけって言ったんだろうが！」

冗談《じようだん》とも本気ともつかない那月《なつき》の言葉に、古城《こじよう》が声を荒《あら》らげる。

「祟《たた》りですわ！　祟《たた》りにはくれぐれも気をつけてくださいまし！」

そんな中、雫梨《しずり》だけは最後まで大真面目な口調で、古城《こじよう》に警告するのだった。

2

部室で下着姿になった雪菜《ゆきな》は、両腕《りようで》を横に広げた姿勢で所在なげに立っていた。

浅葱《あさぎ》はスマホのカメラを構えて、そんな雪菜《ゆきな》の全身を撮影《さつえい》していく。

同じく下着姿の凪沙《なぎさ》とアヴローラが、興味津々《きようみしんしん》といった表情で雪菜《ゆきな》を見ているのがわかって落ち着かないが、浅葱《あさぎ》もべつに雪菜《ゆきな》に嫌《いや》がらせをしているわけではない。

彼女《かのじよ》の目的は、雪菜《ゆきな》の身体データの採寸なのだった。

「最近のスマホアプリは高性能だからね。ミリ単位で三次元のデータを測定してくれるのよ。じゃあ、次はこっちに背中向けてくれる？」

「は、はい」

雪菜《ゆきな》は浅葱《あさぎ》に言われるままに、その場で百八十度回転した。その様子を見ていた凪沙《なぎさ》とアヴローラが、おお、と感嘆《かんたん》の息を吐《は》く。

「わあ、雪菜《ゆきな》ちゃん、背中綺麗《きれい》だねー」

「うむ。まさに汚《けが》れを知らぬ処女雪の如《ごと》し」

「そ、そういうのはいいから……！　あの、藍羽《あいば》先輩《せんぱい》……ドレスなんて本当に必要なんですか？　わたしはべつにレンタルで構わないんですけど」

雪菜《ゆきな》が羞恥《しゅうち》に顔を赤らめながら弱々しく呻《うめ》いた。

もともと自分の外見に無頓着《むとんちゃく》な雪菜《ゆきな》は、着飾《きかざ》ることにほとんど興味がない。オーダーメイドのドレスを用意すると言われても、面倒《めんどう》くさいというのが本音である。

しかし浅葱《あさぎ》は、駄目《だめ》よ、と雪菜《ゆきな》の意見を即座《そくざ》に却下《きゃっか》した。

「マガウル・アタル主催《しゅさい》の舞踏会《ぶとうかい》のお招きだからね。絃神市《いとがみし》国《こく》の人間が見窄《みすぼ》らしい恰好《かっこう》してたら、舐《な》められちゃうでしょ」

「マガウル・アタル……〝聖鳥環礁《せいちょうかんしょう》〟ですか。東南アジア地区の魔族特区《まぞくとっく》ですね」

雪菜《ゆきな》の瞳《ひとみ》に、かすかな戸惑《とまど》いの色が浮《う》かんだ。

聖鳥環礁《せいちょうかんしょう》は、南シナ海の南部に位置する比較的《ひかくてき》新しい魔族特区《まぞくとっく》だ。管理しているのは東南アジア諸王国連合——通称《つうしょう》〝十六大国〟構成国のひとつカッティガラ聖公国《せいこうこく》。小国ながらも魔術《まじゅつ》資源《しげん》に恵《めぐ》まれ、経済発展の著《いちじる》しい国として知られている。

浅葱《あさぎ》が言うには、そのカッティガラのトゥイエット公女より、第四真祖《だいよんしんそ》宛《あ》ての招待状が届いたということらしい。約二カ月後に行われる聖鳥環礁《せいちょうかんしょう》の新総裁就任パーティーに来賓《らいひん》として招きたい、というのが口実だ。

「浅葱《あさぎ》ちゃん、ドレスって、あたしたちのぶんも作ってもらえるの？」

制服の上着に袖《そで》を通しながら、凪沙《なぎさ》が訊《き》いた。彼女《かのじょ》とアヴローラの採寸はすでに終わっており、アヴローラは再び制服のリボンとの格闘《かくとう》を始めている。

「もちろんよ。費用は人工島管理公社持ちだから安心して。その段ボールの中にカタログと、生地《きじ》サンプルが入ってるからね」

「カタログ⁉　見る見る！　楽しみだねえ、アヴローラちゃん。どういうのがあるんだろ……」

「わ、我《わ》が身《み》に相応《ふさわ》しき絢爛《けんらん》なる衣《ころも》は何処《いずこ》に在りや……」

凪沙《なぎさ》とアヴローラが着替《きが》えもそっちのけで、分厚いドレスのカタログをめくり始める。

公女主催《しゅさい》の舞踏会《ぶとうかい》用というだけあって、カタログに記載《きさい》されたドレスは、おとぎ話の世界から抜《ぬ》け出《だ》してきたかのような華《はな》やかなデザインのものばかりである。

「……どうしてカッティガラの公女が、暁先輩《あかつきせんぱい》に舞踏会《ぶとうかい》の招待状を？」

なおも警戒《けいかい》するような口調で、雪菜《ゆきな》が訊《き》いた。

浅葱《あさぎ》が素っ気なく肩《かた》をすくめて笑う。

「同じ魔族特区《まぞくとっく》の代表者同士、仲良くしましょうってことなんでしょ。少なくとも表向きはね」

「はあ……」

「絃神市国《いとがみしこく》みたいな新興で弱小の半独立国にしてみれば、承認《しょうにん》してくれる国が増えるのはありがたい話だし、聖鳥環礁《せいちょうかんしょう》の連中にとっても第四真祖《だいよんしんそ》とコネが出来るのはメリットだしね」

「そうなんですか？」

「少なくともあちらの公女様にとっては、真祖との関係はわりと切実な問題みたいよ」

浅葱《あさぎ》がどこか冷ややかに告げた。

「どうしてでしょう？　聖鳥環礁《せいちょうかんしょう》の場合、アルディギア王国みたいに夜の帝国《ドミニオン》と隣接《りんせつ》してるわけではないですよね？　抑止力《よくしりょく》としての第四真祖《だいよんしんそ》が必要とは思えませんけど……」

「うーん、あたしも知らなかったんだけど、十六大国の加盟国には、〝滅《ほろ》びの王朝〟と関係が深い国と、〝混沌界域《こんとんかいいき》〟に近い国があるのよ。どちらからも、中途半端《ちゅうとはんぱ》に離《はな》れてるせいでね」

「第二真祖派《だいにしんそ》と、第三真祖派《だいさんしんそ》に分かれているということですか？」

「そうなのよね。で、魔族特区《まぞくとっく》の式典には、聖域条約機構の要人である吸血鬼《きゅうけつき》の真祖を招待するのが通例なんだけど――」

「国内の派閥《はばつ》と無関係な第四真祖《だいよんしんそ》がいれば、余計なトラブルを避《さ》けられるということですか」

「地理的にも絃神島《いとがみじま》は聖鳥環礁《せいちょうかんしょう》に近いから、第四真祖《だいよんしんそ》を招待する言い訳も立つしね」

なるほど、と雪菜《ゆきな》は浅葱《あさぎ》の説明を受け入れた。

魔族特区《まぞくとっく》の式典に、第二真祖《アスワドグール》と第三真祖《ジャーダ》のどちらを招待しても、敵対派閥《てきたいはばつ》からの反発は免《まぬが》れない。

だからといって、両方を同時に招くのは論外だ。

あの二人が顔を合わせて何事もなく終わることなどあり得ないし、真祖同士が争うことになれば、それがたとえ遊び半分でも、ちっぽけな環礁州島《かんしょうしゅうとう》などあっさり消滅《しょうめつ》しかねない。

そんな派閥《はばつ》争いの板挟《いたばさ》みになったカッティガラの公女が目を付けたのが、中立の新興勢力である第四真祖《だいよんしんそ》というわけだ。

「まあ、そんなわけだから、こちらとしてもなるべく多くの戦力を聖鳥環礁《せいちょうかんしょう》に送りこんでおきたいのよね。さすがに第二真祖《だいにしんそ》や第三真祖《だいさんしんそ》本人が文句を言ってくるとは思えないけど、彼女《かのじょ》たちの配下がなにか仕掛《しか》けてこないとも限らないから」

「あの……そんなイベントに、凪沙《なぎさ》ちゃんやアヴローラさんを参加させて大丈夫《だいじょうぶ》なんですか？」

危険ではないのか、と雪菜《ゆきな》が声を潜《ひそ》めて指摘《してき》した。

先代の第四真祖《だいよんしんそ》とはいえ、アヴローラには戦闘能力《せんとう》はほとんどない。凪沙《なぎさ》と力を合わせれば、いちおう眷獣《けんじゅう》を喚《よ》び出《だ》すことも可能らしいが、その凪沙《なぎさ》も戦いに関しては素人《しろうと》だ。

それでいて彼女《かのじょ》たちは古城《こじょう》との関わりが深く、万一命を狙《ねら》われたり、人質《ひとじち》に取られた場合のリスクは計り知れない。ドレスを楽しみにしている二人には悪いが、絃神島《いとがみじま》に置いておくほうが賢明《けんめい》なはずである。

「あたしもそう思ったんだけど、古城《こじょう》がね」

浅葱《あさぎ》がめずらしく煮《に》え切《き》らない口調で言った。その言葉に雪菜《ゆきな》は驚《おどろ》いた。

「暁先輩《あかつきせんぱい》の希望……なんですか？」

「そう。舞踏会《ぶとうかい》で誰《だれ》をエスコートするのかって訊《き》いたら、アヴローラちゃんがいいんだって。即答《そくとう》よ、即答《そくとう》。ちょっとくらい悩《なや》めってのよ、まったく……」

「え……」

雪菜《ゆきな》は瞳《ひとみ》を大きく揺《ゆ》らした。

華《はな》やかな行事とは無縁《むえん》の雪菜《ゆきな》だが、舞踏会《ぶとうかい》で男性が、家族以外の女性をエスコートする意味は知っている。

古城《こじょう》にとって今回の舞踏会《ぶとうかい》は、第四真祖《だいよんしんそ》としての公式行事だ。その第四真祖《だいよんしんそ》が選ぶ異性のパートナーは、当然、彼《かれ》の恋人《こいびと》か婚約者《こんやくしゃ》として認知《にんち》されることになるだろう。

そして古城《こじょう》は、そのパートナーとしてアヴローラを選んだのだ。

実の妹である凪沙《なぎさ》ではなく、ましてや雪菜《ゆきな》や浅葱《あさぎ》でもなく、アヴローラを――

「先輩《せんぱい》がアヴローラさんを……そうですか……」

平静を装《よそお》う雪菜《ゆきな》の声が震《ふる》えた。

浅葱《あさぎ》がそんな雪菜《ゆきな》を気遣《きづか》うように、慌《あわ》ててなにかを言いかける。

しかし彼女《かのじょ》が口を開く前に、マゾ部の部室内に異変が生じた。

天井《てんじょう》近くの空間に波紋《はもん》のような揺《ゆ》らぎが広がり、そこから人影《ひとかげ》が吐《は》き出《だ》されたのだ。

「うおおおおっ⁉」

「え⁉」

着地点にある椅子《いす》や机を薙《な》ぎ倒《たお》しながら、床《ゆか》に落下したのは暁古城《あかつきこじょう》だった。

なんの前触《まえぶ》れもなく降ってきた古城《こじょう》を、雪菜《ゆきな》たちはただ呆然《ぼうぜん》と眺《なが》めた。

「痛《い》ててて……あのクソ教師、相変わらず無茶苦茶しやがる……」

古城《こじょう》が苦痛に呻《うめ》きながら起き上がり、そして彼《かれ》は突然《とつぜん》動きを止めた。

下着姿のまま立《た》ち尽《つ》くす雪菜《ゆきな》や、着替《きが》え中《ちゅう》の凪沙《なぎさ》とアヴローラを見つめて、無表情に眼《め》を瞬《またた》く。

「古城《こじょう》……あんた、どこから入ってきてるのよ⁉」

真っ先に驚《おどろ》きから立ち直った浅葱《あさぎ》が、低い声で古城《こじょう》を問《と》い詰《つ》める。

「いや、待て……俺《おれ》は、那月《なつき》ちゃんから用が済んだのならさっさと出て行けって空間転移でほっぽり出されて……てか、ここ部室だろ……なんで姫柊《ひめらぎ》たちが下着で……⁉」

古城《こじよう》が必死に言い訳するが、彼自身《かれじしん》、自分の置かれている状況《じようきよう》をきちんと理解しているわけではなさそうだ。ようやく我に返った雪菜《ゆきな》が、慌《あわ》てて自分の身体《からだ》を隠《かく》そうとするが、そのとき古城《こじよう》はもうすでに、浅葱《あさぎ》に耳を引っ張られて部室の外に連れ出されたあとだった。

「いいから、ちょっと向こうでお話しましょうか？　って、いつまで見てるのよ⁉」

「ぐおお⁉　目が……！」

「……はあ……」

浅葱《あさぎ》の目潰《めつぶ》し攻撃《こうげき》を喰《く》らった古城《こじよう》の頼《たよ》りない悲鳴を聞きながら、雪菜《ゆきな》は深々と嘆息《たんそく》する。

そんな雪菜《ゆきな》のすぐ近くで、アヴローラはただおろおろと古城《こじよう》たちの姿を見つめていた。

3

半ば追い出されるような形で学校を出た古城《こじよう》は、海沿いの緩《ゆる》やかな坂道を雪菜《ゆきな》と一緒《いつしよ》に歩いていた。人工島南地区《アイランド・サウス》の地下にある放水路の入り口に向かっているのだ。

強い陽射《ひざ》しから顔を庇《かば》うように、古城《こじよう》はパーカーのフードを目深《まぶか》に被《かぶ》っている。

それでも雪菜《ゆきな》に対する気まずげな表情は隠《かく》し切れていなかった。

「あー……悪かったな、姫柊《ひめらぎ》」

「そ、そのことはもういいですから、忘れてください。確認《かくにん》もせずに空間転移を使った南宮《みなみや》先生にも責任がありますし……！」

「いや、それもあるけど、幽霊《ゆうれい》退治なんかにつき合わせることになったのがな」

古城《こじょう》は気怠《けだる》げに溜息《ためいき》をついて、本気で申し訳なさそうな表情を浮《う》かべる。

那月《なつき》が古城《こじょう》を放水路の調査に向かわせたのは、第四真祖《だいよんしんそ》の監視役《かんしやく》である雪菜《ゆきな》を事件に巻きこむためなのだ。それを理解しているはずなのに、文句も言わずに同行してくれる雪菜《ゆきな》には、古《こ》城《じょう》としても感謝の念を禁じ得なかった。

「いいですよ、べつに。どうせわたしなんか舞踏会《ぶとうかい》のパートナーより、幽霊《ゆうれい》退治のほうがお似合いですし……」

雪菜《ゆきな》が自嘲《じちょう》気味するように薄《うす》く微笑《ほほえ》んで、小声でぼそりと呟《つぶや》いた。

古城《こじょう》は訝《いぶか》るように彼女《かのじょ》を見る。

「舞踏会《ぶとうかい》？　なんの話だ？」

「いえ、なんでもありません。それよりも放水路の入り口というのはこれですか？」

「ああ。いちおうそのはずだけど」

那月《なつき》から預かった地図を広げつつ、古城《こじょう》は周囲の景色を確認《かくにん》した。

人工島内を流れる運河の河口近くに、高さ四、五メートルほどの大きな水路が口を開けている。水路の断面はほぼ正方形。内部には照明もなにもない、殺風景なただの地下トンネルである。

「総延長六キロって聞いてたけど、めちゃめちゃでかいな……」

真っ暗な水路の中をのぞきこみ、古城《こじょう》はうんざりと息を吐《は》いた。

本当に出るかどうかもわからない幽霊《ゆうれい》について調べるために、このカビ臭《くさ》いトンネルの中に入るのかと思うと、いくら暗闇《くらやみ》に強い吸血鬼《きゅうけつき》でも気が滅入《めい》る。

「絃神島《いとがみじま》は降水量多いですもんね。台風の通り道だし……」

「人工島南地区《アイランド・サウス》は、ほかの人工島《ギガフロート》より設計が古いから、それもあってこういう原始的な放水設備が残ってるんだとさ」

借り物の懐中《かいちゅう》電灯を点《つ》けて、古城《こじょう》は水路内へと足を踏《ふ》み入《い》れた。黒いギグケースを背負った雪菜《ゆきな》が、そのすぐあとをついてくる。

大雨の時にしか使用されない設備ということもあって、トンネル内は今は乾《かわ》いていた。湿度《しつど》は高いがひんやりとしており、どことなく鍾乳洞《しょうにゅうどう》に似た雰囲気《ふんいき》がある。

「幽霊《ゆうれい》が出るのは、設備が古いことと関係あるんでしょうか？」

「どうだろうな。ほかより古いといってもせいぜい五年か十年の違《ちが》いだから、誤差の範疇《はんちゅう》って気もするんだが」

周囲をきょろきょろと見回しながら、古城《こじょう》が硬《かた》い口調で言った。そんな古城《こじょう》の横顔を見上げて、雪菜《ゆきな》は意外そうに眉《まゆ》を上げる。

「先輩《せんぱい》、もしかして緊張《きんちょう》してますか？」

「緊張《きんちょう》するだろ。幽霊《ゆうれい》だぞ」

「ふふっ」

小さく噴《ふ》き出《だ》す雪菜《ゆきな》を見返し、古城《こじょう》はムッと唇《くちびる》を曲げた。

「そんなに笑うようなことじゃないだろ。トンネルの中は出やすいって言うし、カス子のヤツにも散々脅《おど》されたしな」

「はい。でも、世界最強の吸血鬼《きゅうけつき》なのに、幽霊《ゆうれい》が恐《こわ》いなんて」

「恐《こわ》いとは言ってないからな。ちょっと警戒《けいかい》してるってだけで」

「そうですね、ふふっ」

強がる古城《こじょう》の反応が可笑《おか》しかったのか、雪菜《ゆきな》はクスクスと笑い続ける。

古城《こじょう》は小さく舌打ちして、ふて腐《くさ》れたような表情で雪菜《ゆきな》を見返した。

「姫柊《ひめらぎ》は幽霊《ゆうれい》を相手にしたことがあるのか？」

「いえ、獅子《しし》王機《おうき》関《かん》の剣巫《けんなぎ》は、魔族《まぞく》との直接戦闘《せんとう》が専門ですから。実体を持たない霊体《れいたい》の処理は、紗矢華《さやか》さんたちの担当分野です」

「煌坂《きらさか》か。そういや、あいつ、いつも呪詛《じゅそ》がどうこう言ってたな」

「はい。でも、今は〝雪霞狼《せっかろう》〟がありますから、安心してください。物理的な実体を持たない相手に対しては、〝雪霞狼《せっかろう》〟の神格振動波《しんかくしんどうは》が直接作用しますから」

自分が背負っているギグケースを指さして、雪菜《ゆきな》が力強く言い切った。

彼女《かのじょ》が持っている銀色の武神具《ぶしんぐ》は、ありとあらゆる結界を斬り裂《さ》き、魔力《まりょく》を無効化するという破魔《はま》の槍《やり》だ。魔力《まりょく》や呪力《じゅりょく》で存在を維持《いじ》する霊体《れいたい》にとっては、天敵ともいえる凶悪《きょうあく》な武器である。

「姫柊《ひめらぎ》に任せておけば、幽霊《ゆうれい》が出てきても消滅《しょうめつ》させられると思っていいのか？」

「いえ……完全に消滅《しょうめつ》させるのは、〝雪霞狼《せっかろう》〟でも難しいですね。肉体を持たない亡霊《ゴースト》の場合、思念を維持《いじ》するための依《よ》り代《しろ》がどこかにあるはずですから。それらを破壊《はかい》しなければ、一時的に無力化できたとしても、いずれ復活する可能性が高いです」

雪菜《ゆきな》が少し困ったような口調で説明した。

「幽霊《ゆうれい》の依《よ》り代《しろ》……記憶《きおく》装置みたいなものか。誰《だれ》がなんの目的でそんなものを用意したんだ？」

「それは実際に依《よ》り代《しろ》を見て見ないことにはなんとも……魂《たましい》を保存するために生前に魔法陣《まほうじん》を用意した魔術師《まじゅつし》の前例もありますし、偶然《ぐうぜん》という可能性も否定できませんから」

「偶然《ぐうぜん》？」

「たまたま近くに相性《あいしょう》のいい依《よ》り代《しろ》があって、魂《たましい》が囚《とら》われてしまう場合もあるんです」

「焔光《えんこう》の宴《うたげ》に巻きこまれたアヴローラみたいに、か」

古城《こじょう》が、朧《おぼろげ》気な記憶《きおく》を辿《たど》りながら独り言のように呟《つぶや》く。

封印《ふういん》された第四真祖《だいよんしんそ》を復活させるための魔術儀式《まじゅつぎしき》――〝焔光の宴《えんこううたげ》〟。その儀式《ぎしき》の過程で肉体を失ったアヴローラは、吸血鬼《きゅうけつき》としての肉体を失って魂《たましい》だけの存在となっていた。

そんな彼女《かのじょ》の魂《たましい》の依《よ》り代《しろ》となったのは、凪沙《なぎさ》だった。強力な霊能力者《れいのうりょくしゃ》である凪沙《なぎさ》が魂《たましい》を現世につなぎ止めたことで、アヴローラは復活することが出来たのだ。

アヴローラの名前が出たことで、雪菜《ゆきな》はなぜか動揺《どうよう》したように視線を彷徨《さまよ》わせ、

「そ、そうですね。ただ、彼女《かのじょ》のように完全な形で人格を維持《いじ》できるのは、かなり特殊《とくしゅ》な事例だと思います。普通《ふつう》の霊体《れいたい》は、強烈《きょうれつ》な恨《うら》みや執着《しゅうちゃく》を残すだけで精いっぱいですから」

「強烈《きょうれつ》な恨《うら》みや執着《しゅうちゃく》……そうか」

古城《こじょう》が不意に足を止め、真面目な表情で地下トンネルの奥《おく》に視線を向けた。

「じゃあ、あいつらはどっちのパターンだと思う？」

「……あいつら？」

雪菜《ゆきな》が怪訝《けげん》そうに顔を上げ、古城《こじょう》が指さした方角を見る。

延々と続いていた放水路の奥《おく》に、広大な地下空間が広がっていた。人工島の地表から流れこんできた雨水の勢いを弱め、逆流を防ぐための調圧水槽《ちょうあつすいそう》である。

高さはおそらく二十メートル近く。縦横の幅《はば》は百メートル近くあるだろう。

その広大な空間に、あり得ないものが浮《う》かんでいた。

闇《やみ》の中を漂《ただよ》うぼんやりとした人影《ひとかげ》――幽霊《ゆうれい》だ。

った。

それも一体や二体ではない。数十体以上はいるだろう。

彼《かれ》らは近づいて来た古城《こじょう》たちに気づいて振《ふ》り返《かえ》り、そして一斉《いっせい》に声を上げて笑い始めたのだった。

4

「これがカス子たちが見た幽霊《ゆうれい》か……！　いくらなんでも数が多すぎだろ……！」

いつでもその場から逃《に》げ出《だ》せるように身構えながら、古城《こじょう》が表情を強張《こわば》らせた。

あの雫梨《しずり》が柄《がら》にもなく怯《おび》えていた理由も、今ならわかる。数百体の幽霊《ゆうれい》が蠢《うごめ》く地下トンネルの姿は、この世のものとは思えない悪夢のような光景だ。

幽霊《ゆうれい》たちの見た目に共通点はほとんどない。

年齢《ねんれい》や性別、さらには種族もバラバラだ。老人や子ども。大柄《おおがら》な巨人族《ギガス》や、幼子ほどの身長の小妖精族《しょうようせいぞく》。人間や、そして獣人種《じゅうじんしゅ》——ある意味、魔族特区《まぞくとっく》ならではの幽霊《ゆうれい》たちといえるだろう。

「先輩《せんぱい》、違《ちが》います」

冷《ひ》や汗《あせ》を流す古城《こじょう》の隣《となり》で、雪菜《ゆきな》が冷静な声を出す。

雪菜《ゆきな》の表情は真剣《しんけん》だが、彼女《かのじょ》の声に恐怖《きょうふ》や焦《あせ》りの響《ひび》きはない。

「違《ちが》う？　なにがだ？」

「彼《かれ》らは、正確には幽霊《ゆうれい》ではありません」

「幽霊《ゆうれい》じゃない？」

「はい。どちらかといえば、蜃気楼《しんきろう》のような自然現象に近い存在だと思います」

「……蜃気楼《しんきろう》？　ただの幻《まぼろし》ってことか？」

「ええ、おそらく。これがその証拠《しょうこ》です」

雪菜《ゆきな》は槍《やり》を取り出すこともなく、無防備に調圧水槽《ちょうあつすいそう》の中へと入っていった。そして平然と幽霊《ゆうれい》たちへと手を伸《の》ばす。

そんな雪菜《ゆきな》に、幽霊《ゆうれい》たちは反応しない。彼女《かのじょ》の手は、ただ幽霊《ゆうれい》たちをすり抜《ぬ》けるだけだった。

「こいつらはいったいなんなんだ？」

古城《こじょう》も雪菜《ゆきな》のあとを追って、恐《おそ》る恐《おそ》る幽霊《ゆうれい》たちに近づいた。

だがやはり幽霊《ゆうれい》たちは、古城《こじょう》に反応しない。彼《かれ》らはただ、景色のようにそこに在るだけだ。

賑《にぎ》やかな会話や笑い声、ときには怒声《どせい》も聞こえてくるが、幽霊《ゆうれい》たちの言葉に意味はない。

まるで定点カメラに記録された街の映像を見ているようだ。

「残留思念……というよりも、記憶《きおく》、ですね。この土地そのものの記憶《きおく》、だと思います」

「土地の記憶《きおく》？」

「存在そのものは幽霊《ゆうれい》と同じですけど、彼《かれ》らには意思がありません。本当にただの風景として、この土地に焼きつけられているみたいです」

「それで、景色も丸ごと再現されてるのか」

雪菜《ゆきな》の説明に納得《なっとく》して、古城《こじょう》は弱々しく息を吐《は》く。

幽霊《ゆうれい》たちの背後には、うっすらと絃神島《いとがみじま》の街並みが映っていた。

古城《こじょう》にとっても馴染《なじ》み深い、人工島南地区《アイランド・サウス》の風景だ。

すでに取《と》り壊《こわ》されてしまった建物や潰《つぶ》れた店の看板なども見えるが、土地の記憶《きおく》ということならそれも理解できる。

時折、古城《こじょう》の知らない建物や、妙《みょう》に奇抜《きばつ》な服装の人々も混じっているが、幽霊《ゆうれい》に対して合理的な説明を求めてもおそらく無駄《むだ》だろう。そういうものとして受け入れるしかない。

「このままほっといても害はなさそうだな」

古城《こじょう》が警戒《けいかい》を解きながら呟《つぶや》いた。

幽霊《ゆうれい》の正体が過去の記憶《きおく》なら、彼《かれ》らが古城《こじょう》たちに干渉《かんしょう》してこないのも納得《なっとく》だ。

「そうですね。ただ、原因は調べておいたほうがいいと思います。もしかしたらこの幻影《げんえい》が、もっと大きな魔導災害《まどうさいがい》の前触《まえぶ》れという可能性もゼロではないですし」

「さすがにそれはないと思うが……まあ、こんな騒《さわ》ぎが、なんの理由もなく起きても困るしな。思念を維持《いじ》する依《よ》り代《しろ》だっけか。それくらいは探してみてもいいかもな」

「はい。獅子王機関《ししおうきかん》の剣巫《けんなぎ》として、このまま見過ごすわけにはいきません」

雪菜《ゆきな》が妙《みよう》に張り切ってグッと拳《こぶし》を握《にぎ》った。潔癖《けつぺき》で責任感の強い彼女《かのじよ》としては、出現した理由もわからないまま幽霊《ゆうれい》を放置するのは許せないのだろう。事件を解決するまで帰らないという、頑《かたく》なな意思が伝わってきて、古城《こじよう》はこっそりと溜息《ためいき》をつく。

「とりあえず、この先に進んでみるってことでいいよな」

「はい」

「その前に凪沙《なぎさ》に連絡《れんらく》していいか？ 帰りが遅《おそ》くなると心配するかもしれないから……って、さすがにここからは電波が届かないか……」

スマホが圏外《けんがい》表示になっていることに気づいて、古城《こじよう》は小さく顔をしかめた。

もともと人間が立ち入ることを想定していない放水路に、集合アンテナのような便利なものは設置されていないらしい。

「いったん出口の近くまで戻《もど》りますか？」

「面倒《めんどう》くさいけど、そのほうが良さそうだな。ついでに那月《なつき》ちゃんにも経過報告しとくか」

雪菜《ゆきな》の提案に古城《こじよう》が同意する。

来た道を戻《もど》るのは正直億劫《おつくう》だが、報告をこまめにしておいたほうがいいのは古城《こじよう》にもわかる。那月《なつき》に心配をかけないため——というよりも、なにか面倒《めんどう》な問題が起きたときに責任を上司に押《お》しつけるためである。

そんな姑息《こそく》な考えを察したのか、雪菜《ゆきな》が苦笑《くしよう》しながら背後を振《ふ》り返《かえ》る。

そして彼女《かのじょ》は、そこで驚《おどろ》いたように動きを止めた。

「……姫柊《ひめらぎ》？」

「あの、先輩《せんぱい》。わたしたちが歩いてきたのって、こちらのトンネルでしたよね？」

「あ？　ほかに道なんかなかっただろ……」

雪菜《ゆきな》の言葉に困惑《こんわく》しながら放水路の奥《おく》をのぞきこみ、古城《こじょう》は言いかけた言葉を呑《の》みこんだ。

古城《こじょう》たちがそのトンネルを抜《ぬ》けてきたのは、ほんの数分前の出来事だ。

だが、その数分間で放水路の中の様子は一変していた。

コンクリートの壁面《へきめん》はボロボロにひび割れて、亀裂《きれつ》から赤いサビが染《し》み出《だ》している。

その先にあるのは、分厚い壁《かべ》のように降り積もった瓦礫《がれき》の山だ。トンネルの天井《てんじょう》が崩落《ほうらく》して、通路が完全に埋《う》まってしまっているのだ。

「なるほど。こいつは厄介《やっかい》だな」

古城《こじょう》は思わず頭を抱《かか》えた。

放水路が壊《こわ》れた原因はわからないが、魔族特区《まぞくとっく》である絃神島《いとがみじま》では、この程度の災害はめずらしくない。真祖クラスの眷獣《けんじゅう》が暴れれば、被害《ひがい》はこんなものではないはずだ。

しかし放水路の天井《てんじょう》が壊《こわ》れるほどの衝撃《しょうげき》や震動《しんどう》、それに魔力《まりょく》の気配は感じられなかった。

それどころかこの瓦礫《がれき》が降り積もってから、数年単位の時間が過ぎた形跡《けいせき》がある。

つまりこの崩落《ほうらく》は単なる事故ではない。明らかに魔術的《まじゅってき》な現象だ。

「すみません。油断しました。目印として残しておいた呪符《じゅふ》の反応も消えてます。まさか私たちが閉じこめられることになるなんて……」

「いや……それを言うなら、俺《おれ》もなにも気づかなかったからな」

責任を感じて俯《うつむ》く雪菜《ゆきな》の頭を、古城《こじょう》はくしゃくしゃと無造作に撫《な》でる。

幽霊《ゆうれい》そのものは、古城《こじょう》たちに対する脅威《きょうい》ではなかった。しかし彼《かれ》らの存在と、地下トンネルに起きた異変が無関係とは思えない。

それだけで攻撃《こうげき》と決めつけるのは早計だが、少なくとも古城《こじょう》たちの退路が断《た》たれたのは事実だった。

「俺《おれ》の眷獣《けんじゅう》なら、この程度の瓦礫《がれき》は吹《ふ》き飛《と》ばせそうなんだが……」

「やめてください！　島ごと吹《ふ》き飛《と》ばすつもりですか!?　こんな地下深くで第四真祖《だいよんしんそ》の眷獣《けんじゅう》なんか使ったら、地上にどれだけの影響《えいきょう》が出るか……！」

「わかってる。ちょっと言ってみただけだ」

血相を変えた雪菜《ゆきな》に詰《つ》め寄《よ》られて、古城《こじょう》は慌《あわ》てて自分の発言を撤回《てっかい》した。

世界最強の吸血鬼《きゅうけつき》などと呼ばれていても、第四真祖《だいよんしんそ》の能力は実際にはほとんど役に立たない。眷獣《けんじゅう》の威力《いりょく》が強力過ぎて、無差別《むさべつ》破壊《はかい》以外に使《つか》い途《みち》がないのだ。

この地下トンネルは人工島南地区《アイランド・サウス》の基底部に近く、わずかでも眷獣《けんじゅう》の制御《せいぎょ》に失敗すれば、人工島《ギガフロート》そのものを崩壊《ほうかい》させてしまう危険がある。それくらいのことは古城《こじょう》も自覚していた。

「ここで突《つ》っ立《た》ってても仕方ないから、前に進むか」

「はい。偵察用《ていさつよう》の式神《しきがみ》を出しますね」

溜息《ためいき》まじりに古城《こじょう》が提案し、雪菜《ゆきな》は少しホッとしたようにうなずいた。

雪菜《ゆきな》が制服の胸元《むなもと》から取り出した金属製の呪符《じゅふ》が、小型犬ほどのサイズの狼《おおかみ》に変わって、幽《ゆう》霊《れい》たちが漂《ただよ》う調圧水槽《ちょうあつすいそう》の奥《おく》へと駆《か》け出《だ》して行く。

島内各地から雨水を集めるという性質上、この調圧水槽《ちょうあつすいそう》には複数の放水路が接続されており、そのうちのどれか一本でも生き残っていれば、地上に戻《もど》れるはずである。

しかし複数の式神《しきがみ》を操《あやつ》る雪菜《ゆきな》の表情は硬《かた》い。

崩落《ほうらく》によって塞《ふさ》がれているのは、どうやら古城《こじょう》たちの背後の放水路だけではなかったらしい。

「駄目《だめ》ですね。せめて魔術《まじゅつ》の痕跡《こんせき》だけでも見つけられたら良かったんですけど」

「仕方ないさ。無駄足《むだあし》にならなかっただけでもよかったよ」

「いえ。少し待ってください。この先になにかが――」

雪菜《ゆきな》が、地下トンネルの一本に向かって走り出す。出口を見つけたわけではないが、ほかの放水路にはない異変を、彼女《かのじょ》の式神《しきがみ》が感知したらしい。

その地下トンネルの壁面《へきめん》も、やはり激しく劣化《れっか》していた。ろくな手入れもされないまま、何年も放置されていたような印象だ。

そのトンネルの奥《おく》から、かすかな異音が聞こえてくる。壊《こわ》れかけの機械が立てる、不規則な金属音である。

「今の音は？」

「わたしの式神《しきがみ》が、なにかを見つけたみたいです。あれは……掃除機《そうじき》……ですか？」

雪菜《ゆきな》が走る速度を落とした。

排水路《はいすいろ》の継《つ》ぎ目《め》に当たる部分に、原付バイクほどの大きさの機械が転がっていた。コンクリートの亀裂《きれつ》に嵌《は》まりこんで、動けなくなっているらしい。

機械の形状は円筒《えんとう》状で、回転するブラシのような腕《うで》が左右についている。たしかに雪菜《ゆきな》の言うとおり、ビルの床《ゆか》などを清掃《せいそう》する自動掃除機《じどうそうじき》に見えなくもない。

「地下トンネルのメンテナンス用ロボットだ」

「南宮《みなみや》先生が仰《おつしや》っていた、行方《ゆくえ》不明になったという機体ですか？」

「ああ。たぶんな」

いちおう周囲を警戒《けいかい》しながら、古城《こじょう》はロボットに近づいていく。

ロボットの数は全部で三台。目立つような大きな損傷はない。足元のタイヤが空回りしているということは、バッテリーもまだ残っているようだ。

「そうか……排水路《はいすいろ》が崩落《ほうらく》したせいで、こいつらも地上に戻《もど》れなくなったのか……」

「彼《かれ》らもこの空間に閉じこめられた、ということですね」

「もしかしたら救難信号くらい出してるのかもしれないけど、この状況《じょうきょう》じゃ係員も助けに来られないだろうしな」

古城《こじょう》は傾《かたむ》いているロボットを持ち上げて、地面の亀裂《きれつ》から出してやる。

ようやく動けるようになったロボットたちは、古城《こじょう》に礼を言うようにピコピコとランプを点《てん》滅《めっ》させて、そのままトンネルの奥《おく》へと向かった。

迷いのない彼《かれ》らの行動につられて、古城《こじょう》と雪菜《ゆきな》はロボットたちを追いかけた。明らかに彼《かれ》らが、なんらかの目的を持って行動していたからだ。

「この先は行き止まりのはずですけど……いったいどこに向かってるんでしょうか？」

「さあな。家庭用の掃除《そうじ》ロボットだと、バッテリーの残量が減ると、自分で充電《じゅうでん》スタンドに戻《もど》るらしいんだが……」

「充電《じゅうでん》スタンド……？」

雪菜《ゆきな》がなにかに気づいたように顔を上げる。

直後に、目的地に着いたロボットたちが動きを止めた。

彼《かれ》らが向かっていた場所に、充電《じゅうでん》スタンドはなかった。冷静に考えれば、水没《すいぼつ》前提で作られた排水路《はいすいろ》の中に、充電《じゅうでん》スタンドがあるはずもない。

代わりにそこにあったのは、扉《とびら》だった。

メンテナンス用ロボットを回収するための作業ハッチだ。

当然そこには人間の作業員が出入りするための梯子《はしご》も設置されている。

「先輩《せんぱい》、これって……」

「作業用の連絡《れんらく》通路か……！」

古城《こじょう》と雪菜《ゆきな》は互《たが》いに顔を見合わせて、どちらからともなくうなずいた。

そんな古城《こじょう》たちの足元では、バッテリー切れ寸前のメンテナンス用のロボットたちがグルグルと回り続けていたのだった。

5

鍵《かぎ》のかかったハッチをこじ開け、土埃《つちぼこり》にまみれた階段を上って、古城《こじょう》と雪菜《ゆきな》は地上に出た。

だが、その先に待っていたのは、思いも寄らない光景だった。

無人と化した廃墟《はいきょ》の街並みだ。

「これって……絃神島《いとがみじま》、だよな……？」

「はい。見覚えのある建物も残ってますし、標識に地名も……」

夕陽《ゆうひ》に照らし出されたビル群を眺《なが》めて、古城《こじょう》と雪菜《ゆきな》は呆然《ぼうぜん》と呟《つぶや》いた。

人工的な都市を囲んでいるのは見渡《みわた》す限りの大海原《おおうなばら》。それ自体は、見慣れた絃神島《いとがみじま》の光景だ。

島内に張《は》り巡《めぐ》らされたモノレールや、周辺の建物にも見覚えがある。

しかし街の印象は、古城《こじょう》たちの記憶《きおく》にある絃神島《いとがみじま》とは決定的に違《ちが》っていた。

真新しかった建物は色褪《いろあ》せて、壊《こわ》れかけているものも少なくない。道路の至るところが陥没《かんぼつ》し、隣接《りんせつ》する人工島《ギガフロート》と接続するための連絡橋《れんらくきょう》は見事に半ばから崩《くず》れ落《お》ちている。

そして島内に住人の姿はどこにもない。

ただ屋根の上に止まった海鳥たちが、物めずらしげに古城《こじょう》たちを見下ろしているだけだ。

「どうしてこんなボロボロになってるんだ？　これもさっきの幽霊《ゆうれい》と同じ、幻《まぼろし》なのか？」

「いえ……地下に残っていたような魔力《まりょく》の痕跡《こんせき》は感じません……ですが……現実にこんなことが起きるはずが……」

「俺《おれ》たちが放水路に潜《もぐ》ってる間に、いったいなにがあったんだ？」

降り注ぐ夕陽《ゆうひ》に目を細めながら、古城《こじょう》はガリガリと髪《かみ》をかきむしる。

まだ日没《にちぼつ》前ということは、古城《こじょう》たちが地下トンネルの中にいたのは、長くても一時間といったところだろう。しかしその間に地上の様相は、何年も経《た》ったかのように激変してしまっている。

「……駄目《だめ》ですね。式神《しきがみ》たちに捜索《そうさく》させていますけど、人っ子一人残ってないみたいです」

目を閉じたままこめかみに手を当てた雪菜《ゆきな》が、動揺《どうよう》を隠《かく》しきれない口調で言った。

古城《こじょう》はスマホを取り出すが、当然のように通信圏外《けんがい》だ。それどころか内蔵の時計が合っているのかどうかすら怪《あや》しい状況《じょうきょう》になっている。

「本当になにがどうなってるんだ……？　恩莱島《おんらいとう》と同じ仮想空間ってやつなのか？」

「恩莱島《おんらいとう》……ですか。たしかに、ここが監獄結界《かんごくけっかい》の一種だと考えれば、絃神島《いとがみじま》の急激な変化にも納得《なっとく》できますね」

雪菜《ゆきな》が真剣《しんけん》な表情を浮《う》かべて、周囲の街並みを見回した。

恩莱島《おんらいとう》とは、かつて古城《こじょう》を閉じこめた魔術的《まじゅつてき》な仮想空間の名だ。

その結界の内部では、島の風景や地形だけでなく、時間の進み方すら現実の絃神島《いとがみじま》とは異なっていた。しかも空間内に閉じこめられた人間は、その違和感《いわかん》に気づけない。

もしも古城《こじょう》たちが見ている景色が、恩莱島《おんらいとう》と同様の仮想空間だとすれば、絃神島《いとがみじま》が廃墟化《はいきょか》していた理由にも説明がつく。

「ですが――」

そう言って雪菜《ゆきな》は、背負っていたギグケースから銀色の槍《やり》を取り出した。折りたたまれていた主刃《しゅじん》と副刃《ふくじん》が金属音とともに展開されて、戦闘《せんとう》モードへと移行する。

「ぐお……⁉」

雪菜《ゆきな》の槍《やり》から放たれた眩《まばゆ》い閃光《せんこう》に、古城《こじょう》が苦悶《くもん》の声とともに仰《の》け反《ぞ》った。

ありとあらゆる結界を斬《き》り裂《さ》くという、神格振動波《しんかくしんどうは》の輝《かがや》き。しかしその光が周囲を照らしても、都市の風景に変化はなかった。間近で神格振動波《しんかくしんどうは》を浴びた古城《こじょう》の目が、思わぬダメージを喰《く》らっただけだ。

「やはり、この世界は仮想空間ではありません。間違《まちが》いなく現実です」

「〝雪霞狼《せっかろう》〟を試《ため》すなら、その前に一声かけてくれ……」

ちらつく両目を押《お》さえたまま、古城《こじょう》が弱々しい口調で抗議《こうぎ》した。

魔力《まりょく》を無効化する神格振動波《しんかくしんどうは》を浴びても、周囲の光景に変化はない。この世界が魔術的《まじゅってき》な結界の内側だとしたら、決してあり得ないことだった。ここが仮想世界ではないということだけは、ひとまず証明されたことになる。

「それはそれとして、ここが〝現実〟なら、絃神島《いとがみじま》が廃墟《はいきょ》になってるのはおかしいだろ。ほんの一時間かそこらで、島の全住民がいなくなるなんてことがあり得るのか？」

「ええ。ですから、ここは仮想《ツクリモノ》ではない、本物《ニセモノ》の異世界なんだと思います」

「本物の……異世界？」

「はい。絃神島《いとがみじま》が滅《ほろ》びてしまった並行世界《へいこうせかい》です。突飛《とっぴ》なことを言っていると思われるかもしれませんが」

「いや……まあ、ほかに説明のしようもないしな……」

古城《こじょう》は複雑な表情を浮《う》かべつつ、雪菜《ゆきな》の仮説を受け入れた。

理屈《りくつ》はともかく、廃墟《はいきょ》と化した絃神島《いとがみじま》の街並みが目の前に存在するのは事実なのだ。知らない間に絃神島《いとがみじま》の全住民が消滅《しょうめつ》したと言われるよりも、ここが異世界だと割り切ってしまったほうが古城《こじょう》としては安心できる。少なくともそれなら、元の世界にいる凪沙《いもうと》や浅葱《ゆうじん》たちは、無関係ということになるからだ。

「問題は、わたしたちが異世界に迷いこんだ理由ですね。うっかり迷いこんでしまったのか、それとも誘《さそ》いこまれたのか」

「誘《さそ》いこまれた？　それって……」

「はい。何者かによる魔術《まじゅつ》的な攻撃《こうげき》という可能性があります」

「勘弁《かんべん》してくれ。ただの幽霊《ゆうれい》調査じゃなかったのかよ」

「〝神隠《かみかく》し〟は、幽霊絡《ゆうれいがら》みの異変としては比較的《ひかくてき》よくあることですから」

「ありがちと言われても、なんの慰《なぐさ》めにもなってないからな……！」

妙《みょう》に冷静な雪菜《ゆきな》を見返して、古城《こじょう》は深々と溜息《ためいき》を洩《も》らした。

「元の世界に帰るには、どうしたらいい？」

「わかりません。神隠《かみかく》しの原因がわからないことには、対策の立てようもないですし……」

少し困ったような表情で、雪菜《ゆきな》が弱々しく首を振《ふ》る。

「情報集めが必要ってことか。長丁場になりそうだな」

「そうですね。すみません」

「べつに姫柊《ひめらぎ》が謝《あやま》るようなことじゃないだろ。そういうことなら、とりあえず最初に調べるのは、あそこだな」

古城《こじょう》は周囲を見回して、最初に目についた看板を指さした。

異世界とはいえ、元は同じ絃神島《いとがみじま》だ。廃墟化《はいきょか》していても、街の構造はよく知っている。

緩《ゆる》やかな坂道を下っていけば、その先にあるのは駅前の繁華街《はんかがい》。道の途中《とちゅう》にあるのは、大型の食品スーパーだ。

「スーパーマーケット……ですか？」

「とりあえず水と食料を手に入れないとな。姫柊《ひめらぎ》もそろそろ腹が減っただろ？」

「いえ。わたしは、まだ……」

雪菜《ゆきな》が真顔で首を振《ふ》る。だが、その直後——彼女《かのじょ》のお腹《なか》がクゥと小さく鳴った。まるで狙《ねら》い澄《す》ましたようなそのタイミングに、古城《こじょう》は必死で笑うのをこらえ、雪菜《ゆきな》は頰《ほお》を真っ赤にする。

「わ、わかりました。ひとまずここで休憩《きゅうけい》にしましょう。も、もうすぐ日も暮れますし」

雪菜《ゆきな》がどうにか取《と》り繕《つくろ》うように、殊更《ことさら》に真面目な口調で言った。

古城《こじょう》は小刻みに肩《かた》を震《ふる》わせながら、スーパーの跡地《あとち》に向かって歩き出すのだった。

6

閉鎖《へいさ》されたスーパーの店内に並んでいたのは、埃《ほこり》をかぶった空っぽの陳列棚《ちんれつだな》だけだった。

古城《こじょう》たちにとっては残念な状況《じょうきょう》だが、考えてみれば当然のことだ。突発《とっぱつ》的な災害に襲《おそ》われて命からがら逃《に》げ出《だ》したのでなければ、まだ売り物になる品物をわざわざ残していくはずもない。

「喰《く》えそうなものは残ってない、か……」

「絃神島《いとがみじま》から立ち去る前に、商品を運び出すくらいの余裕《よゆう》はあったみたいですね」

薄暗《うすぐら》い店内を一周して、古城《こじょう》と雪菜《ゆきな》は落胆《らくたん》と安堵《あんど》の混じった息を吐《は》く。

自らの意思で絃神島《いとがみじま》を去ったのか、やむを得ず逃《に》げ出《だ》したのかはわからない。それでも絃神《いとがみ》島《じま》の住民たちは、問答無用で虐殺《ぎゃくさつ》されたわけではないらしい。

食料が残っていなかったのは残念だが、最悪の場合は店内に死体が転がっている可能性もあったのだ。それに比べれば、まだマシな状況《じょうきょう》だったといえるだろう。

これ以上はこの場にいても意味がないと判断して、古城《こじょう》たちは店を出ようとした。

そのとき雪菜《ゆきな》が、通路の隅《すみ》に残されていた未開封《みかいふう》の段ボールに気づいて足を止める。

「先輩《せんぱい》！　見てください！　この段ボール、中身がまだ入ってます」

「缶詰《かんづめ》か。こいつは助かるな」

段ボールに印刷されていた商品名は、果物のシロップ漬《づ》けだった。疲《つか》れている今の古城《こじょう》たちにとっては、これ以上ないご馳走《ちそう》だ。

「運び出すときに見落としていったみたいですね」

「とりあえず、すぐに飢《う》え死《じ》にするような事態は避《さ》けられそうだな」

古城《こじょう》はさっそくテープを剝《は》がして、段ボールを開封《かいふう》する。ありがたいことに、缶切《かんき》りが要《い》らないタイプの缶詰《かんづめ》だ。

缶《かん》の表面にもサビや腐《ふ》食《しょく》の兆候は見えない。それでも古城《こじょう》は念のため、缶《かん》をひっくり返して消費期限を確《かく》認《にん》しようとした。そして面喰《めんく》らったように表情を消す。

「……先輩《せんぱい》？」

不意に沈黙《ちんもく》した古城《こじょう》を見て、雪菜《ゆきな》が怪訝《けげん》そうに眉《まゆ》を寄せた。

古城《こじょう》は缶詰《かんづめ》をじっと睨《にら》んだまま、困惑《こんわく》したように息を吐《は》く。

「姫柊《ひめらぎ》、今、何年だ？」

「はい？」

「いや、この日付なんだが……どう思う？」

そう言って古城《こじょう》は雪菜《ゆきな》の前に、手に持っていた缶詰《かんづめ》を差し出した。

缶詰《かんづめ》の底に印字されていたのは、八桁《はちけた》の数字。缶詰《かんづめ》の製造年月日だ。

古城《こじょう》が激しく混乱したのは、その数字があり得ない内容だったからだった。現在から数えて、約二十年後――遠い未来の日付である。

「記《き》載《さい》ミス……ではありませんよね。だとしたら、この世界は……」

「ああ。俺《おれ》たちが元いた時代から、少なくとも二十年は経《た》ってる計算になるな」

「異世界……ではなく……未来の世界……？」

呆然《ぼうぜん》と呟《つぶや》きを洩《も》らした雪菜《ゆきな》が、ハッと顔を上げて外を見る。

「じゃあ、絃神島《いとがみじま》が廃墟《はいきょ》になっているのは――」

「この世界では、絃神島《いとがみじま》は滅亡《めつぼう》してるってことなんだろ」

古城《こじょう》が真剣《しんけん》な口調で呟《つぶや》いた。

絃神島《いとがみじま》が滅亡《めつぼう》した原因はわからない。住民全員が島を見捨てて出て行ったのか。あるいはなんらかの脅威《きょうい》に襲《おそ》われて、逃《に》げ出《だ》さざるを得なかったのか——

ただひとつだけはっきりしているのは、二十年後の絃神島《いとがみじま》には、もう誰《だれ》も住んでいないということだ。廃墟《はいきよ》化した無人の街並みが、その事実をなによりも雄弁《ゆうべん》に語っている。

だが——

「まあいいか。とりあえずメシにしようぜ。日付のことは気になるけど、缶詰《かんづめ》に罪はないからな」

古城《こじょう》はあっさりと気持ちを切《き》り替《か》えて、缶詰《かんづめ》のプルタブに手をかけた。状況《じょうきょう》のシリアスさなどどうでもいいと言わんばかりの古城《こじょう》の態度に、雪菜《ゆきな》が呆《あき》れたように目を細める。

「先輩《せんぱい》……」

「なんだよ。結論を出すのは、もっと情報を集めてからでも遅《おそ》くないだろ」

「はあ……それもそうですね……」

一人で深刻になっているのが馬鹿馬鹿しくなったのか、雪菜《ゆきな》も新しい缶詰《かんづめ》を手に取った。古《こ》城《じょう》の隣《となり》に腰《こし》を下ろして、勢いよく缶詰《かんづめ》の蓋《ふた》を開ける。

しかし雪菜《ゆきな》が、その缶詰《かんづめ》の中身を口にすることはなかった。

その前に凄《すさ》まじい衝撃《しょうげき》に襲《おそ》われ、絃神島《いとがみじま》が激しく揺《ゆ》れ動《うご》いたせいだ。

「なんだ⁉　地震《じしん》か⁉」

壁際《かべぎわ》まで吹き飛《と》ばされながら、古城《こじょう》が慌《あわ》てて立ち上がる。

海上に浮《う》かぶ人工島である絃神島《いとがみじま》が、地震《じしん》に襲《おそ》われることなど本来ならばあり得ない。

にもかかわらず、地震《じしん》並みの衝撃《しょうげき》が襲《おそ》ってきたということは、古城《こじょう》たちの足元で信じられないほど巨大《きょだい》な力が働いたということだ。

「違《ちが》います、先輩《せんぱい》。揺《ゆ》れているのは島全体ではなく、この建物の周囲だけです。建物の地下に、なにか巨大《きょだい》な存在が――」

「なんだかよくわからないが、逃《に》げるぞ、姫柊《ひめらぎ》！　この店の中にいるのはヤバそうだ……！」

「はい！」

ようやく見つけた缶詰《かんづめ》に未練を感じる余裕《よゆう》すらなく、古城《こじょう》と雪菜《ゆきな》は建物の外へと飛び出した。

そんな古城《こじょう》たちの視界に映ったのは、店の周囲を覆《おお》い尽《つ》くす緑色の不気味な水溜《みずた》まりだった。

道路のひび割れや排水口《はいすいこう》などから濁《にご》った液体が噴《ふ》き出《だ》して、ブヨブヨとした巨大《きょだい》な塊《かたまり》へと変わる。

地面を激しく揺《ゆ》らしていたのは、その巨大《きょだい》な水塊《すいかい》だったのだ。

「なんだ、こいつは……⁉」

「魔導生物《まどうせいぶつ》……スライムです！」

「スライム⁉」

「はい。初歩的な錬金術《れんきんじゅつ》で造られた魔導生物《まどうせいぶつ》が、逃《に》げ出《だ》して野生化したものだといわれています。ですが、通常のスライムは成長してもせいぜい直径二、三十センチ程度で、こんな巨大《きょだい》なスライムが存在するなんて信じられません……！」

「そう言われても、実際に目の前にいるわけだからな……」

すでに大型バスほどの大きさに膨《ふく》れ上《あ》がったスライムを見上げて、古城《こじょう》は頬《ほお》を引《ひ》き攣《つ》らせた。

魔導生物《まどうせいぶつ》であるスライムに、どの程度の知性があるのかはわからない。しかし古城《こじょう》たちのいる建物をわざわざ襲《おそ》ってきた時点で、攻撃《こうげき》の意思があるのはほぼ確実だろう。

スライムの粘液《ねんえき》に触《ふ》れたスーパーの看板が、ジュッと音を立てて融解《ゆうかい》する。

それを見て古城《こじょう》は青ざめた。この不定形の魔導生物《まどうせいぶつ》が、見た目以上に危険な存在だと気づいたのだ。

「くっ……疾《き》く在《や》れ《が》、《れ》〝龍蛇の水銀《アル・メイサ・メルクーリ》〟――！」

半ば恐怖《きょうふ》に衝《つ》き動《うご》かされるような形で、古城《こじょう》は眷獣《けんじゅう》を召喚《しょうかん》した。

無差別に撒《ま》き散《ち》らされた召喚獣《しょうかんけもの》の膨大《ぼうだい》な魔力《まりょく》が、廃墟《はいきょ》の街を震《ふる》わせる。

喚《よ》び出《だ》したのは、水銀状の鱗《うろこ》に覆《おお》われた巨大《きょだい》な双頭《そうとう》の龍《りゅう》だった。

あらゆる物質を、それが存在する空間ごと喰《く》らう〝次元喰い《ディメンジョン・イーター》〟――

世界最強の吸血鬼《きゅうけつき》〝第四真祖《だいよんしんそ》〟が従える凶悪《きょうあく》すぎる眷獣《けんじゅう》が、緑色のスライムの巨体《きょたい》を、容《よう》赦《しゃ》なく一方的に喰《く》らい尽《つ》くす。

周囲の空間ごとこそぎ取られて、スライムの巨体《きょたい》は欠片《かけら》すら残さず消滅《しょうめつ》した。

魔導生物《まどうせいぶつ》の脅威《きょうい》が去ったことを確認《かくにん》して、古城《こじょう》はホッと息《は》を吐《は》く。

その一瞬《いっしゅん》の気の緩《ゆる》みを狙《ねら》い澄《す》ましたように、古城《こじょう》の背後でマンホールの蓋《ふた》が弾《はじ》け飛《と》んだ。

マンホールの底から噴水《ふんすい》のように噴《ふ》き出《だ》したのは、消滅《しょうめつ》したはずのスライムだ。

別の個体というよりも、分裂《ぶんれつ》した元のスライムの一部なのだろう。しかもその体積は、古《こ》城《じょう》が消滅《しょうめつ》させた個体より遥《はる》かにでかい。おそらくこちらが本体だったのだ。

「先輩《せんぱい》！　下がってください！」

驚愕《きょうがく》に動きを止めた古城《こじょう》の隣《となり》をすり抜《ぬ》けて、槍《やり》を構えた雪菜《ゆきな》が前に出る。

彼女《かのじょ》が一閃《いっせん》した銀色の槍《やり》は、スライムが古城《こじょう》を取りこむために伸《の》ばした触手《しょくしゅ》を、なんの抵《てい》抗《こう》もなくあっさりと切断した。

「なっ……!?」

本来あるはずだった手応えのなさに、勢い余った雪菜《ゆきな》が体勢を崩《くず》す。四方から殺到《さっとう》したスライムの巨体《きょたい》が、そんな雪菜《ゆきな》をあっさりと呑《の》みこんだ。

「んんっ!?」

「姫柊《ひめらぎ》!?」

くぐもった悲鳴を上げながらスライムの体内に呑《の》みこまれる雪菜《ゆきな》へと、古城《こじょう》が慌《あわ》てて手を伸《の》ばした。しかし、そんな古城《こじょう》の前に立ちはだかったのは、増殖《ぞうしょく》を続けるスライムの壁《かべ》だった。

地中から止めどなく溢《あふ》れ出《だ》してくるスライムの本体は、すでに低階層のビルほどにも膨《ふく》れ上《あ》がっている。

「こいつ……いくらなんでも、でかすぎるだろ！」

再び眷獣《けんじゅう》による攻撃《こうげき》を仕掛《しか》けようとして、古城《こじょう》はためらうように唇《くちびる》を噛《か》んだ。

次元喰い《ディメンジョン・イーター》である〝龍蛇の水銀《アル・メイサ・メルクーリ》〟の攻撃《こうげき》は、周囲の空間に深刻な悪影響《あくえいきょう》を及《およ》ぼす。最悪の場合、空間に生じた裂《さ》け目《め》が広がって、絃神島《いとがみじま》全域を呑《の》みこむ巨大《きょだい》な魔導災害《まどうさいがい》を引き起こしかねないのだ。破壊力《はかいりょく》が大きすぎるせいで、まともに使えない――第四真祖《だいよんしんそ》の眷獣《けんじゅう》の欠点がもろに表出した形である。

「〝雪霞狼《せっかろう》〟――！」

スライムの体内に囚《とら》われたまま、雪菜《ゆきな》が強引《ごういん》に銀色の槍《やり》を振《ふ》るった。

ゲル状のスライムに対して槍《やり》による斬撃《ざんげき》は効果が薄《うす》い。しかし魔力《まりょく》を無効化する神格振動波《しんかくしんどうは》の輝《かがや》きは、魔導生物《まどうせいぶつ》であるスライムに有効だった。

不定形の肉体が波打つように激しく揺《ゆ》らいで、雪菜《ゆきな》がスライムの表面に顔を出す。脱出《だっしゅつ》に成功したわけではないが、どうにか窒息死《ちっそくし》だけは免《まぬが》れた恰好《かっこう》だ。

「こ、この……！」

どうにか自由になる右腕《みぎうで》だけで、雪菜《ゆきな》が槍《やり》を構え直す。そしてスライムの体表へと槍《やり》を突《つ》き立《た》てようとして、彼女《かのじょ》は唐突《とうとつ》に動きを止めた。

右腕《みぎうで》を振《ふ》り上《あ》げた雪菜《ゆきな》の制服が、突然《とつぜん》ボロボロと崩《くず》れ落《お》ちたからだ。

「え⁉」

自分の身体《からだ》に起きた想定外の異変に、雪菜《ゆきな》は狼狽《ろうばい》して息を呑《の》む。

その間にも制服の崩壊《ほうかい》は続いていた。制服の上着だけでなく、スカートやソックス、そしてブラの肩紐《かたひも》までもが融解《ゆうかい》して剝《は》がれ落《お》ちていく。

「まさか、こいつ……姫柊《ひめらぎ》の服を溶《と》かしてるのか⁉」

「せ、先輩《せんぱい》、見てないで助けて……あ、ダメ、ダメです！　見ないでください！　いやあああっ！」

完全にスカートが溶《と》け落ちたところで、雪菜《ゆきな》がついに悲鳴を上げた。スライムに対する攻撃《こうげき》も忘れて、露《あら》わになった身体《からだ》を必死で隠《かく》そうとする。

幸いにもスライムが溶《と》かすのは彼女《かのじょ》の服だけで、雪菜《ゆきな》の肉体は無傷だった。魔導生物《まどうせいぶつ》の粘液《ねんえき》にまみれた彼女《かのじょ》の素肌《すはだ》が、夕陽《ゆうひ》を浴びてぬらぬらと輝《かがや》き、どこか芸術的といえなくもない。

「助けろと言われても、こんなやつ、どうすればいいんだ……」

激しい焦燥《しょうそう》を感じながら、古城《こじょう》は呻《うめ》いた。

雪菜《ゆきな》がスライムの体内に取りこまれている以上、眷獣《けんじゅう》による力任せの攻撃《こうげき》は使えない。だからといって、殴《なぐ》ってどうにかなる相手とも思えない。

どうにかして雪菜《ゆきな》を救出するか、でなければスライムだけを攻撃《こうげき》する手段を探す必要がある。

しかし相手の弱点を衝《つ》こうにも、古城《こじょう》がスライムについて知っていることはあまりにも少ない。

わかっているのは、斬撃《ざんげき》が無効で分裂《ぶんれつ》すること。人間を体内に取りこみ、衣服を溶《と》かすこと。

そして魔力《まりよく》を無効化する神格振動波《しんかくしんどうは》がかろうじて有効ということだけだ。

「魔力《まりよく》……そうか！　疾《き》く在《や》れ《がれ》、〝蠍虎の紫《シャウラ・ヴィオーラ》〟！」

古城《こじょう》が新たな眷獣《けんじゅう》を召喚《しょうかん》する。第四真祖《だいよんしんそ》の八番目の眷獣《けんじゅう》――〝蠍虎の紫《シャウラ・ヴィオーラ》〟。巨大《きょだい》な蠍《さそり》の尾《お》と翼《つばさ》を持つ、紫《むらさき》の炎《ほのお》に包まれた人喰い虎《マンティコア》だ。

体長十メートルを超《こ》える人喰い虎《マンティコア》だが、スライムの巨体《きょたい》に比べるとむしろ小さく感じられる。

それでも人喰い虎《マンティコア》は怯《ひる》むことなく、スライムに対して牙《きば》を突《つ》き立《た》てた。

〝蠍虎の紫《シャウラ・ヴィオーラ》〟の能力は、毒。そして、魔力《まりよく》の強奪《ごうだつ》だ。吸血鬼《きゅうけつき》が人の血を啜《すす》るように、古城《こじょう》の眷獣《けんじゅう》は敵の魔力《まりよく》を奪《うば》うのだ。

魔力《まりよく》で肉体を維持《いじ》する魔導生物《まどうせいぶつ》にとって、その魔力《まりよく》の喪失《そうしつ》は最大の弱みである。

物理攻撃《こうげき》に対して手に負えないほどの耐性《たいせい》を誇《ほこ》っていたスライムの巨体《きょたい》が、瞬《また》く間《ま》に張力を失って、やがて内部から弾《はじ》けるように砕《くだ》け散《ち》った。魔導生物《まどうせいぶつ》としての細胞《さいぼう》が、魔力《まりよく》の喪失《そうしつ》によって自らの質量を維持《いじ》できなくなったのだ。

「姫柊《ひめらぎ》、無事か⁉」

大量の粘液とともに地上に投げ出された雪菜《ゆきな》に、古城《こじょう》が慌《あわ》てて駆《か》け寄《よ》った。

雪菜《ゆきな》の全身はぐっしょりと濡《ぬ》れたままだが、幸いなことに目立った外傷はなさそうだ。

「は、はい。ありがとうございます」

「怪我《けが》はないのか？　体調の変化は？」

「大丈夫《だいじょうぶ》です。服が溶《と》かされてしまっただけで、私の身体《からだ》はなんとも……」

「そうか……よかった……」

「はい……って、いつまで見てるんですかっ⁉」

「わ、悪い！」

瞳《ひとみ》を潤《うる》ませた雪菜《ゆきな》に睨《にら》まれて、古城《こじょう》は慌《あわ》てて目を逸《そ》らした。

晴《は》れ渡《わた》っていた空が雲に覆《おお》われ、湿《しめ》った風が吹《ふ》きつけてきたのは、それからすぐのことだった。

7

年間降水量の多い絃神島《いとがみじま》では、通り雨に見舞《みま》われるのはめずらしいことではない。

ポツポツと落ちてきた雨粒《あまつぶ》は、やがて雷《かみなり》を伴《ともな》った豪雨《ごうう》となり、スライムとの戦いの痕跡《こんせき》を洗い流していくのだった。

「うう……どうして、こんなことに……」
古城《こじょう》の隣《となり》を歩く雪菜《ゆきな》が、しょんぼりと肩《かた》を落として呟《つぶや》いた。
素足《すあし》にローファーを履《は》いた雪菜《ゆきな》は、古城《こじょう》から借りたパーカーを下着《パンツ》の上に身につけただけと
いう、無防備で頼《たよ》りない服装だ。制服をスライムに溶《と》かされただけでなく、廃墟化《はいきょか》した絃神島《いとがみじま》
の街では替《か》えの服も手に入らなかったのだ。
「まさか、服屋が全滅《ぜんめつ》してるとはな」
古城《こじょう》が真面目な顔で独りごちる。衣料品店の建物自体は無傷で残っていたにもかかわらず、
店内に残されているはずの洋服は、ほぼすべて綺麗《きれい》に消失していた。
あとに残っていたのは、ハンガーの残骸《ざんがい》である金属部品。そして肌着《はだぎ》やシーツなど一部の綿
製品だけである。
「あのスライムは、どうやら合成樹脂《ごうせいじゅし》や化学繊維《かがくせんい》を餌《えさ》にしているみたいですね。絃神島《いとがみじま》が急速
に廃墟化《はいきょか》しているのも、プラスチック類がごっそり失われたせいだと思います」
落ちこんだように目を伏《ふ》せたまま、雪菜《ゆきな》が溜息《ためいき》まじりに告げた。
「溶《と》かすのは化学繊維《かがくせんい》限定か……それで姫柊《ひめらぎ》のパンツは無事だったんだな……」
「わたしのことはもういいですから！」
雪菜《ゆきな》がパーカーの裾《すそ》を押《お》さえて、怒《おこ》ったように頬《ほお》を膨《ふく》らませた。
古城《こじょう》は肩《かた》をすくめながら、廃墟化《はいきょか》した街並みを振《ふ》り返《かえ》り、

「絃神島《いとがみじま》の住人が逃《に》げ出《だ》したのは、あのスライムのせいじゃないだろうな？」

「どうでしょうか。たしかに厄介《やっかい》な魔導生物《まどうせいぶつ》ですけど、駆除《くじょ》できないほどとは思えませんし」

「絃神島《いとがみじま》に棲《す》み着いたのが、さっきのやつだけとは限らないだろ？」

「同じようなスライムが、ほかにもいるということですか……？」

古城《こじょう》の意見を聞いた雪菜《ゆきな》が、真顔で考えこむ。

「調べておいたほうがいいかもな。絃神島《いとがみじま》が滅《ほろ》びた原因がわかれば、俺《おれ》たちが元の世界に帰ったときに未来を変える方法が見つかるかもしれないし」

「わたしたちが元の時代に帰れると決まったわけではないんですけど……」

雪菜《ゆきな》が、ぼそりと不満そうに呟《つぶや》いた。自分たちが帰還《きかん》できることを確信しているような古《こ》城《じょう》の態度が、あまりにも楽天的だと感じたらしい。

「あー……それは、なんとかなるだろ」

「どうしてそんなに落ち着いていられるんですか……⁉」

「いや、さすがに俺《おれ》一人だったら途方《とほう》に暮れてたぞ。だけど向こうには那月《なつき》ちゃんや浅葱《あさぎ》たちもいるんだし、救助を期待してもいいんじゃないか？」

あえて無責任な軽い口調で、古城《こじょう》が答える。そして咄嗟《とっさ》に反論しようとした雪菜《ゆきな》を見つめて、少し照れたように小さく笑い、

「それに、姫柊《ひめらぎ》も一緒《いっしょ》にいてくれるしな」

「な……」

雪菜《ゆきな》が意表を衝《つ》かれたように、ぐっ、と言葉を呑《の》みこんだ。

頬《ほお》を赤らめて俯《うつむ》いた彼女《かのじょ》は、なぜか恨《うら》みがましく唇《くちびる》を尖《とが》らせて、

「せ、先輩《せんぱい》は、ずるいです」

「なにがだよ？」

「ア……アヴローラさんのことはいいんですか？」

「アヴローラ？」

古城《こじょう》が心底不思議そうな表情で、雪菜《ゆきな》を見た。

「あいつはまあ心配しなくても大丈夫《だいじょうぶ》だろ。凪沙《なぎさ》もいるし、グレンダたちとも仲良くやってるみたいだし」

「で、でも、舞踏会《ぶとうかい》のパートナーには彼女《かのじょ》を選んだじゃないですか……」

雪菜《ゆきな》が拗《す》ねたように小声で呟《つぶや》く。

「は？　舞踏会《ぶとうかい》？」

なぜ今そんな話をするのか、と古城《こじょう》は訝《いぶか》るように雪菜《ゆきな》を見た。

異変が起きたのは、その直後だった。

奥歯《おくば》をドリルで削《けず》るような耳障《みみざわ》りな轟音《ごうおん》が絃神島《いとがみじま》全土に鳴《な》り響《ひび》き、巨大《きょだい》な岩を落としたような震動《しんどう》で人工の大地が揺《ゆ》れたのだ。

スライムが引き起こした地震《じしん》などとは、桁違《けたちが》いの衝撃《しょうげき》だった。凶悪《きょうあく》な震動《しんどう》に道路のあちこちが陥没《かんぼつ》し、傾《かたむ》いた建物が次々に崩《くず》れ落《お》ちていく。

「今度はなんだ⁉」

「先輩《せんぱい》……！　あれ……を……！」

雪菜《ゆきな》が呆然《ぼうぜん》と目を見開いて、人工島《ギガフロート》の中心部を指さした。

緩《ゆる》やかな上り坂の頂上付近に、夜空を背景にした巨大《きょだい》な影《かげ》が浮《う》かび上《あ》がる。

それは見たこともない巨大《きょだい》な怪物《かいぶつ》だった。

全高は十階建てのビルを超《こ》え、横幅《よこはば》はさらにその倍はある。

印象をひと言で言うならば、頭のない四角い亀《かめ》といったところだろうか。胴体《どうたい》の正面をほぼ埋《う》め尽《つ》くすほどの巨大《きょだい》な口の中には、裁断機《シュレッダー》に似た複雑な形状の歯が生えており、その歯が廃墟化《きょか》した建物を轟音《ごうおん》とともに噛《か》み砕《くだ》いていく。

「なんなんだ、あいつは……⁉」

古城《こじょう》はその場に立《た》ち尽《つ》くし、放心したように呟《つぶや》いた。

巨大《きょだい》過ぎる怪物《かいぶつ》に、もちろんその言葉は届かない。怪物《かいぶつ》の巨体《きょたい》を覆《おお》っているのは、昆虫《こんちゅう》の外殻《がい》《かく》に似た生物性の高分子材料だろうか。

鈍色《にびいろ》に輝《かがや》く立方体《キューブ》型の巨体《きょたい》が前進を続け、進路上にある建物を呑《の》みこみ続ける。巨大《きょだい》な農業用の収穫機《コンバイン》が、作物を刈《か》り取《と》っているかのような光景だ。

「あれは、たぶんゴーレムの一種です」

「ゴーレム⁉　破壊兵器《はかい》の間違《まちが》いだろ⁉」

雪菜《ゆきな》の説明に、古城《こじょう》は激しい憤《いきどお》りを覚えた。

怪物《かいぶつ》の正体がゴーレムだとすれば、誰《だれ》かがそれを操《あやつ》っているということになる。その目的は、絃神島《いとがみじま》の破壊《はかい》だ。事実上の攻撃《こうげき》――あるいは、侵略《しんりゃく》と考えていいだろう。

絃神島《いとがみじま》から住民の姿が消えたのも、その侵略者《しんりゃくしゃ》のせいに違《ちが》いない。

怒《いか》りに震《ふる》える古城《こじょう》の背後で、新たな爆音《ばくおん》が轟《とどろ》いた。

同じタイプの巨大《きょだい》ゴーレムが二体、地下から迫《せ》り出《だ》すようにして姿を現したのだ。

「そんな……これだけの規模のゴーレムを、複数用意するなんて……！」

「ふざけやがって……本気で絃神島《いとがみじま》を更地《さらち》にする気なのかよ……」

新たに出現したゴーレムたちが山頂近くの施設《しせつ》を次々に粉砕《ふんさい》し、海岸に向けて移動を開始する。その進路上にあるのは、古城《こじょう》たちもよく知っている建造物だ。

「あの建物……」

雪菜《ゆきな》がサッと青ざめた。

たとえ廃墟化《はいきょか》していても、その施設《しせつ》を見間違《みまち》えることなどあり得ない。古城《こじょう》たちが毎日のように通っている母校の建物だからである。

「彩海学園《さいかいがくえん》か！」

古城《こじょう》の瞳《ひとみ》も動揺《どうよう》で揺《ゆ》れた。

放棄《ほうき》された校舎の中に、生徒はいない。そこにあるのは無人の廃墟《はいきょ》である。

だが、頭でそれを理解していても、古城《こじょう》たちは平静ではいられない。

そこは友人たちと長い時間を共に過ごした、大切な思い出の建物なのだ。得体《えたい》の知れない怪《かい》物《ぶつ》に、こんなふうに蹂躙《じゅうりん》されていい場所ではない。

「……いや……やめて……」

雪菜《ゆきな》の口から、弱々しい悲鳴が零《こぼ》れた。

任務のために感情を抑圧《よくあつ》するのに慣れた彼女《かのじょ》が、ほとんど無意識に洩《も》らした本音——それを聞いた瞬間《しゅんかん》、古城《こじょう》の覚悟《かくご》が決まった。

普段《ふだん》無意識に抑《おさ》えていた魔力《まりょく》を、古城《こじょう》は無制限に解放した。次々に召喚《しょうかん》された眷獣《けんじゅう》たちが、ゴーレムに向けて一斉《いっせい》に攻撃《こうげき》を開始する。

「いくら廃墟《はいきょ》になってるからって、そう簡単に壊《こわ》させてやるかよ……！」

魔力《まりょく》を伴《ともな》った暴風が、巨大《きょだい》な砲弾《ほうだん》と化してゴーレムたちを突《つ》き飛《と》ばした。続いて巨大《きょだい》な雷光《らいこう》が、稲妻《いなずま》となって空中から彼《かれ》らに降り注ぐ。

「わけがわからないままこんな場所に連れてこられて、いい加減、頭に来てるんだよ！　おまえらが何物なのかは知らないけどな、人の思い出の場所を踏《ふ》みにじろうっていうなら、それなりの代償《だいしょう》は払《はら》ってもらうぞ！」

第四真祖《だいよんしんそ》の眷獣《けんじゅう》の攻撃《こうげき》をまともに喰《く》らっても、ゴーレムの身体《からだ》は壊《こわ》れない。あの巨体《きょたい》を支えるための強力な魔術障壁《まじゅつしょうへき》が、ゴーレムの全身を覆《おお》っているのだ。

だが、そんなことは、たいした問題ではなかった。

その程度のことは、古城《こじょう》も最初から予想していたし、実際になんの障害にもならない。なぜなら、古城《こじょう》は、一人でここにいるわけではないからだ。

「——はい、先輩《せんぱい》！　ここから先は、わたしたちの戦争《ケンカ》、ですね！」

いつの間にか槍《やり》を構えて駆《か》け出《だ》していた雪菜《ゆきな》が、身体強化を纏《まと》った凄《すさ》まじい速度で、ゴーレムの巨体《きょたい》に肉薄《にくはく》する。そして彼女《かのじょ》の槍《やり》の一閃《いっせん》が、ゴーレムを覆《おお》う魔術障壁《まじゅつしょうへき》を砕《くだ》き割《わ》った。

その一瞬《いっしゅん》の隙《すき》を逃《のが》すことなく、古城《こじょう》の眷獣《けんじゅう》がゴーレムへと雷撃《らいげき》を浴びせかける。言葉すら要《い》らない慣れた連携攻撃《コンビネーション》だ。だが——

「こいつ、まだ動けるのか⁉　硬《かた》すぎるだろ！」

なおも動きを止めないゴーレムを睨《にら》んで、古城《こじょう》が唸《うな》る。

「先輩《せんぱい》、ゴーレムには、制御術式《せいぎょじゅつしき》を刻んだ核《かく》があるんです！　それを破壊《はかい》しなければ、いくら削《けず》ってもすぐに復活します！」

「上等だ！　だったら、核《かく》ごと霧《きり》にして吹《ふ》き散らしてやるよ！」

雪菜《ゆきな》の助言を受けた古城《こじょう》が、新たな眷獣《けんじゅう》を召喚《しょうかん》した。

吸血鬼《きゅうけつき》の霧化《きりか》能力を象徴《しょうちょう》する銀色の甲殻獣《こうかくじゅう》。周囲の物質を無差別に霧《きり》に変えるという凶悪《きょうあく》な権能《けんのう》が解放されて、都市を破壊《はかい》するゴーレムの巨体《きょたい》を包みこむ。

魔術障壁《まじゅつしょうへき》を失ったゴーレムたちには、もうそれに耐《た》える力はない。鈍色《にびいろ》の外殻《がいかく》に覆《おお》われた巨体《きょたい》が、このまま跡形《あとかた》もなく消滅《しょうめつ》する——

そう思われた瞬間《しゅんかん》、黄金の輝《かがや》きが古城《こじょう》たちの視界を駆《か》け抜《ぬ》けた。

「ちょ、ちょっと待ったぁぁぁ！」

「なに⁉」

甲高《かんだか》い少女の声が響《ひび》き渡《わた》り、古城《こじょう》が目つきを険しくする。

銀色の霧《きり》がかき消され、消滅《しょうめつ》するはずだったゴーレムが、かろうじて実体を保ったまま地上に転がった。古城《こじょう》の眷獣《けんじゅう》の攻撃《こうげき》が、何者かに妨害《ぼうがい》されたのだ。

「眷獣《けんじゅう》の能力を無効化した⁉」

「あの光……どうして……⁉」

古城《こじょう》と雪菜《ゆきな》の瞳《ひとみ》に、驚愕《きょうがく》の色が広がった。

眷獣《けんじゅう》の攻撃《こうげき》が防がれたことに驚《おどろ》いたわけではない。防がれた理由を理解しているから、驚《おどろ》いたのだ。

魔力《まりょく》を無効化する黄金の閃光《せんこう》。雪菜《ゆきな》の槍《やり》と同じ、神格振動波《しんかくしんどうは》の輝《かがや》きだ。

「ああもう！　古城《こじょう》君の魔力《まりょく》を感じたから慌《あわ》てて本島から来てみたら、こんなに派手にぶっ壊《こわ》してくれちゃって！　このゴーレム、一体でいくらすると思ってるの⁉」

どこか絶望したような悲鳴を上げながら、小柄《こがら》な影《かげ》が古城《こじょう》たちの前に着地する。

その人物の姿を見て、古城《こじょう》と雪菜《ゆきな》は呆然《ぼうぜん》と固まった。

彩海学園《さいかいがくえん》の制服を身につけ、黄金の槍《やり》を抱《いだ》いたその少女は、雪菜《ゆきな》と同じ顔をしていたからだ。

「もうホントに、なにやってんの、古城君《こじょう》⁉ ママまで一緒《いっしょ》になって！」

槍《やり》の先端《せんたん》を古城《こじょう》に突《つ》きつけ、怒《おこ》ったような口調で少女が言う。

雪菜《ゆきな》はそんな少女を見つめて、困惑《こんわく》したようにぼそりと呟《つぶや》いた。

「マ……ママ？」

8

魔力《まりょく》が霧散《むさん》する気配とともに、少女が握《にぎ》っていた黄金の槍《やり》が消滅《しょうめつ》した。器物の形をした眷獣《けんじゅう》――〝意思を持つ武器《インテリジエント・ウエポン》〟の召喚《しょうかん》が解除されたのだ。

目の前の少女に敵対の意思がないと判断して、古城《こじょう》も眷獣《けんじゅう》の召喚《しょうかん》を解く。

雪菜《ゆきな》はまだ少し不満げな表情を浮《う》かべていたが、やがて根負けしたように渋々《しぶしぶ》と槍《やり》を下ろした。

「おまえ……未確認魔獣騒《アンノウンさわ》ぎのときの偽姫柊《にせひめらぎ》か……」

少女に向かって、古城《こじょう》が訊《き》く。

雪菜《ゆきな》と同じ顔をした黄金の槍使《やりつか》い。古城《こじょう》たちが彼女《かのじょ》と会ったのは初めてではない。

マグナ《M》・アタラクシア《A》・リサーチ《R》の子会社が引き起こした未確認魔獣《アンノウン》の暴走事件の最中《さなか》に彼《かの》女《じょ》は現れ、ちょっとした騒動《そうどう》を引き起こした挙げ句に、なんの痕跡《こんせき》も残さずに消え去ったのだ。

絃神島《いとがみじま》が廃墟《はいきょ》と化した約二十年後の未来に古城《こじょう》たちが迷いこんでしまったことと、彼女《かのじょ》の存在になんの関係があるのかはわからない。だが、まったくの無関係ということはないだろう。

それは、絃神島《いとがみじま》を破壊《はかい》しようとしたゴーレムを彼女《かのじょ》が護《まも》ったことからも明らかだ。

しかし警戒《けいかい》する古城《こじょう》たちとは対照的に、少女の態度に緊張感《きんちょうかん》は乏《とぼ》しかった。

むしろ彼女《かのじょ》は、甘《あま》えてくるような親しげな距離感《きょりかん》で古城《こじょう》を睨《にら》みつけ、

「偽姫柊《にせひめらぎ》って言い方は酷《ひど》くないですか？　いちおうわたしも姫柊《ひめらぎ》なんですけどねー……訳あって母親の旧姓《きゅうせい》を名乗ってる感じで」

「母親の……旧姓《きゅうせい》？」

含《ふく》みを持たせた彼女《かのじょ》の言い回しに、古城《こじょう》は軽く戸惑《とまど》った。

少女はニヤリと不敵に微笑《ほほえ》んで、

「はい。本当の苗字《みょうじ》は教えてあげませんけどね。ふふっ、気になりますか、あ・か・つ・き、古城《こじょう》君？　気になりますか？」

「どうでもいい。俺《おれ》には関係ないからな」

「いや、関係ないって……」

ええーっ、と傷ついたような表情を浮《う》かべて、少女ががっくりと肩《かた》を落とした。

そして彼女《かのじょ》は、なにか物言いたげに、自分と雪菜《ゆきな》を交互《こうご》に指さす。自分たちの顔が似ていることを、精いっぱいアピールしているつもりらしい。

「おまえ……やっぱり姫柊《ひめらぎ》の姉妹《きょうだい》なのか？」

古城《こじょう》がふと閃《ひらめ》いて質問した。前に彼女《かのじょ》と遭遇《そうぐう》したとき、雪菜《ゆきな》と血縁《けつえん》関係にあるのではないかと疑われていたことを思い出したのだ。

実際、目の前の少女と雪菜《ゆきな》は、驚《おどろ》くほどよく似ている。これで無関係の他人と言い張るのは、さすがに無理があるだろう。

しかし少女は古城《こじょう》を見返して、落胆《らくたん》したように弱々しく笑う。

「あー……そっち……そういうふうに解釈《かいしゃく》しちゃうのか……」

「先輩《せんぱい》……」

そしてなぜか雪菜《ゆきな》までもが古城《こじょう》をジト目で睨《にら》んで、疲《つか》れたように溜息《ためいき》をついた。古城《こじょう》の鈍《にぶ》さに、本気で呆《あき》れているという表情だ。

考えてみれば、ここは古城《こじょう》たちが本来いるはずの時代から約二十年後の世界なのだ。この世界にいる偽雪菜《にせゆきな》が、雪菜《ゆきな》と姉妹《しまい》であるという可能性は極《きわ》めて低い。

自分の推理が的外れだと、古城《こじょう》もようやく理解する。だとすると、ますます少女の正体がわからなくなってしまうのだが――

「このゴーレムたちを操《あやつ》っていたのは、あなたですか？」

そんな古城《こじょう》に代わって、雪菜《ゆきな》が少女を問《と》い詰《つ》めた。

少女は一瞬《いっしゅん》、怪訝《けげん》そうに首を傾《かし》げて、

「ゴーレム？　ああ、この重機たちのことですか」

「重機？」

「不要になった建物を解体するための建設《けんせつ》魔導《まどう》機械《きかい》ですよ。これ一体で十億円くらいするんですけど、派手にぶっ壊《こわ》しましたねえ。人工島管理公社の人たち、泣いちゃいますよ？」

わたし知りませんからね、と彼女《かのじょ》は他人事《ひとごと》のように言い放つ。

古城《こじょう》は眉《まゆ》を寄せて偽雪菜《にせゆきな》を睨《にら》みつけ、

「人工島管理公社が、こいつらを操《あやつ》って絃神島《いとがみじま》を破壊《はかい》しようとしてたのか？　どういうことだ？」

「どういうもこういうも、それを訊《き》きたいのはこっちですよ。第四真祖《だいよんしんそ》の眷獣《けんじゅう》の気配がしたから、慌《あわ》てて来てみれば、どうして古城《こじょう》君とマ……雪菜《ゆきな》さんが、この時代にいるんですか？　しかも、解体中の人工島南地区《アイランド・サウス》に」

「解体中？」

「そうですよ。人工島《ギガフロート》の法定耐用年数《ほうていたいようねんすう》は四十七年ですからね。設計の古い南地区《サウス》は、後継《こうけい》の新南地区《ニューサウス》へのお引《ひ》っ越《こ》しが進んでるんです」

少女の説明を聞いた古城《こじょう》は、思わず隣《となり》にいる雪菜《ゆきな》と顔を見合わせた。

人工物である絃神島《いとがみじま》には国の安全基準によって、耐用年数《たいようねんすう》が定められている。意識したことはなかったが、言われてみれば当然のことだ。

古城《こじょう》たちの本来の世界では、人工島南地区《アイランド・サウス》は、完成後約三十年ほどだと聞いていた。それから約二十年が経《た》ったすれば、たしかに耐用年数《たいようねんすう》を過ぎている。廃棄《はいき》されたとしても、なにもおかしなことはない。

そして役目を終えた人工島《ギガフロート》を解体するために、建設魔導機械《けんせつまどうきかい》を使って不要な建物を撤去《てっきょ》する。

それも当然のことだった。

「引《ひ》っ……越《こ》し……？　じゃあ、この島に誰《だれ》もいなかったのは……」

「解体中の人工島《ギガフロート》に人がいたら、そっちのほうが危ないでしょうよ」

偽雪菜《にせゆきな》が、古城《こじょう》の疑問をばっさりと斬《き》り捨《す》てる。古城《こじょう》は気の抜《ぬ》けたような溜息《ためいき》を洩《も》らして、

「なにかの戦争や災害で、住民が死に絶えたわけじゃないんだな……」

「なんですか、それ。まあ、生き残ったのが奇跡《きせき》だな、と思うような事件は、十回や二十回……いえ、二百回くらいはあったような気がしますけど……」

「いや待て、それはおかしいだろ⁉　真祖大戦《しんそたいせん》とか領主選争《りょうしゅせんそう》とか、そのレベルの危機が、これから毎年のように起きるってのか⁉」

妙《みょう》に真剣《しんけん》な偽雪菜《にせゆきな》の呟《つぶや》きを聞いて、古城《こじょう》は思わずツッコミを入れた。

古城が第四真祖になってからの一年ほどの間に、絃神島はすでに何度か存亡の危機に陥っている。さすがにあれほどの大事件が、この先、起きるようなことはないだろうと思っていたのだが、偽雪菜《にせゆきな》の言葉が事実なら、そんなものは序の口に過ぎないということになる。

なぜ年に十回のペースで、全滅《ぜんめつ》しそうになっているのか——と激しい頭痛に見舞《みま》われる古《こ》城《じょう》の隣《となり》で、雪菜《ゆきな》もげっそりとしたような表情を浮《う》かべていた。

「ところで、さっきから気になってたんですけど、どうしてママはそんなセクシーな恰好《かっこう》をしてるんですか？　ママたちの若いころって、そういうのが流行《はや》ってたんでしたっけ？」

そんな雪菜《ゆきな》にふと視線を向けて、少女が真面目な口調で訊《き》いた。

自分の今の服装を思い出したのか、雪菜《ゆきな》は慌《あわ》ててパーカーの胸元《むなもと》を押《お》さえる。

「す、好きでこんな恰好《かっこう》をしてるわけじゃありません！　服を溶《と》かす大型の魔《ま》導生物《どうせいぶつ》に襲《おそ》われて、制服がボロボロになったから仕方なく……！」

「服を溶《と》かす魔《ま》導生物《どうせいぶつ》って……リサイクラーのことですよね。あれに捕《つか》まったんですか？　そんな、えっちなマンガみたいなことが、本当に……？」

「リサイクラー……そうか、あいつ、石油化学製品をリサイクルするために作られた生物だったのか……」

「ぷっ……あは……あはははっ！　よかったですね、リサイクラーの溶解液《ようかいえき》が人体には無害で。服だけ溶《と》かすスライムに捕《つか》まったって……狙《ねら》ってやったわけじゃないんですか？　天然だとは思ってましたけど、ママって昔からあざとかったんですね……あははは っ！　やだおかしい！」

「なんなんですか、ママ、ママって、さっきから、あなたはいったいなにを……！」

「そんな怒《おこ》ることないじゃないですか！　古城《こじょう》君、助けてください！　ママがいじめるんです！」

きゃあ、とわざとらしい悲鳴を上げながら、偽雪菜《にせゆきな》が古城《こじょう》の背後に回る。

「な!?　先輩《せんぱい》から離《はな》れなさい！　先輩《せんぱい》も、どうしてその子を庇《かば》うんですか!?」

「落ち着け、姫柊《ひめらぎ》！　俺《おれ》はべつにこいつを庇《かば》ってるわけじゃないだろ！」

殺気立った目つきの雪菜《ゆきな》に睨《にら》まれ、古城《こじょう》は思わず両手を上げた。一方の偽雪菜《にせゆきな》は、そんな古《こ》城《じょう》たちとのやりとりを明らかに面白《おもしろ》がっているようだ。

「──ていうか、おまえは何者なんだ？　本当に姫柊《ひめらぎ》の娘《むすめ》なのか？」

「さあ、それはどうですかね。もしかしたらあり得るかもしれない可能性のひとつ──くらいに思っておいてください。今はまだ」

偽雪菜《にせゆきな》が、古城《こじょう》の背中にぴったりと張りついて、意味深な表情を浮《う》かべてみせる。

そして彼女《かのじょ》は古城《こじょう》の耳元に唇《くちびる》を寄せて、囁《ささや》くように小声で告げた。

「誰《だれ》が私の父親なのか、気になります？」

「それは……」

小悪魔的《こあくまてき》に笑う少女を見返して、古城《こじょう》は曖昧《あいまい》に言葉を濁《にご》した。驚《おどろ》くほどに雪菜《ゆきな》とそっくりな少女。しかし彼女《かのじょ》は吸血鬼《きゅうけつき》だ。それも真祖に匹敵《ひってき》するほどに強力な。

だが、こんなふうにぴったりと身体《からだ》を寄せ合っていても、古城《こじょう》は不思議なくらい彼女《かのじょ》に対してなんの動揺《どうよう》も感じなかった。

彼女《かのじょ》に対して感じている距離感《きょりかん》は、実の妹である凪沙《なぎさ》を相手にしているような感覚に近い。それは少女の古城《こじょう》に対する、絶対的な信頼感《しんらいかん》が伝わってくるからかもしれない。古城《こじょう》にとっての偽雪菜《にせゆきな》は、恋愛《れんあい》の対象などとはまったく違《ちが》うのだ。

しかし古城《こじょう》と彼女《かのじょ》の間に通じ合うそんな感覚は、雪菜《ゆきな》には一切《いっさい》伝わっていなかったらしい。古城《こじょう》にくっついて離《はな》れない偽雪菜《にせゆきな》に対して、雪菜《ゆきな》が本気の殺気を飛ばす。次の瞬間《しゅんかん》、前触《まえぶ》れもなく旋回《せんかい》した銀色の槍《やり》が、古城《こじょう》の肩越《かたご》しに少女へと突《つ》き出《だ》された。

普通《ふつう》の人間なら確実に無傷では済まないその一撃《いちげき》を、偽雪菜《にせゆきな》がギリギリで回避《かいひ》する。

「わ……!?　なにするんですか!?　危ないじゃないですか!?　今けっこう本気でしたよね!?」

そういうことします、普通《ふつう》!?　虐待《ぎゃくたい》ですよ!?」

「先輩《せんぱい》から離《はな》れてくださいと、警告はしました」

「待て、姫柊《ひめらぎ》！　おまえも姫柊《ひめらぎ》を挑発《ちょうはつ》するな！」

雪菜《ゆきな》と偽雪菜《にせゆきな》に挟《はさ》まれる形になった古城《こじょう》が、必死で二人を説得する。

うー、と槍《やり》を構えたまま低く唸《うな》る雪菜《ゆきな》。

一方の偽雪菜《にせゆきな》は、そんな雪菜《ゆきな》に向かって、べぇ、と舌を出す。

「おまえの正体は置いといて、ここが俺《おれ》たちの時代から二十年後の世界というのは本当なのか？」

どうにか話題を変えようと、古城《こじょう》が疲《つか》れた口調で偽雪菜《にせゆきな》に訊《き》いた。

偽雪菜《にせゆきな》は平然とうなずいて、

「それはたぶんそうなんでしょうね。まあ、めずらしいことじゃないですよ。時空転移なんて」

「そうなのか？」

「そうですよ。そもそも、古城《こじょう》君たちはどうやってここまで来たんです？」

「絃神島《いとがみじま》の放水路に潜《もぐ》ってたんだよ。幽霊《ゆうれい》の目撃《もくげき》情報があったから、その調査で」

「地下の放水設備ですか。まあ、トンネルの中は出やすいって言いますもんね」

幽霊《ゆうれい》という言葉に対しても、偽雪菜《にせゆきな》は表情を変えなかった。

むしろ彼女《かのじょ》は、納得《なっとく》した、というふうに小さく肩《かた》をすくめ、

「だいたいの事情はわかりました。帰り道は、わたしが案内してあげられると思います」

自信ありげにそう告げる少女を、古城《こじょう》と雪菜《ゆきな》は胡乱《うろん》な眼差《まなざ》しで見つめるのだった。

9

「──疾《お》く在《いで》れ、”鍵の白銀《クラウイス・アルゲントゥム》”！」

少女が呼び出した眷獣《けんじゅう》が、暗い地下トンネルの中で眩《まばゆ》く輝《かがや》いた。その姿は、ひと言で形容するならクラゲだ。愛嬌《あいきょう》のある丸っこい外観の、虹色《にじいろ》の光沢《こうたく》を持つカミクラゲである。

「二体目の眷獣《けんじゅう》……か」

それなりに広い放水路をみっちりと埋《う》め尽《つ》くすような眷獣《けんじゅう》の巨体《きょたい》に、古城《こじょう》は軽く圧倒《あっとう》された。

偽雪菜《にせゆきな》が従えているカミクラゲは、第四真祖《だいよんしんそ》の眷獣《けんじゅう》たちと比べても遜色《そんしょく》ないほどの濃密《のうみつ》な魔《ま》力《りょく》を纏《まと》っている。これほどの眷獣《けんじゅう》を血の中に飼っていられるのは、真祖直系の血族だけだろう。彼女《かのじょ》は、ほぼ間違《まちが》いなく、真祖と血の伴侶《はんりょ》の間に生まれた第一世代の吸血鬼《きゅうけつき》だ。古城《こじょう》は今《いま》更《さら》のようにその事実を理解する。

「本当にわたしたちを過去に戻《もど》せるんですか？」

雪菜《ゆきな》が、警戒心《けいかいしん》を隠《かく》さない口調で少女に問いかけた。

その声が露骨《ろこつ》に不機嫌《ふきげん》なのは、偽雪菜《にせゆきな》が古城《こじょう》に密着したままだからだ。そして雪菜《ゆきな》よりも明らかにサイズの大きな胸部を、これ見よがしに古城《こじょう》に押《お》しつけてくる。

そんな偽雪菜《にせゆきな》を古城《こじょう》が振《ふ》り解《ほど》かないのは、下手にここで照れるのが逆効果だと直感したからだ。

帰り道を案内してもらっているという負い目もあるし、飼い主に甘《あま》える気まぐれな猫《ねこ》のようなものだと思えば、そう邪険《じゃけん》にする必要もないだろう。

「時空転移なんてめずらしくないって言ったじゃないですか。もともと存在する通路を安定させるくらいなら、たいした手間じゃないですよ」

偽雪菜《にせゆきな》が楽しげに微笑《ほほえ》んで言った。

「種明かしをすると、この眷獣《けんじゅう》の能力が時空転移なんですよ。まあ、いろいろと制限もあるんで、さすがにママたちを直接送り返すのは難しいんですけど……そのほうがいいですか？」

「制限？」

「具体的に言うと、生身の肉体以外を転移させるのはちょっと面倒《めんどう》といいますか……転送先で素《す》っ裸《ぱだか》になってもよければ、二人まとめて送り返してあげてもいいんですけどね。それをやるとわたしが生まれるのが早まっちゃいそうで恐《こわ》いかなって。えへ」

「えへ、じゃないですから！　やめてください！」

闇《やみ》の中でもわかるくらいに顔を真っ赤にして雪菜《ゆきな》が叫《さけ》んだ。

だんだん隠《かく》す気もなくなってきたらしい偽雪菜《にせゆきな》の雑な発言に、古城《こじょう》はやれやれと息を吐《は》く。

「結局、この放水路が時間通路《タイムトンネル》になってたってことでいいのか？　どうしてそうなった？」

「言っときますけど、わたしのせいじゃないですからね。いえ……たしかにわたしが前回転移したせいで、あの時代と繋《つな》がりやすくなってる可能性は否定しませんけど」

偽雪菜《にせゆきな》が、どこか困ったようにスッと目を逸《そ》らす。

「でもまあ、誰《だれ》が通路を開いたのかといえば、たぶん絃神島《いとがみじま》自身ですよ」

「絃神島《いとがみじま》自身？　どういうことだ？」

「付喪神《つくもがみ》って、わかります？」

「あ……」

古城《こじょう》は足を止めて、無意識に頭上を仰《あお》いだ。

付喪神《つくもがみ》とは、長い年月を経た道具などに魂《たましい》が宿ったものだといわれている。

そして絃神島《いとがみじま》は人工島《じんこうとう》――人間が生み出した道具なのだ。

「龍脈《りゅうみゃく》の上に造られた絃神島《いとがみじま》は、常に大量の霊力《れいりょく》が循環《じゅんかん》してますからね。一種の人造霊《じんぞうれい》が宿っても不思議はないですよ。島の上では世界最強の吸血鬼《きゅうけつき》なんて化け物が、魔力《まりょく》を撒《ま》き散《ち》らしたりしてますしね」

「ああ……」

なにか思い当たることがあったのか、雪菜《ゆきな》が小さく声を洩《も》らす。

「もしかして、わたしたちが放水路で見た幻《まぼろし》は……」

「そうか……絃神島《いとがみじま》自身の記憶《きおく》、か……！」

街の風景。そこに暮らす人々。あの幻《まぼろし》は、絃神島《いとがみじま》が見ていた夢だったのかもしれない。

廃棄《はいき》された人工島《ギガフロート》が、死の間際《まぎわ》に見る走馬灯だ。

「完全に解体されてしまう前に、誰《だれ》かにお別れを伝えたかったんじゃないですかね。まあ、わかんないですけどね、建造物の考えることなんて」

少しだけしんみりとした口調で、偽雪菜《にせゆきな》が呟《つぶや》いた。

絃神島《いとがみじま》で生まれ育った彼女《かのじょ》にとっては、この人工島《ギガフロート》こそが故郷なのだ。南地区《サウス》の解体に対しても、いろいろと思うことがあるのだろう。

「ある意味、本当に幽霊《ゆうれい》はいたんだな」

古城《こじょう》は、どこかしんみりとした気分で呟《つぶや》いた。

人工島の耐用《たいよう》年数は五十年弱。今の古城《こじょう》にとっては永遠と思えるような時間だが、過ぎ去ってしまえば一瞬《いっしゅん》なのだろう。

だがそんなわずかな歴史の中で、絃神島《いとがみじま》は幾度《いくど》も滅《ほろ》びの危機に陥《おちい》り、そのたびに多くの犠牲《ぎせい》を払《はら》って苦難を乗《の》り越《こ》えてきたのに違《ちが》いない。それを思えば、この人工島が無事に寿命《じゅみょう》を迎《むか》えたことは、一種の奇跡《きせき》のようにも思えてくる。

もっとも偽雪菜《にせゆきな》の説明によれば、その未来すら、〝あり得るかもしれない可能性のひとつ〟に過ぎないのだろう。古城《こじょう》たちの世界では、いまだに一歩間違《まちが》えれば、絃神島《いとがみじま》が滅亡《めつぼう》する未来にも普通《ふつう》に分岐《ぶんき》してしまうのだ。

「じゃあ、ここでお別れですね。いちおうこの時間通路《タイムトンネル》は塞《ふさ》いでおきますけど、面倒《めんどう》くさいことになるから、もう迷いこまないでくださいよ」

放水路の中を歩き続けて調圧水槽《ちょうあつすいそう》を過ぎたところで、ボロボロにひび割れていたはずの偽雪菜《にせゆきな》がようやく古城《こじょう》の手を離《はな》した。

古城《こじょう》たちの帰り道を塞《ふさ》いでいたはずの瓦礫《がれき》が消え、ボロボロにひび割れていたはずの放水路

放水路が、かつての真新しい姿を取り戻《もど》している。元の時代に戻《もど》ったのだ。

「好きで迷いこんだわけじゃねーよ。けど、まあ、世話になったな……ええと……」

偽雪菜《にせゆきな》にあらためて向き直り、古城《こじょう》は少し困ったように言《い》い淀《よど》んだ。今になって、自分が彼《かの》女《じょ》の名前すら知らないことを思い出したのだ。

「内緒《ないしょ》です。またそのうち会えますよ、古城《こじょう》君」

人差し指を自分の唇《くちびる》の前に立て、偽雪菜《にせゆきな》は、悪戯《いたずら》っぽく古城《こじょう》に笑いかけた。

そして彼女《かのじょ》は、古城《こじょう》の耳元にそっと唇《くちびる》を寄せて、素早《すばや》く囁《ささや》く。まるで古城《こじょう》にキスしたかのようなその仕草に、雪菜《ゆきな》がギョッと目を見開いて偽雪菜《にせゆきな》を睨《にら》みつけた。

「あ、あなたは……」

「ま、誰《だれ》かさんの頑張《がんば》り次第《しだい》ですけどね」

反射的になにかを言いかけた雪菜《ゆきな》の言葉を遮《さえぎ》って、少女はくるりとその場で回ってみせた。

バイバイ、と手を振《ふ》る彼女《かのじょ》の姿が薄《うす》れて、やがて完全に見えなくなる。

古城《こじょう》たちが本来の世界に復帰したことで、彼女《かのじょ》のいる時代との接続が途切《とぎ》れてしまったのだ。

みすみす彼女《かのじょ》に逃《に》げられてしまった雪菜《ゆきな》が、憤慨《ふんがい》したように唇《くちびる》を噛《か》みしめる。

「なあ、さっきの偽姫柊《にせひめらぎ》って、やっぱり……姫柊《ひめらぎ》の娘《むすめ》、なのか？」

古城《こじょう》が怖《お》ず怖《お》ずとした口調で、雪菜《ゆきな》に訊《き》いた。

できれば触《ふ》れたくない微妙《びみょう》な話題だが、このまま問題を放置していると余計にややこしいことになりそうな気がしたのだ。

「そ、そんなはずは……だって、先輩《せんぱい》にはアヴローラさんがいるのに……」

おろおろと目を泳がせながら、雪菜《ゆきな》がぼそぼそと呟《つぶや》いた。

古城《こじょう》は困惑《こんわく》して首を傾《かし》げ、

「アヴローラ？　なんであいつの名前が出てくるんだ？」

「それは、先輩《せんぱい》がアヴローラさんを、舞踏会《ぶとうかい》のパートナーに選んだって聞いたから……舞踏会《ぶとうかい》のパートナーって、婚約者《こんやくしゃ》や恋人《こいびと》を選ぶんですよね？」

雪菜《ゆきな》が、なぜか落ちこんだような儚《はかな》げな口調で訊《き》き返す。

まあな、と古城《こじょう》は言いづらそうに顔をしかめて、

「婚約者《こんやくしゃ》や恋人《こいびと》がいればそうなんだろうけど、相手がいなければ家族で構わないって聞いたぞ」

「家族……ですか？」

雪菜《ゆきな》が不思議そうに古城《こじょう》を見返した。

ああ、と古城《こじょう》はうなずいて、

「うちの両親が養子縁組《ようしえんぐみ》の申請《しんせい》を出してるから、アヴローラはもうすぐ俺《おれ》の妹になるんだよ。いや、年齢《ねんれい》的にはあいつが俺《おれ》の姉になるのか……？　日本政府との交渉《こうしょう》とか、いろいろややこしい駆《か》け引《ひ》きがあるから、正式に決まるまでは黙《だま》ってろって言われたんだけどな」

「アヴローラさんが……先輩《せんぱい》のきょうだいに？」

「凪沙《なぎさ》を魔《ま》族特区《ぞくとっく》のイベントに出席させるわけにはいかないから、消去法でアヴローラを連れて行くしかなかったんだよな。本人も行きたがってたしな」

「きょうだい……きょうだいですか……きょうだいなんですね……そうですか」

いまだに実感が湧《わ》いていないのか、雪菜《ゆきな》が何度も確かめるように口の中で繰《く》り返《かえ》す。

どんよりと曇《くも》っていた彼女《かのじょ》の瞳《ひとみ》に光が戻《もど》り、まるで花が咲《さ》くように、強張《こわば》っていた表情がほころんだ。理由はさっぱりわからないながらも雪菜《ゆきな》の機嫌《きげん》が直ったことを理解して、古城《こじょう》はホッと胸を撫《な》で下《お》ろす。

「そういえば、先輩《せんぱい》、さっき彼女《かのじょ》になにを言われたんですか？」

放水路の出口に向かって歩き出したあと、雪菜《ゆきな》がふと思い出したように古城《こじょう》に質問した。

古城《こじょう》は、ぎくっ、と肩《かた》を震《ふる》わせた。

別れる直前に偽雪菜《にせゆきな》が、古城《こじょう》の耳元で囁《ささや》いた言葉がふと甦《よみがえ》る。

——可愛《かわい》い娘《むすめ》のために、素敵《すてき》な名前を考えておいてくださいね、パパ。

「いえ、そんなたいした話じゃない……気にするな。そのうち必要になったらちゃんと話すから」

「は、はあ……」

古城《こじょう》が本気で困っていることを察したのか、雪菜《ゆきな》はそれ以上の追及を断念してくれる。

代わりに彼女《かのじょ》は、古城《こじょう》をじっと見つめて、遠慮《えんりょ》がちな口調で提案した。

「あの、先輩《せんぱい》……腕《うで》を組んでもいいですか？」

「え？」

「違《ちが》うんです。その、また時空転移に巻きこまれて、はぐれたりしても困りますし……！」

「ああ。それもそうか。ほら」

古城《こじょう》は納得《なっとく》して雪菜《ゆきな》に腕《うで》を差し出す。

雪菜《ゆきな》は嬉《うれ》しそうにその腕《うで》を取って、自分の腕《うで》を絡《から》ませようとするが、途《と》中《ちゅう》で断念するように動きを止めた。そして腕《うで》を組む代わりに、古城《こじょう》の指先だけを握《にぎ》る。おそらく偽雪菜《にせゆきな》に対抗《たいこう》しようとしたのだろうが、やはり途《と》中《ちゅう》で恥《は》ずかしくなってしまったのだろう。

「腕《うで》を組むんじゃなかったのか？」

そんな雪菜《ゆきな》の内心の葛藤《かっとう》を、少し面白《おもしろ》く感じながら古城《こじょう》が訊《き》いた。

「いえ、やっぱりいいです。今は、まだ、これだけで」

雪菜《ゆきな》はそう言って、古城《こじょう》の指先を握《にぎ》る手に力をこめる。

古城《こじょう》はそんな雪菜《ゆきな》の微笑《ほほえ》みに、一瞬《いっしゅん》、目を奪《うば》われた。そして思わず赤面して目を逸《そ》らす。

しかしそれから何歩も歩かないうちに、二人はその手を慌《あわ》てて離《はな》すことになる。

放水設備の入り口のほうから、聞き慣れた声が響《ひび》いてきたからだ。

「あ、いた！　いましたわ！　あなたたち、いつまでこんなところに潜《もぐ》ってますの⁉」

「そうね。あんたちが帰ってこないって香菅谷《かすがや》さんが心配して騒《さわ》ぐから、あたしまで捜索《そうさく》に駆《か》り出《だ》されたんだからね」

「ち、違《ちが》いますわ。私は古城《こじょう》を心配していたのではなくて、祟《たた》りを警戒《けいかい》していたのです……！」

帰りの遅《おそ》い古城《こじょう》たちを迎《むか》えに来ていたのは、雫梨《しずり》と浅葱《あさぎ》だった。

浅葱《あさぎ》はヘルメットやヘッドライト、救命ベストを着用したフル装備。雫梨《しずり》に至ってはどこから手に入れたのか、除霊用《じょれいよう》の御札《おふだ》や祓串《はらえぐし》まで握《にぎ》っている。

修女騎士《パラディネス》としての誇《ほこ》りはどうなったんだ、と思わなくもないが、それだけ古城《こじょう》たちを心配してくれたということなのだろう。

「それで、幽霊《ゆうれい》は⁉　幽霊《ゆうれい》はどうなりましたの⁉」

真剣《しんけん》な口調で雫梨《しずり》に訊《き》かれて、古城《こじょう》と雪菜《ゆきな》は無言で顔を見合わせた。

そしてどちらからともなく苦笑《くしょう》を浮《う》かべる。

「……詳《くわ》しい話、聞かせてもらえるんでしょうね？　姫柊《ひめらぎ》さんのその恰好《かっこう》のこともね」

二人だけで通じ合っているかのような古城《こじょう》と雪菜《ゆきな》の反応を見て、浅葱《あさぎ》が不機嫌《ふきげん》そうに目を細めた。自分の今の服装を思い出した雪菜《ゆきな》が赤面し、なぜか疑惑《ぎわく》の眼差《まなざ》しを向けられた古城《こじょう》が必死に首を振《ふ》る。

「そうだな。長い話になるけど、聞いてくれるか？」

地下トンネルの外は、すでに夜だった。

満点の星空の下には、人工の灯《あか》りが煌々《こうこう》と輝《かがや》き続けている。人と魔族《まぞく》が共存する街。魔族特区《まぞくとっく》。見慣れたはずのその景色が、今はひどく懐《なつ》かしいものに感じられた。

こうして、第四真祖《だいよんしんそ》とその血の伴侶《はんりょ》は、その領土——絃神島《いとがみじま》へと帰還《きかん》したのだった。

特典SS1

魔族特区ではよくあること

世界最強の吸血鬼《きゅうけつき》“第四真祖《だいよんしんそ》”暁《あかつき》古城《こじょう》と、彼《かれ》の監視者《かんししゃ》であるところの“剣巫《けんなぎ》”姫柊雪菜《ひめらぎゆきな》は、真昼の強烈《きょうれつ》な陽射《ひざ》しを浴びながら、彩海学園《さいかいがくえん》の競泳プールに立っていた。

水を抜《ぬ》き終《お》えた直後のプールは、緑色の苔《こけ》や藻《も》に覆《おお》われた無惨《むざん》な姿を晒《さら》している。

古城《こじょう》はジャージの裾《すそ》を短パン風にまくりあげており、雪菜《ゆきな》は学校指定の競泳水着に体操服の上着というスタイルだ。プール掃除中《そうじちゅう》の服装としては、それほど奇抜《きばつ》なものではない。雪菜《ゆきな》が両手で構えているのが、モップやデッキブラシなどではなく、物騒《ぶっそう》な銀色の槍《やり》であることを除けば、だが。

「──雪霞狼《せっかろう》!」

プールの底に残る水溜《みずた》まりに向かって、雪菜《ゆきな》が銀色の槍《やり》を突《つ》き立《た》てる。彼女《かのじょ》が狙《ねら》っていたのは、水底で蠢《うごめ》く謎《なぞ》の物体だ。

鈍重《どんじゅう》そうな外観に似合わぬ機敏《きびん》な動きで、その物体は雪菜《ゆきな》の攻撃《こうげき》を回避《かいひ》。水面を覆《おお》う藻《も》に隠《かく》れて、雪菜《ゆきな》の背後へと回りこむ。

「逃《に》がすかっ!」

謎《なぞ》の物体を追って跳躍《ちょうやく》した古城《こじょう》が、渾身《こんしん》の力でデッキブラシを叩《たた》きつけた。

しかしブラシの柄《がら》から伝わってきたのは、にゅるり、とした不気味な感触《かんしょく》だけだ。

「なんだこいつ……!?　うおおおおっ!?」

ぬめる水底に足を取られた古城《こじょう》に、緑色の不気味な物体がすかさずのしかかる。

謎《なぞ》の物体の正体は、ブヨブヨとした不定型の生物だった。巨大《きょだい》なアメーバともクラゲともウナギとも区別がつかない怪物《かいぶつ》だ。

「先輩《せんぱい》！　っ……⁉」

からめ捕《と》られた古城《こじょう》を救おうと、雪菜《ゆきな》が怪生物《かいせいぶつ》に槍《やり》を突《つ》き立《た》てた。しかし雪菜《ゆきな》の槍《やり》は怪生物《かいせいぶつ》の肉体に何の抵抗《ていこう》もなく呑《の》みこまれ、そのまま雪菜《ゆきな》も取りこまれてしまう。

「くそ、謀《はか》りやがったな、那月《なつき》ちゃん！」

プールサイドに立つドレス姿の小柄《こがら》な担任教師に向かって、古城《こじょう》が怒鳴《どな》った。

「人聞きの悪いことを言うな。私の授業をサボった罰《ばつ》を、プール掃除《そうじ》程度で許してやろうというのだ。むしろ感謝するのだな」

「だからってプールの中に、こんな化け物がいるとは聞いてなかったぞ⁉」

「どこかの研究室から逃《に》げ出《だ》した魔獣《まじゅう》が、このプールで独自の進化を遂《と》げたらしいな。魔族特《まぞくとっ》区《く》ではよくあることだ。気にするな。ちなみにそいつの粘液《ねんえき》は、水着の繊維《せんい》を溶《と》かすだけで人体に害はない」

「え？　水着を溶《と》かすって……え⁉」

「どうしてこっちを見るんですかっ！」

極東の〝魔族特区《まぞくとっく》〟絃神島《いとがみじま》の空に、雪菜《ゆきな》の怒声《どせい》が響《ひび》き渡《わた》る。〝第四真祖《だいよんしんそ》〟暁《あかつき》古城《こじょう》の受難の日々は、こうして今日も続いていく。

第二話

真昼のちょっと恐い話

「ねえ、なにか怖《こわ》い話、して」

ぬるくなったアイスコーヒーをストローですすりながら、藍羽浅葱《あいばあさぎ》が唐突《とうとつ》に言った。

彩海学園《さいかいがくえん》近くの喫茶店《きつさてん》。窓際《まどぎわ》のボックス席に座《すわ》っているのは、彼女《かのじょ》と、古城《こじょう》と、姫柊雪菜《ひめらぎゆきな》、そして矢瀬基樹《やぜもとき》の四人である。先日の台風騒《さわ》ぎで延期になった水泳の補習を終えたばかりの劣《れつ》等生《とうせい》が二人と、自称監視役《じしょうかんしやく》を名乗る後輩《こうはい》が一人。あとは単なる冷やかしの一般人《いっぱんじん》一名だ。

「なんかまた突然《とつぜん》だな。どうした、いきなり？」

古城《こじょう》が眉《まゆ》をひそめて訊《き》き返す。時刻は午後二時を過ぎたばかり。窓の外には、真夏の強烈《きょうれつ》な陽射《ひざ》しが燦々《さんさん》と照りつけている。およそ怪談話《かいだんばなし》を語るのに適した環境《かんきょう》とは思えない。

矢瀬《やぜ》も古城《こじょう》と同じ感想を抱《いだ》いたのか、隣《となり》に座《すわ》る浅葱《あさぎ》を呆《あき》れたように眺《なが》めて、

「なんでこんな真っ昼間っから怪談《かいだん》なんかしなきゃなんねーんだよ。あほか」

「なによ、基樹《もとき》。あんた、怖《こわ》いの？」

浅葱《あさぎ》がフッと嘲《あざけ》るように笑って矢瀬《やぜ》を見た。

「こ、こ、怖《こわ》くねーし！」

なぜか矢瀬《やぜ》はムキになって、浅葱《あさぎ》の言葉を否定する。その必死な様子がおかしかったのか、雪菜《ゆきな》がクスクスと失笑《しっしょう》した。

もっとも矢瀬《やぜ》の嫌《いや》がる気持ちは、古城《こじょう》たちにもよくわかる。魔術《まじゅつ》と怪物《かいぶつ》が跋扈《ばっこ》するこの〝魔《ま》族特区《ぞくとっく》〟においては、都市伝説や妖異譚《よういたん》と現実の境目は極《きわ》めて曖昧《あいまい》だ。だからこそ作りものの

怪談話《かいだんばなし》を、わざわざ聞きたがる者は多くない。

しかし浅葱《あさぎ》は、うんざりしたような瞳《ひとみ》で窓の外を眺《なが》めて、

「気分よ、気分。このクソ暑い中、クーラーの効いてる店から出たくないっていうか、歩いて帰るの嫌《いや》だなーって思って」

「ああ……だから、お店を出る前にゾッとするような怖《こわ》い話を聞いて、体を冷やしておこうという作戦なんですね」

雪菜《ゆきな》の表情に理解の色が広がった。そうそう、そういうこと、とうなずく浅葱《あさぎ》。

「なるほど……理屈《りくつ》はわからなくもないけど、いきなり怖《こわ》い話をしろって言われてもな……」

ふむ、と古城《こじょう》は腕《うで》を組んで考えこむ。

なまじ本物の恐怖体験《きょうふたいけん》が身近にあるだけに、絃神島《いとがみじま》の住民の怪談話《かいだんばなし》に対する評価は厳しい。適当に聞きかじっただけの噂話《うわさばなし》では、浅葱《あさぎ》を満足させるのは無理だろう。

そのとき言い出しっぺである浅葱《あさぎ》が、ふとなにか思い出したように眉《まゆ》を上げた。

「ねえ、古城《こじょう》、そういえばあんたって、しょっちゅう死んだり生き返ったりしてるのよね？」

「はあ？　ないない、俺《おれ》がそんな危険なことなんかするわけ……」

手を振《ふ》って軽く笑い飛ばそうとした古城《こじょう》は、隣《となり》にいる雪菜《ゆきな》の視線に気づいて言葉を切った。怒《おこ》っているような、それでいて今にも泣き出しそうな、なんとも形容しがたい目つきである。

雪菜《ゆきな》のその眼差《まなざ》しで、古城《こじょう》は、自分が過去に何度か絶命していたことを思い出す。吸血鬼《きゅうけつき》

の真祖が持っている再生能力でなんとか蘇生《そせい》したのだが、そのたびに雪菜《ゆきな》は泣きながら、古《こ》城《じょう》をこんなふうに睨《にら》んでいたのだった。

「ま、まあ、たまに……な。ほんと、時々」

雪菜《ゆきな》の責めるような視線から目を逸《そ》らしつつ、古城《こじょう》は曖昧《あいまい》に言葉を濁《にご》す。

浅葱《あさぎ》はやれやれと肩《かた》をすくめて、

「そのとき臨死体験に遭《あ》ったりしないの？」

「臨死体験？」

「ほら、きれいなお花畑が見えたとか、三途《さんず》の川《かわ》の向こう岸から、亡《な》くなったご両親が手招きしてたとか」

「いや、うちの両親は家に居つかないってだけで、二人ともまだ生きてっから……」

古城《こじょう》は念のために訂正《ていせい》しておく。たしかに留守がちではあるものの、暁《あかつき》家の両親はいちおう二人とも健在だ。

「死後の世界か……確かにそいつはちょっと気になるな」

「どうなんですか、先輩《せんぱい》？」

矢瀬《やぜ》と雪菜《ゆきな》も、浅葱《あさぎ》の疑問に興味を惹《ひ》かれたようだった。

魔術《まじゅつ》が発達した現在でも、死後の人間の意識の行方《ゆくえ》は、いまだ解明されない謎《なぞ》のままである。

何度も死と復活を繰《く》り返《かえ》している古城《こじょう》の体験は、その謎《なぞ》を解く貴重な鍵《かぎ》になるはずだ。が、

「いや、臨死体験ってのはわからないな。死んでいる間、よく夢は見てるけど」

古城《こじょう》は少し困ったように頭をかいた。浅葱《あさぎ》が意外そうに目を瞬《またた》く。

「夢？　どんな？」

「夢は夢だよ。荒唐無稽《こうとうむけい》っていうか、ファンタジーっていうか、ちょっと色々現実にはありえない感じの」

「本当にただの夢なのかよ……」

矢瀬《やぜ》が落胆《らくたん》したように息を吐《は》く。期待外れといわんばかりの態度だが、事実なので古城《こじょう》にはどうしようもない。

「あと、たまに生々しいっていうかグロかったりするけど」

「ああ、うん。夢ってそういうものよね」

浅葱《あさぎ》の声もどこか素っ気ない。雪菜《ゆきな》だけが真面目な口調で質問を続けてくる。

「具体的には、どんな内容なんですか？」

「そうだな……気づいたら、まず、白くてだだっ広いなんだかよくわからない空間にいるような感じかな」

古城《こじょう》が曖昧《あいまい》な記憶《きおく》を辿《たど》りながら説明する。おや、と浅葱《あさぎ》は少し驚《おどろ》いたように目を眇《すが》め、

「ふーん、それはなかなか臨死体験っぽいわね」

「そうか？」

彼女《かのじょ》の言う臨死体験っぽさの基準というのが、古城《こじょう》には今イチわからない。

「それで、まあ、そこでたいてい女神《めがみ》ってやつが出てくるな」

「は？　女神《めがみ》？」

なに言ってんだコイツ、と言わんばかりに浅葱《あさぎ》が露骨《ろこつ》に顔をしかめる。一方、矢瀬《やぜ》は、急に真剣《しんけん》な目つきになって、

「……美人か？」

「まあ、女神《めがみ》を名乗ってるくらいだからな。それなりには」

「胸は？　でかいのか？　やっぱり女神《めがみ》っていうくらいだから……」

「いや、それは人それぞれだな」

この場合は神それぞれと言うべきだろうかと、どうでもいいことを少し悩む古城《こじょう》。なるほど、と矢瀬《やぜ》は、ポケットから取り出した手帳に古城《こじょう》の証言を書きつける。

「それぞれか……でかいのもそうでないのもいる、と」

「基樹《もとき》、あんた……」

うわ、と浅葱《あさぎ》が半眼《はんがん》になって、ドン引きしたように矢瀬《やぜ》を睨《にら》む。

「バカ、違《ちが》う。これは決していやらしい意味で確認《かくにん》しているのではなくて高度に学術的な意味があってだな。つまり世界各地に伝わる豊満な地母神信仰《ちぼしんしんこう》というのが夢という集合的無意識の中にいかに反映されているかと言う実に崇高《すうこう》な……」

「うるさい黙《だま》れ、どうでもいいわその情報。話が進まないでしょうが」

矢瀬《やぜ》の早口の言い訳を、浅葱《あさぎ》が鬱陶《うっとう》しげに切り捨てた。

雪菜《ゆきな》が小さく溜息《ためいき》をついて、気を取り直したように再び口を開く。

「その女神様《めがみ》というのは、先輩《せんぱい》に何か用があったんですか」

「ああ、だいたい毎回、頼《たの》みごとをされるな」

「頼《たの》み……ですか？　先輩《せんぱい》に？　夢の中で？」

「なんでも、その女神《めがみ》が管理してる世界が魔王《まおう》に襲《おそ》われて滅《ほろ》びかけてるから、そいつを倒《たお》して世界を救ってほしい、とかなんとか……」

「はあ……魔王《まおう》、ですか……」

雪菜《ゆきな》が実に複雑そうな表情を浮《う》かべた。古城《こじょう》の話をこれ以上、真面目に聞く価値があるのか、本気で悩《なや》み始めた表情だ。

「何かあたしが期待してた臨死体験と違《ちが》うわね。安っぽいRPGみたいで」

浅葱《あさぎ》はすっかり興味をなくして、取り出したスマホを弄《いじ》り始めている。

「だから夢の話だって最初から言ってるだろ」

古城《こじょう》はふて腐《くさ》れたように頬杖《ほおづえ》を突《つ》く。訊《き》かれたことに答えているだけなのに、なぜ責められているのか納得《なっとく》がいかない。

「まあでも、単なる夢だとしても古城《こじょう》の願望が反映されてるって可能性はあるからな」

矢瀬《やぜ》がわりとどうでもいいフォローを入れる。

「暁《あかつきせんぱい》先輩の願望……」

その言葉になぜか喰《く》いつく雪菜《ゆきな》。古城《こじょう》は苦々しげに唇《くちびる》を歪《ゆが》めて、

「いやべつに世界を救いたいとかこれっぽっちも思ってないんだが……むしろそういうのはこりごりっていうか」

「絃神島《いとがみじま》のことだけで、何度も死ぬような目に遭《あ》ってるんだものね」

浅葱《あさぎ》が愉快《ゆかい》そうに小さく笑った。ほっといてくれ、と古城《こじょう》は嘆息《たんそく》する。

「それで結局、先輩《せんぱい》は魔王《まおう》を倒《たお》しに行ったんですか？」

雪菜《ゆきな》が冷静な口調で訊《き》いてきた。あらためてそうやって質問されると、間抜《まぬ》けな会話だな、と古城《こじょう》は他人事《ひとごと》のように考える。

「そうだな。そもそも選択《せんたく》の余地がなかったというか、わりといつも問答無用で、その世界に送りこまれていたからな」

「魔王《まおう》のお城とかに、いきなり突《つ》っ込《こ》んでいったわけ？」

「いや、魔王城《まおうじょう》の周りは警備も厳重だし、最初はどこか適当な街に連れていかれる感じかな。そこで仲間を集めたり、装備を整えたりしなきゃだし」

浅葱《あさぎ》の雑な質問にも、古城《こじょう》は真面目な答えを返す。やけに具体的な古城《こじょう》の証言に、浅葱《あさぎ》が怪訝《けげん》な表情を浮《う》かべた。

「仲間？　その世界の人たちとは言葉が通じるの？」

「あまり気にしてなかったけど、そういや会話は普通《ふつう》に成立したな。ただ文字は見たことないやつだったから、それは女神《めがみ》に代わりに読んでもらってた」

「女神《めがみ》？　女神《めがみ》様も先輩《せんぱい》についてきたんですか？」

雪菜《ゆきな》が驚《おどろ》いたように目を見開いた。少し過敏《かびん》とも思える彼女《かのじょ》の反応に、古城《こじょう》は、あ、ああ、と軽く気圧《けお》されながら、

「俺《おれ》を監視《かんし》するとか言って、ずっとつきまとわれてたぞ」

「ちょっと待て。じゃあ、おまえ、その女神《めがみ》様と一緒《いっしょ》に旅をしてたのか？」

矢瀬《やぜ》もどこか羨《うらや》ましげに訊《き》いてくる。

「旅って言っても、そんな楽しいもんでもないけどな。魔王城《まおうじょう》の近くには宿屋もないから、基本、野宿だし」

「女神《めがみ》様と一緒《いっしょ》に野宿、だと……」

「いや、夢……！　俺《おれ》の夢の中の話だからな！」

なんとなく流れ始めた不穏《ふおん》な空気に、古城《こじょう》はわけもなく焦《あせ》って念押《ねんお》しする。

「それにあいつと二人きりってわけでもないぞ。あっちの世界の巫女《みこ》とか、女騎士《おんなきし》とかもついてきたしな」

「あいつ……？」

女神《めがみ》に対する古城《こじょう》の親しげな呼びかけに、雪菜《ゆきな》がこめかみを引《ひ》き攣《つ》らせる。

「巫女《みこ》に女騎士《おんなきし》に女神様《めがみ》って、なんで仲間になるのが女の人ばっかりなんですか？」

「いや、そもそもあの世界は男手が不足してるんだよ。少しでも戦えそうな連中は、とっくに魔王軍《まおうぐん》との戦いに駆《か》り出《だ》されてるから」

やけに冷え冷えとした声の雪菜《ゆきな》に、古城《こじょう》は必死の弁明を試みる。パーティメンバーが女性ばかりになったのは、あくまでも成り行きで古城《こじょう》の本意ではない。

「それであんたは可愛《かわい》いお仲間と旅をしながら地道にレベルアップして魔王《まおう》を倒《たお》しに行ったわけ？　夢の中とはいえずいぶん気の長い話ね」

浅葱《あさぎ》が辛辣《しんらつ》な口調で皮肉ってくる。

現実世界で殺されてるのに、呑気《のんき》に夢を見ている場合か、という意見は実にごもっともだ。とはいえ、実際のところ、古城《こじょう》は何年ぶんもの長い時間を夢の中で過ごしていたわけではない。

「いや、あっちの世界でも俺《おれ》の吸血鬼《きゅうけつき》の力は使えたからな。べつにレベル上げとかしなくても、大概《たいがい》の戦闘《せんとう》は眷獣《けんじゅう》一発で片づいた」

「無敵チートのクソゲーじゃねーか……」

矢瀬《やぜ》が険しい表情を浮《う》かべて、怒《おこ》ったように吐《は》き捨《す》てる。一見ちゃらんぽらんに見える矢瀬《やぜ》だが、ゲーム内の不正行為《こうい》に対しては厳しい男なのだ。

「いや、クソゲーっつうか、普通《ふつう》に考えて、俺《おれ》が第四真祖《だいよんしんそ》だから魔王《まおう》を倒《たお》すために呼ばれたんだと思うんだが……」

「そりゃそうね。そんな崖《がけ》っぷちの世界に一般人《いっぱんじん》を送りこんでも意味ないもの」

スマホ片手に素っ気ない相槌《あいづち》を打つ浅葱《あさぎ》。

望んで手に入れた力ではないが、古城《こじょう》はこれでも、世界最強の吸血鬼《きゅうけつき》という肩書《かたが》きを持っている。どちらかといえば、そこいらの駆《か》け出《だ》し勇者より、魔王《まおう》の側に近い存在なのだ。今さら初心者向けの雑魚《ざこ》モンスター相手に、経験値稼《かせ》ぎをしているようでは話にならないだろう。

「そうはいっても眷獣《けんじゅう》を暴走させて街ひとつ焼《や》き払《はら》ったりして、それはそれで大変だったんだけどな。魔王軍《まおうぐん》の手先だと思われて、一般人《いっぱんじん》に石を投げられたりして」

「まあ、古城《こじょう》なんか連れてったら当然そうなるわよね」

「女神《めがみ》の監視《かんし》、意味ねえな」

どことなく懐《なつ》かしそうな古城《こじょう》の呟《つぶや》きに、浅葱《あさぎ》と矢瀬《やぜ》が冷ややかな感想を洩《も》らす。

「あとさすがに魔王《まおう》は手ごわくて、俺《おれ》も何度か死にかけた」

当時の記憶《きおく》を思い出し、古城《こじょう》はげんなりした表情を浮《う》かべた。不死身の吸血鬼《きゅうけつき》といえども、攻撃《こうげき》を受ければ傷つくし血も流す。死にそうな目に遭《あ》えば文字どおり死ぬほど痛いのだ。

「結局そのときは仲間に助けてもらって、どうにか魔王《まおう》を滅《ほろ》ぼして、それでこっちの世界に戻《もど》って来《こ》れたんだよ。女神《めがみ》のやつが、世界を救った褒美《ほうび》に俺《おれ》を生き返らせてくれるって言うから」

「は……？」

古城《こじょう》の何気ない発言に、矢瀬《やぜ》が呆然《ぼうぜん》と目を剝《む》いた。その大げさな反応に、逆に古城《こじょう》のほうが戸惑《とまど》いを覚える。さっきまで古城《こじょう》の説明を適当に聞き流していた人間の態度とは思えない。

「ちょっと待て、どういうことだ？　まさか、吸血鬼《きゅうけつき》の真祖が死んでも復活する理由って……」

「あんた、毎回どこかの女神《めがみ》に生き返らせてもらってたの!?　世界を救ったご褒美《ほうび》として!?」

浅葱《あさぎ》が、テーブルの上に身を乗り出して古城《こじょう》に詰《つ》め寄《よ》ってくる。

「いや、それは俺《おれ》に訊《き》かれても。今のは俺《おれ》がそういう夢を見たってだけの話で……」

友人二人の剣幕《けんまく》に圧倒《あっとう》されて、古城《こじょう》は煮《に》え切《き》らない態度で言《い》い逃《のが》れようとする。

浅葱《あさぎ》は妙《みょう》に深刻な表情で、隣《となり》の矢瀬《やぜ》と顔を見合わせ、

「ねぇ、基樹《もとき》、あんたどう思う？」

「わからん。だが、もし今の話が事実なら、世界的な大発見じゃないのか。それこそヘルメス魔術賞《まじゅつしょう》クラスの……」

賞金一億円超《ちょう》の有名な魔術賞《まじゅつしょう》を引き合いに、古城《こじょう》の発言の重要性を示唆《しさ》する矢瀬《やぜ》。

なにやら面倒《めんどう》な雲行きになったと、古城《こじょう》は不安を滲《にじ》ませた。いちおう事実を語ったつもりだが、しょせん夢は夢である。魔術的《まじゅってき》な正当性を証明しろといわれても困る。しかし矢瀬《やぜ》たちの興奮ぶりを見ていると、試《ため》しにもう一度死んでみてくれなどと言い出しそうで正直怖《こわ》い。

「ところで、先輩《せんぱい》」

そのとき雪菜《ゆきな》が、静かに古城《こじょう》を呼んだ。底の見えない深い湖のような、穏《おだ》やかに澄《す》み切《き》っていながらも不気味さを感じさせる声だった。

「姫柊《ひめらぎ》？」

猛烈《もうれつ》に嫌《いや》な予感を覚えつつ、古城《こじょう》はぎこちなく彼女《かのじょ》を見返した。間近で見る雪菜《ゆきな》の顔立ちは、相変わらず人間離《にんげんばな》れした可憐《かれん》さだ。しかし彼女《かのじょ》の瞳《ひとみ》には、なんの感情も浮《う》かんでいなかった。

「先ほど、何度か死にかけたところを仲間に助けてもらった、っておっしゃいましたよね」

「ああ、まあ、たしかに言った……ような気がします」

古城《こじょう》が歯切れの悪い口調で怖《お》ず怖《お》ずと答える。

人形めいた人工的な無表情のまま、雪菜《ゆきな》は声のトーンを一段低くした。

「それはつまり先輩《せんぱい》が、お仲間の女神《めがみ》様たちの血を吸った、という解釈《かいしゃく》でいいんですよね？」

「い、いや待て、吸ってない！　さすがに女神《めがみ》の血は吸ってないぞ……！」

古城《こじょう》は弾《はじ》かれたように勢いよく首を振《ふ》る。

雪菜《ゆきな》が撒《ま》き散《ち》らしている奇妙《きみょう》な威圧《いあつ》感の正体が、薄々《うすうす》わかってきたような気がする。ここはきっぱり否定しておかなければまずい、と古城《こじょう》の本能が告げていた。だが、

「女神《めがみ》の血は吸ってない……ということは、ほかの方たちの血は吸ったということですね」

雪菜《ゆきな》が冷静に指摘《してき》した。感情のこもらない淡々《たんたん》とした口調が、今は逆に恐《おそ》ろしい。

「いや、それは不可抗力《ふかこうりょく》というか……世界を救うために仕方なく……」

古城《こじょう》はじっとりと掌《てのひら》を汗《あせ》に濡《ぬ》らした。それを口にしたあとで、しまった、今のは誤魔化《ごまか》そうと思えば誤魔化《ごまか》せたのではないか、と気づいたがすでに手遅《ておく》れだった。

「仕方なく、ですか……そうですか……」

雪菜《ゆきな》が、天使もかくやという美しい微笑《ほほえ》みを浮《う》かべる。しかし瞳孔《どうこう》の開ききった彼女《かのじょ》の瞳《ひとみ》に、古城《こじょう》は言葉をなくして沈黙《ちんもく》する。

「なあ、この店、クーラー効きすぎじゃね」

二《に》の腕《うで》を寒そうにさすりながら、矢瀬《やぜ》が平板な口調で言った。

「そうね。涼《すず》しくなってきたし、そろそろ出ましょうか」

そう言って浅葱《あさぎ》は、古城《こじょう》たちを置き去りに立ち上がり、強い陽射《ひざ》しが降り注ぐ街へと逃《に》げるように出て行くのだった。

第三話
彼女の中の……

「え？　出ちゃった……って、中にですか？」

どこかばつの悪そうな表情を浮《う》かべる暁古城《あかつきこじょう》に、姫柊雪菜《ひめらぎゆきな》が驚《おどろ》きの声で訊《き》き返す。

帰宅途中《とちゅう》の通学路。混み合ったモノレールの駅の構内だ。通りすがりの乗降客たちが何人か、古城《こじょう》たちの不穏《ふおん》な会話を聞きつけて、ギョッとしたように足を止める。

「それって昨日の夜の話ですよね!?　どうして黙《だま》ってたんですか!?　出そうになったら、その前にわたしに言ってくれないと……！」

「気づいたときにはもう出てたんだから、仕方ないだろ。まあ、心配しなくても大丈夫《だいじょうぶ》だって。中に出たって言ってもちょっとだけだし」

「で、でも……もしものことがあったら……！」

雪菜《ゆきな》がうつむいて不安げに呟《つぶや》いた。古城《こじょう》は気まずそうに髪《かみ》をかきながら目を逸《そ》らし、

「悪かったよ。俺《おれ》も生では初めてだったから、さすがにタイミングがつかめなくて……」

「——こ、古城《こじょう》君！」

古城《こじょう》の無責任な釈明《しゃくめい》を、怒《いか》りに燃えた鋭《するど》い声が遮《さえぎ》った。通学定期の更新《こうしん》手続きに行っていたはずの暁凪沙《あかつきなぎさ》が、いつの間にか戻《もど》ってきて全身をわなわなと小刻みに震《ふる》わせている。

「どうしたんだ、凪沙《なぎさ》？　顔が真っ赤だぞ？」

「あたしのことはどうでもいいから！」

怪訝《けげん》そうに妹に問いかける古城《こじょう》を、凪沙《なぎさ》は嚙《か》みつかんばかりの勢いで怒鳴《どな》りつけた。

「そんなことより、今のはどういうことなの⁉　真っ昼間っから公共の場でなんて話してるの⁉　雪菜《ゆきな》ちゃんの中に出すとか出さないとか、二人はいつから、そんな関係に……⁉」

「たしかにこんなところで話す内容ではありませんでしたね……幽霊《ゆうれい》のことなんて」

怒《おこ》っている凪沙《なぎさ》を気遣《きづか》うように、雪菜《ゆきな》が声を潜《ひそ》めて言った。

「……は？」凪沙《なぎさ》が大きく目を瞬《まばた》く。「幽《ゆう》……霊《れい》？」

ああ、と古城《こじょう》は苦々しげな表情で首肯《しゅこう》した。

「先週からなんかいるっぽい気配を感じてたんだが、ついに俺《おれ》の部屋の中に出てきやがってさ。生で心霊体験《しんれいたいけん》するのは初めてだったから正直焦《あせ》った」

「霊《れい》が出そうな気配を感じたら、すぐにわたしを呼んでくださいってあれほど言ったのに……」

雪菜《ゆきな》が責めるような視線を古城《こじょう》に向ける。凪沙《なぎさ》はまだ少し混乱したように目を開けたまま、

「えーと……古城《こじょう》君が見たの？　幽霊《ゆうれい》を？」

「はっきり姿が見えたわけじゃないけど、うっすらとな」

古城《こじょう》が唇《くちびる》を歪《ゆが》めてうなずいた。

「あとは視線というか気配というか、つきまとわれてる感覚がずっと続いてて……べつに実害はないんだが、家の中まで出てこられるといい気分はしないよな」

「わあああああっ！　やめてやめてやめて！　恐《こわ》い恐《こわ》い、聞きたくない！」

凪沙《なぎさ》が真剣《しんけん》に怯《おび》えたように、両耳を押《お》さえてうずくまる。快活で人懐《ひとなつ》こい凪沙《なぎさ》だが、彼女《かのじょ》は魔族恐怖症《まぞくきょうふしょう》だ。幼いころに体験した魔族《まぞく》に対する激しい恐怖《きょうふ》が、今も彼女《かのじょ》の中に根強く残っている。それもあって凪沙《なぎさ》は怪談《かいだん》やオカルト関係の話題にもめっぽう弱いのだ。自宅に幽霊《ゆうれい》が出たと言われては、さすがに心穏《おだ》やかではいられない。

「先輩《せんぱい》が恩莱島《おんらいとう》から戻《もど》ってきたことと、なにか関係があるんでしょうか……」

震《ふる》える凪沙《なぎさ》に寄《よ》り添《そ》いながら、雪菜《ゆきな》がぽつりと自問する。

恩莱島《おんらいとう》と呼ばれる異空間に囚《とら》われていた古城《こじょう》が、現実世界に帰還《きかん》して約一週間。古城《こじょう》が幽霊《ゆうれい》の気配を感じるようになったのもちょうどそのころだ。だが、それだけの理由で二つの事件が関係していると結論づけるのは少し無理がある。

だから雪菜《ゆきな》もそれ以上は追及せず、迷いを振《ふ》り払《はら》うように首を振《ふ》った。

「ただの幽霊《ゆうれい》が先輩《せんぱい》をどうこうできるとは思えませんけど、放っておくと第四真祖《だいよんしんそ》の魔力《まりょく》に影響《えいきょう》されて面倒《めんどう》なことになりかねませんし、早めに除霊《じょれい》したほうが良さそうですね」

「除霊《じょれい》って、そんなこと出来るの？　雪菜《ゆきな》ちゃん？」

座《すわ》りこんだままの凪沙《なぎさ》が、雪菜《ゆきな》を不安そうに見上げて訊《き》く。雪菜《ゆきな》は、そんな凪沙《なぎさ》を励《はげ》ますように、力強く言い切った。

「任せて。獅子王機関《ししおうきかん》の剣巫《けんなぎ》は、対魔族戦闘《たいまぞくせんとう》の専門家だから」

†

「それで真面目な話、姫柊《ひめらぎ》に幽霊《ゆうれい》退治なんかできるのか？」

見慣れた自宅の玄関《げんかん》ドアを開けながら、古城《こじょう》は背後にいる雪菜《ゆきな》に問いかける。幽霊《ゆうれい》に怯《おび》える凪沙《なぎさ》は母親の職場に避難《ひなん》することになったので、帰ってきたのは古城《こじょう》と雪菜《ゆきな》の二人だけだ。

疑惑《ぎわく》の眼差《まなざ》しを向けられた雪菜《ゆきな》は、少し憤慨《ふんがい》したように頰《ほお》を膨《ふく》らませ、

「先輩《せんぱい》まで疑ってたんですか……！　たしかに獅子《しし》王機関《おうきかん》の剣巫《けんなぎ》は魔族《まぞく》との物理戦闘《せんとう》が専門で、実体を持たない霊体《れいたい》は苦手ですけど、でも、わたしには雪霞狼《せっかろう》がありますから」

自分が背負っているギターケースを指さして、雪菜《ゆきな》が得意げに胸を張る。

「その槍《やり》って幽霊《ゆうれい》相手にも効くのか？」

「もちろんです。〝雪霞狼《せっかろう》〟は魔力《まりょく》を無効化する破魔《はま》の槍《やり》なので、霊体《れいたい》に対しては、むしろ絶大な効果を発揮するはずです」

「神格振動波《しんかくしんどうは》で無理やり消し飛ばすってことか……」

古城《こじょう》が気乗りしない表情で言う。相手が幽霊《ゆうれい》だからといって、力ずくで強引《ごういん》に除霊《じょれい》するのは、さすがに可哀想《かわいそう》な気がしたのだ。しかし雪菜《ゆきな》は冷ややかに首を振《ふ》り、

「亡霊《ゴースト》は魔族《まぞく》というより単なる魔術《まじゅつ》現象ですから、消滅《しょうめつ》させても問題ありません。生霊《レイス》の場

合は少し面倒《めんどう》なんですけど」

「レイス？」

「死人ではなく、生きている人間の思念が霊体《れいたい》になったものです。二重存在《ドッペルゲンガー》と呼ばれることもありますね。強い魔力《まりょく》や霊力《れいりょく》の持ち主が、怨恨《えんこん》やストレスを抱《かか》えていると生霊《レイス》を生み出しやすいといわれています」

「幽体離脱《ゆうたいりだつ》の一種ってことか……それはなにが面倒《めんどう》なんだ？」

「出現した霊体《れいたい》を祓《はら》っても、生霊《レイス》が生み出された原因を解決しない限り、時間が経《た》てば復活する可能性があるんです。生霊《レイス》の本体は、自分が霊体《れいたい》を生み出していることに気づいていませんから」

「なるほどな」

それはたしかに面倒《めんどう》だ、と古城《こじょう》も納得《なっとく》する。

「なんにしても霊体《れいたい》を確認《かくにん》するのが先ですね。亡霊《ゴースト》にしても生霊《レイス》にしても、霊体《れいたい》を生み出した執着《しゅうちゃく》の正体がわかれば対策できますし」

「わかった。じゃあ、とりあえず部屋の中を見てもらえるか？」

散らかってて悪いけど、と前置きしながら、古城《こじょう》は幽霊《ゆうれい》が現れた自室へと雪菜《ゆきな》を案内する。

ベッドと机、教科書類。あとは脱《ぬ》ぎっぱなしの私服とひいきのバスケチームのグッズが少々。ごくありふれた男子高校生の自室である。不吉《ふきつ》な気配や禍々《まがまが》しい空気は特に感じない。

　それでも雪菜《ゆきな》は室内を注意深く見回して、

「このあたりに霊《れい》が出たんですよね？」

「ああ。ベッドで寝《ね》てたら、誰《だれ》かにしがみつかれたんだ」

「金縛《かなしば》り……みたいな感じでしょうか」

「あとは声が聞こえたかな。許さない、とか、どこにも行かせない、とか、そんな感じの」

　古城《こじょう》が朧《おぼろげ》気な記憶《きおく》をたどって説明する。ふむ、と雪菜《ゆきな》は真剣《しんけん》な表情でうなずいて、

「それは相当に凶悪《きょうあく》な感じがしますね。かなりの執着《しゅうちゃく》を感じます」

「そうなのか？　だけど笑い声なんかも聞こえてたんだが」

「笑い声、ですか？」

　雪菜《ゆきな》が軽く眉《まゆ》を寄せたとき、どこからともなく声が聞こえた。無邪気《むじゃき》な子どものような澄《す》んだ笑い声だ。古城《こじょう》はこれ幸いとばかりにポンと手を打って、

「そうそう。ちょうどこんな感じの……」

「せ、雪霞狼《せっかろう》っ！」

　呑気《のんき》に説明を続ける古城《こじょう》の目の前で、雪菜《ゆきな》が背中のギターケースから銀色の槍《やり》を引《ひ》き抜《ぬ》いた。

　殺気立って身構える雪菜《ゆきな》の背中を、古城《こじょう》は半ば呆然《ぼうぜん》と眺《なが》めて、

「ひ、姫柊《ひめらぎ》？」

「わたしにも霊体《れいたい》の声が聞こえました。まさかこんなにあっさり出てくるなんて……でも、こ

れは好都合です！　すぐに浄化《じようか》します！」

言い終えるが早いか、雪菜《ゆきな》は謎《なぞ》の祝詞《のりと》を詠唱《えいしよう》しつつ銀色の槍《やり》を振《ふ》り回《まわ》した。撒《ま》き散《ち》らされた霊気《れいき》の光に、灼《や》けるような肌《はだ》の痛みを感じて、古城《こじよう》はたまらず部屋を飛び出す。彼女《かのじよ》の破魔《はま》の槍《やり》の輝《かがや》きは、当然ながら吸血鬼《きゆうけつき》の古城《こじよう》にもダメージを与《あた》えるのだ。

だがその雪霞狼《せつかろう》の光を浴びつつも、霊《れい》が消え去る兆候はなかった。室内に漂《ただよ》う妖《あや》しい気配は、むしろ強まっているようにも感じられる。

「あんまり効いてるようには見えないな……」

「そ、そんなはずは……！　相手が霊体《れいたい》である限り、雪霞狼《せつかろう》の神格振動波《しんかくしんどうは》が通用しないなんてことはあり得ません——痛《いた》っ！」

困惑《こんわく》する雪菜《ゆきな》が小さく悲鳴を上げた。古城《こじよう》の部屋の隅《すみ》に飾《かざ》られていたバスケットボールが、前触《まえぶ》れもなく浮《う》き上《あ》がり、雪菜《ゆきな》の後頭部に激突《げきとつ》したのだ。さらに続けて古城《こじよう》の枕《まくら》や教科書などが、次々に雪菜《ゆきな》をめがけて飛んでいく。

「こ、このっ！　くっ……！　あ……ちょっ、なんでスカートをめくるんですかっ⁉」

「騒霊現象《ポルターガイスト》か……」

霊《れい》に翻弄《ほんろう》される雪菜《ゆきな》を観察しながら、古城《こじよう》は冷静に呟《つぶや》いた。昨晩、古城《こじよう》が遭遇《そうぐう》したときには、ここまでの明確な心霊現象《しんれいげんしよう》は起きていない。雪菜《ゆきな》の攻撃《こうげき》で消滅《しようめつ》するどころか、霊《れい》は明らかに力を増している——と、古城《こじよう》がそんなことを他人事《ひとごと》のように考えていると、

「うわっ……！」

突然《とつぜん》の柔《やわ》らかな衝撃《しょうげき》に押《お》し倒《たお》されて、古城《こじょう》は背後のソファに倒《たお》れこむ。不可視の霊体《れいたい》にしがみつかれたのだ。

「先輩《せんぱい》⁉」

雪菜《ゆきな》が、驚《おどろ》いて古城《こじょう》を振《ふ》り返《かえ》る。しかし古城《こじょう》は彼女《かのじょ》に助けを求めることができない。幽霊《ゆうれい》に全身を触《さわ》られて、それどころではなかったからだ。

「ちょっ……やめ……く、くすぐったいって……ぶははっ……！」

身体《からだ》をよじって爆笑《ばくしょう》する古城《こじょう》を眺《なが》めて、雪菜《ゆきな》は一瞬《いっしゅん》、呆気《あっけ》にとられたように動きを止めた。だが彼女《かのじょ》はすぐに表情を引《ひ》き締《し》めて、

「そこですか！　先輩《せんぱい》、動かないでください！」

「え⁉　ちょ……ちょっと待て、姫柊《ひめらぎ》……うおっ……！」

喉元《のどもと》すれすれに銀色の槍《やり》を突《つ》きつけられて、古城《こじょう》はたまらず仰《の》け反《ぞ》った。

そんな古城《こじょう》の眼前に、突然《とつぜん》、半透明《はんとうめい》の人影《ひとかげ》が現れる。小柄《こがら》な少女の姿をした霊体《れいたい》だ。雪菜《ゆきな》が繰《く》り出《だ》した槍《やり》の穂先《ほさき》は、古城《こじょう》にしがみついていた霊《れい》の本体を正確に刺《さ》し貫《つらぬ》いていたのである。

だが、吸血鬼《きゅうけつき》の真祖すら滅《ほろ》ぼす破魔《はま》の槍《やり》に貫《つらぬ》かれていても、霊《れい》がダメージを受けた様子はなかった。逆に雪菜《ゆきな》の霊力《れいりょく》を吸い上げて、彼女《かのじょ》は存在感を増していく。

「これは……⁉」

「実体化したのか⁉　だけど、こいつ……この姿は……⁉」

「わたし……⁉」

雪菜《ゆきな》が動揺《どうよう》して息を呑《の》む。華奢《きやしゃ》な体つきと端整《たんせい》すぎるほど端整《たんせい》な顔立ち。強い意思の輝《かがや》きを感じさせる大きな瞳《ひとみ》。うっすらと透《す》けている点を除けば、実体化した少女の霊《れい》は、雪菜《ゆきな》と瓜二《うりふた》つの容姿を持っていたのである。

自分に抱《だ》きついたままの少女の霊《れい》を見下ろしながら、古城《こじょう》はふと思い出す。

「もしかしてこれって、姫柊《ひめらぎ》がさっき言ってた生霊《レイス》ってやつじゃないのか？」

「生霊《レイス》？　わたしの生霊《レイス》が先輩《せんぱい》に取《と》り憑《つ》いていたということですか？」

「強い霊力《れいりょく》の持ち主が、ストレスを抱《かか》えていると生霊《レイス》の発生源になりやすいんだっけか……姫《ひめ》柊《らぎ》、なにか心当たりはあるか？」

「心当たりと言われても……」

雪菜《ゆきな》が困ったように唇《くちびる》を噛《か》んだ。即座《そくざ》に否定できないあたり、まったく思い当たる節がないわけではないらしい。

厳しい表情で沈黙《ちんもく》する雪菜《ゆきな》とは裏腹に、雪菜《ゆきな》そっくりの生霊《レイス》の少女は、満面の笑《え》みを浮《う》かべて古城《こじょう》にしがみつき、

『せんぱい……せんぱいだー……おかえりなさいー……』

「……は⁉」

古城《こじょう》に可愛《かわい》らしく頬《ほお》を振《ふ》り寄せる生霊《レイス》を見て、雪菜《ゆきな》が顔を引《ひ》き攣《つ》らせる。

『へへー……せんぱーい……ギュッてしてー、撫《な》でて撫《な》でてー』

「え……と、姫柊《ひめらぎ》、これってどういう……」

「ち、違《ちが》います！　違《ちが》いますからね！　これは生霊《レイス》が勝手に言ってるだけで、わたしの本心というわけではないですから！　ていうか、先輩《せんぱい》も霊《れい》の頭を撫《な》でないでください！」

『せんぱーい……抱《だ》っこ。抱《だ》っこしてー……』

「なっ!?　あなたはなにをやってるんですか!?　暁先輩《あかつきせんぱい》から離《はな》れて！　離《はな》れなさい！」

『やーだー……！　離《はな》れないー……！　邪魔《じゃま》しないでー！』

生霊《レイス》を古城《こじょう》から引《ひ》き剝《は》がそうとする雪菜《ゆきな》だが、なにしろ相手は霊体《れいたい》だ。生霊《レイス》の腕《うで》をつかもうとした雪菜《ゆきな》の指先はむなしく空《くう》を切る。怒《いか》りにまかせて雪霞狼《せっかろう》を振《ふ》り回《まわ》しても、雪菜《ゆきな》の霊力《れいりょく》を浴びた生霊《レイス》はますます存在感を増すばかりだ。

「……なるほど。姫柊《ひめらぎ》が生み出した生霊《レイス》だから、姫柊《ひめらぎ》自身の霊力《れいりょく》じゃ消滅《しょうめつ》させられないのか」

「冷静に分析《ぶんせき》してないで、先輩《せんぱい》もなんとかしてください！」

「なんとかって言われてても、家の中で眷獣《けんじゅう》をぶっ放すわけにもいかないだろ」

古城《こじょう》は気怠《けだる》く息を吐《は》く。世界最強の吸血鬼《きゅうけつき》などと呼ばれていても、古城《こじょう》に出来るのは無駄《むだ》に破壊力《はかいりょく》のある眷獣《けんじゅう》たちを召喚《しょうかん》することだけで、幽霊《ゆうれい》退治は専門外である。

「俺《おれ》につきまとっていた幽霊《ゆうれい》の正体が、姫柊《ひめらぎ》の生霊《レイス》だってわかったことだし、焦《あせ》って除霊《じょれい》しなくてもいいんじゃないか？　今のところほっといても害はなさそうだし」

「それはそう……ですけど……」

露骨《ろこつ》に不満げな表情を浮《う》かべながらも、雪菜《ゆきな》が渋々《しぶしぶ》引き下がろうとする。と、その直後、

『えへへ、せんぱーい……今夜は一、朝まで一、ずっと一緒《いっしょ》ですからね一……』

「──だ、駄目《だめ》です！　やっぱりこの悪霊《あくりょう》は今すぐ祓《はら》います！」

生霊《レイス》の言葉を聞いた雪菜《ゆきな》が、眉《まゆ》を吊《つ》り上《あ》げて言い放つ。古城《こじょう》はやれやれと嘆息《たんそく》して、

「なあ、姫柊《ひめらぎ》……って、きみのほうだけど」

『なんですか、せんぱーい』

古城《こじょう》に呼びかけられた雪菜《ゆきな》の生霊《レイス》が、嬉《うれ》しそうに表情を輝《かがや》かせる。

「どうして俺《おれ》のところに現れたんだ？　なにか会いに来た理由があるんだろ？」

親しげに腕《うで》を絡《から》ませてくる生霊《レイス》に困惑《こんわく》しつつも、古城《こじょう》は真面目な口調で訊《き》いた。生霊《レイス》は少し
拗《す》ねたような表情を浮《う》かべつつ、ますます古城《こじょう》に身体《からだ》を密着させて、

『わたしは、寂《さび》しかったんですよ一……せんぱいが黙《だま》って急にいなくなったから一』

「……俺《おれ》が恩莱島《おんらいとう》に連れて行かれたことを言ってるのか？」

古城《こじょう》は顔を上げて雪菜《ゆきな》を見た。恩莱島《おんらいとう》へと連れ去られた古城《こじょう》は、三日間ほど、こちらの世界から完全に消えていた。その間、雪菜《ゆきな》は不眠不休《ふみんふきゅう》で古城《こじょう》を捜索《そうさく》していたらしい。その出来事は当然、彼女《かのじょ》に相当なストレスを与《あた》えていたはずだ。

「わ、わたしに聞かないでください……！　べつに寂《さび》しいとかそういうことじゃなくて、ただ、わたしは第四真祖《だいよんしんそ》の監視役《かんしやく》として先輩《せんぱい》のことを捜《さが》していただけで……！」

雪菜《ゆきな》は頬《ほお》を赤らめながら、怒《おこ》ったように早口で答える。一方、生霊《レイス》は飼い主に甘《あま》える子猫《こねこ》のように古城《こじょう》を見上げて、

『もうどこにも行かないでくださいねー……今度わたしを置いていったりしたら絶対に許しませんからー……』

「そうか……心配かけたな。大丈夫《だいじょうぶ》、俺《おれ》はちゃんとここにいるから」

古城《こじょう》は苦笑《くしょう》まじりに笑って立ち上がり、雪菜の頭に軽く手を置いた。不安がる子どもをあやすように、よしよしと優《やさ》しく撫《な》でてやる。

雪菜《ゆきな》は驚《おどろ》いたように目を丸くして古城《こじょう》を見つめ、

「……ど、どうしてわたしを撫《な》でるんですか？」

「生霊《レイス》を祓《はら》うには、本体が抱《かか》えてるストレスを解決しなきゃならないんだろ？」

「たしかに、それはそうですけど……」

雪菜《ゆきな》が弱々しく口ごもる。子《こ》ども扱《あつか》いされるのを嫌《いや》がるかと思いきや、雪菜《ゆきな》は意外にも抵抗《ていこう》せずに古城《こじょう》にされるがままになっていた。

雪菜《ゆきな》の生霊《レイス》は、己《おのれ》の本体のそんな姿をしばらく無言で眺《なが》めていたが、やがてそのままなにも言わずに、陽光を浴びた霧《きり》のように静かに姿を消していく。

「消えた……満足した、ってことか？」

古城《こじょう》はホッとしたように呟《つぶや》いた。一時はどうなることかと思ったが、なにやらよくわからないうちに除霊《じょれい》に成功したということらしい。が——

「まだです、先輩《せんぱい》」

雪菜《ゆきな》が真剣《しんけん》な口調で言った。「え？」と古城《こじょう》は驚《おどろ》いて彼女《かのじょ》を見る。雪菜《ゆきな》はなぜか神妙《しんみょう》な表情を浮《う》かべたまま、照れたように頬《ほお》を赤くして、

「抱《だ》っこして、って言ってたじゃないですか。その、わたしじゃなくて、さっきの生霊《レイス》が」

「……は？　いや、あいつはもういなくなっただろ？」

「執着《しゅうちゃく》を完全に消し去らないと、また復活するかもしれません。いえその、わたしじゃなくて、あくまでも生霊《レイス》の執着《しゅうちゃく》の話ですけど」

いつになく頑強《がんきょう》に主張する雪菜《ゆきな》を、古城《こじょう》は当惑《とうわく》しながら見つめた。生霊《レイス》の本体である雪菜《ゆきな》の言葉だけに、否定するのも難しい。

「抱《だ》っこ……って、まあ、それくらいは構わないけど。姫柊《ひめらぎ》を膝《ひざ》の上に座《すわ》らせればいいのか？」

「そ、そうですね。除霊《じょれい》のためだから仕方ないです」

緊張《きんちょう》を隠《かく》すような澄《す》まし顔でそう言って、ソファに座《すわ》り直した古城《こじょう》の膝《ひざ》に雪菜《ゆきな》がちょこんと乗ってくる。華奢《きゃしゃ》な体つきは生霊《レイス》と同じ。だが、甘《あま》い髪《かみ》の匂《にお》いと息づかい、そして制服越《ご》しに

感じる肌《はだ》のぬくもりは、圧倒的《あっとうてき》に生々しく魅惑的《みわくてき》だった。

唐突《とうとつ》にこみ上げてきた強烈《きょうれつ》な吸血衝動《きゅうけつしょうどう》に、古城《こじょう》が思わず喉《のど》を鳴らす。

暁《あかつき》家の玄関《げんかん》ドアが勢いよく開いたのは、その直後のことだった。

「古城《こじょう》君、雪菜《ゆきな》ちゃん！　無事だった⁉」

息せき切って駆《か》けこんできたのは、駅で別れたはずの凪沙《なぎさ》である。制服姿の彼女《かのじょ》の全身には、奇妙《きみょう》な道具が装着されていた。盛《も》り塩《しお》の器《うつわ》とロウソク、水晶玉《すいしょうだま》、そして妖《あや》しげな御札《おふだ》や護符《ごふ》。両手に握《にぎ》っている大きな瓶《びん》は、聖水や香油《こうゆ》の類《たぐい》らしい。

「霊《れい》はどこ⁉　深森《みもり》ちゃんに頼《たの》んで、MARが売ってる除霊《じょれい》グッズをありったけもらってきたから！　あたしも古城《こじょう》君たちと一緒《いっしょ》に除霊《じょれい》……を……」

悲壮《ひそう》な決意に満ちていた凪沙《なぎさ》の声が、空気が抜《ぬ》けるように小さく途《と》切《ぎ》れた。代わりに凍《い》てつくような数秒間の沈黙《ちんもく》と、無感情な冷たい視線が古城《こじょう》たちに向けられる。

「……って、二人ともなにやってるの？」

雪菜《ゆきな》を膝《ひざ》の上に抱《だ》いたまま固まっていた古城《こじょう》は、ハッと我に返って激しく首を振《ふ》った。

「ち、違《ちが》うんだ、凪沙《なぎさ》。これは、生霊《レイス》の復活を阻止《そし》するために仕方なく……！」

「そ、そう！　除霊《じょれい》のため……本当に除霊《じょれい》のためだから……！」

ぎこちなく小刻みにうなずきながら、雪菜《ゆきな》も必死に言い訳する。

「そうだ、姫柊《ひめらぎ》。もう一度！　もう一度、生霊《レイス》を出してくれ！　そしたら凪沙《なぎさ》も納得《なっとく》するだろ

「……！」

「え、えええええ……！」

「ふーん……なんだかよくわからないけど、とりあえず二人とも、そこに正座してくれるかな」

その日、暁《あかつき》家で起きた惨劇《さんげき》についての詳細《しようさい》な記録は、獅子王機関《ししおうきかん》にも残されていない。

ただ生霊《レイス》の出現に端《たん》を発するその事件が、真祖大戦《しんそたいせん》をも凌《しの》ぐ第四真祖《だいよんしんそ》最大の危機であったと、監視役《かんしやく》より報告されているだけである。

第四話

獅子王機関の新装備

陽光に透《す》ける長い髪《かみ》。誰《だれ》もが認める優美な容貌《ようぼう》。すらりとした長身と抜群《ばつぐん》のスタイル。そして呪術《じゅじゅつ》と暗殺の専門家——それが獅子王機関《しおうきかん》の舞威媛《まいひめ》、煌坂紗矢華《きらさかさやか》という少女だ。

そんな紗矢華《さやか》が、真夏の空と海を背景に、仁王立《におうだ》ちで古城《こじょう》を見下ろしている。

「ようやく見つけたわ、暁古城《あかつきこじょう》！」

「……煌坂《きらさか》？」

海沿いの岩場で小さなカニと戯《たわむ》れていた古城《こじょう》は、水着姿の彼女《かのじょ》を怪訝《けげん》な表情で見返した。

古城《こじょう》が妹たちとともに訪《おとず》れていたのは、絃神島《いとがみじま》南岸の人工の砂浜《すなはま》。カップルや子連れファミリーにも人気の平和な海水浴場だ。多忙《たぼう》なプロの攻魔師《こうまし》である紗矢華《さやか》とこんなところで遭遇《そうぐう》するのは、少し意外な感じがした。

「あなた一人なの⁉　雪菜《ゆきな》はどこ⁉」困惑《こんわく》する古城《こじょう》を睨《にら》みつけ、紗矢華《さやか》が乱暴に問いかけてくる。獅子王機関《しおうきかん》の後輩《こうはい》である姫柊雪菜《ひめらぎゆきな》を、彼女《かのじょ》はかねてから溺愛《できあい》しているのだ。

「姫柊《ひめらぎ》ならあっちの砂浜《すなはま》で泳いでるはずだぞ。ウチの凪沙《なぎさ》たちと一緒《いっしょ》に」

「そうなの？」と紗矢華《さやか》が不審《ふしん》そうに眉《まゆ》を寄せる。「だったら暁古城《あかつきこじょう》は、こんなところでコソコソとなにをやってるわけ？」

「俺《おれ》は、まあ、こうして自然観察をな……」

無意識に視線を彷徨《さまよ》わせながら、もごもごと言い訳する古城《こじょう》。紗矢華《さやか》は小さく眉《まゆ》を上げ、

「あなた、もしかして泳げないの？」

「きゅ、吸血鬼《きゅうけつき》なんだから仕方ねえだろ！　太陽とか海水とか、いろいろ苦手なんだよ！」

「吸血鬼《きゅうけつき》が流れる水を渡《わた》れないっていうのは、ただの迷信《めいしん》のはずなんだけど」

「うるせえな。てか、おまえのほうこそ、姫柊《ひめらぎ》に会うために、こんなとこまで追いかけてきたのか？　それはさすがに少し引くぞ」

「ち、違《ちが》うわよ！　任務よ任務！　獅子王機関《ししおうきかん》の新しい装備のテストを頼《たの》まれたの。あなたちが海に行くって聞いた師家様《しけさま》が、ちょうどいいから試《ため》してこいって」

「新装備……って、ただの水着にしか見えないんだが」紗矢華《さやか》の全身を一瞥《いちべつ》して、素直《すなお》な感想を口にする古城《こじょう》。露出度《ろしゅつど》はやや高めだが、ごく普通《ふつう》のビキニの水着である。

「偽装《ぎそう》は完璧《かんぺき》ということね」と紗矢華《さやか》は満足そうにうなずいて、「で、どう？」

「ああ、まあ、よく似合ってると思うぞ」

「あ、ありがと……って、そうじゃなくて！　なにか体調に変化はない？　具体的な効果は私も知らないんだけど、第四真祖《だいよんしんそ》に対して特に高い精神攻撃力《せいしんこうげきりょく》があるらしいのよ」

「いや、べつになにも感じないが……って、なんで効果が俺《おれ》限定なんだよ!?」

古城《こじょう》が苦々しげに顔をしかめて言う。

紗矢華《さやか》は、うーん、と唇《くちびる》を尖《とが》らせて、

「そういえば、奥《おく》の手《て》を内蔵してるとも言ってたかも。破壊力《はかいりょく》がありすぎるから、周囲に人がいない状況《じょうきょう》でだけ使えって」

「ちょっと待て、破壊力《はかいりょく》ってなんだ⁉」

「えーと、たしかここの紐《ひも》に触《ふ》れると……」

紗矢華《さやか》はそう言って無造作に水着の肩紐《かたひも》に手を伸《の》ばした。その瞬間《しゅんかん》――

スルリとまるで手品のように、彼女《かのじょ》の水着のブラが完全にほどけて落ちる。

「な……⁉」目を見開いたまま固まる古城《こじょう》。

「え⁉」紗矢華《さやか》も完全に硬直《こうちょく》している。

青空と海風。降り注ぐ真夏の強い陽射《ひざ》し。少女の白い肌《はだ》と豊かな丸い膨《ふく》らみ。たしかに凄《すさ》まじい破壊力《はかいりょく》のある光景だった。そして、

「あ……あ……み、見るなあああああっ！」

紗矢華《さやか》の渾身《こんしん》の回《まわ》し蹴《げ》りをくらった古城《こじょう》が、見事な放物線を描《えが》いて海面へと落ちていく。

「それで」数分後、溺死《できし》寸前で砂浜《すなはま》へと引き上げられた古城《こじょう》を眺《なが》めて、姫柊雪菜《ひめらぎゆきな》が不思議そうに訊《き》いてくる。「溺《おぼ》れていた暁先輩《あかつきせんぱい》を、紗矢華《さやか》さんが救助してくれたんですか？」

「ま、まあね」紗矢華《さやか》は表情を引《ひ》き攣《つ》らせたままうなずいた。「見殺しにしてもよかったんだけど、いちおう雪菜《ゆきな》の監視《かんし》対象だし……か、感謝しなさいよ、暁古城《あかつきこじょう》！」

おまえのせいで溺《おぼ》れかけたんだろうが、と言いかけた古城《こじょう》は、殺気に満ちた紗矢華《さやか》の視線に気づいて沈黙《ちんもく》した。余計なことを喋《しゃべ》ったら、今度こそ本当に海底に沈《しず》められそうだ。

「でも、先輩《せんぱい》は、どうしてあんなところから海に落ちたんですか？」古城《こじょう》が転落した岩場を振《ふ》り返《かえ》り、雪菜《ゆきな》は少し呆《あき》れたように目を細める。「紗矢華《さやか》さんに見とれてたとか？」

「あ、いや……まあいいや。そういうことにしといてくれ」焼けた砂の上にぐったりと横たわったまま、古城《こじょう》は投げやりに言い放つ。見とれてたのは事実だしな、と。

「せ……責任、取りなさいよね」

胸元《むなもと》を隠《かく》すように背を向けた紗矢華《さやか》が、ほとんど聞き取れないほどの小さな声で囁《ささや》いた。

第五話
灼熱の死闘

海虎庵《うみとらあん》は、絃神島《いとがみじま》西地区にあるラーメン店だった。オープンしたのは半年前だが、その後、じわじわと評価を高め、今では若者客を中心に連日賑《にぎ》わう人気店だ。

その流行の店の入り口近くを、挙動不審《きょどうふしん》な態度でうろつく一人の少女がいた。

身に着けているのは彩海学園《さいかいがくえん》の制服だが、修道女のような長い頭巾《ウインプル》を被《かぶ》って、その隙間《すきま》から雪のような白い髪《かみ》がのぞいている。彼女《かのじょ》は、店の前を何度も行ったり来たりして、時折、店内をのぞきこむなどの怪《あや》しい行為《こうい》を繰《く》り返《かえ》していた。

暁古城《あかつきこじょう》は少し離《はな》れた場所から、しばらくそれを眺《なが》めていたが、

「……カス子？ なにやってんだ？ さっきから……」

ついに見かねて彼女《かのじょ》に声をかける。白髪《はくはつ》の少女――香菅谷雫梨《かすがやしずり》は、ビクッと肩《かた》を震《ふる》わせてぎこちなく振《ふ》り返《かえ》り、

「こ、古城《こじょう》？ あなたのほうこそ、どうしてこんなところにいるんですの？」

「どうしてっつーか、ラーメンを食べに来たんだよ。最近、このあたりに美味《うま》いラーメン屋が出来たって浅葱《あさぎ》に教えてもらったから」

たまたま放課後の予定が空いたので、久々に外食をしようと思い立ったのだ。古城《こじょう》がそう説明すると、雫梨《しずり》はなぜかホッとしたようにうなずいた。

「奇遇《きぐう》ですわね。ちょうどわたくしも、こちらのお店に入ろうと思っていましたの。今日は優《ゆ》乃《の》さんたちがお仕事で、帰りが遅《おそ》くなると言ってましたから」

「ああ、そうか。カス子は天瀬《あませ》たちとルームシェアしてるんだよな」

「ですわ……って、誰《だれ》がカス子ですの⁉」

古城《こじょう》が勝手につけたあだ名に、雫梨《しずり》が唇《くちびる》を尖《とが》らせて抗議《こうぎ》する。

そんな雫梨《しずり》の背後から、ぱたぱたと駆《か》け寄《よ》ってくる足音が聞こえた。黒いギターケースを背負った姫柊雪菜《ひめらぎゆきな》が、軽く息を弾《はず》ませながら現れる。たまたま店の近くにあった獅子王《ししおう》機関《きかん》の支部に報告書を届けるため、彼女《かのじょ》は古城《こじょう》と別行動していたのだ。

「すみません、先輩《せんぱい》。遅《おそ》くなりました。思ったよりも師家《しけ》様《さま》のお小言が長くて……」

立ち止まった雪菜《ゆきな》が、少し疲《つか》れた口調で言い訳する。その声を聞いた雫梨《しずり》は、ギョッと顔を引《ひ》き攣《つ》らせ、

「ひ、姫柊雪菜《ひめらぎゆきな》！」

「──香菅谷《かすがや》さん⁉」

雫梨《しずり》が腰《こし》の剣帯《けんたい》から、素早《すばや》く剣《けん》を引《ひ》き抜《ぬ》いた。炎《ほのお》のように波打つ深紅《しんく》の刃《やいば》の長剣《ちょうけん》だ。ほぼ同時に、雪菜《ゆきな》も銀色の槍《やり》を取り出して、三枚の刃《やいば》を十字型に展開させている。

白昼堂々、路上で武器を構えた少女たちの姿に、周囲の通行人たちが呆気《あっけ》にとられ、古城《こじょう》は慌《あわ》てて二人の間に割りこんだ。

「待て！　落ち着け、二人とも！　なんで顔を見るなり殺気立ってんだよ⁉」

「そ、それは姫柊雪菜《ひめらぎゆきな》が先に槍《やり》を構えようとしたから……！」

長剣《ちょうけん》を握《にぎ》りしめたまま、雫梨《しずり》が雪菜《ゆきな》を非難がましく睨《にら》みつける。雪菜《ゆきな》はぶるぶると首を振《ふ》り、

「違《ちが》うんです。わたしは香菅谷《かすがや》さんの殺気に反応しただけなんです！」

「いやまあ、気持ちはわかるけどな。姫柊《ひめらぎ》はこないだカス子をボコボコに殴《なぐ》り倒《たお》してたし

……」

古城《こじょう》は深々と溜息《ためいき》をついて雪菜《ゆきな》を見た。洗脳されて彩海学園《さいかいがくえん》を襲撃《しゅうげき》してきた雫梨《しずり》を、雪菜《ゆきな》は返《かえ》り討《う》ちにしたことがある。それ以来、雫梨《しずり》は雪菜《ゆきな》に対して苦手意識を持っているようだ。

「あのときは、香菅谷《かすがや》さんが先にわたしたちを殺そうとしたんじゃないですか……！」

事情を知らない通行人たちから恐怖《きょうふ》の眼差《まなざ》しを向けられて、雪菜《ゆきな》は焦《あせ》ったように反論した。

「あれはノーカン！　洗脳されていたのだからノーカンですわ！」

同じく通行人の視線を浴びながら、雫梨《しずり》は必死に否定する。

「こないだ姫柊雪菜《ひめらぎゆきな》に負けたのだって、わたくしが正気を失っていたからで、本来の状態なら、聖団《ギゼラ》の修女騎士《パラディネス》たるわたくしが負ける理由がありませんわ。ですわよね、古城《こじょう》？」

「……え？」

いきなり同意を求められて古城《こじょう》は困惑《こんわく》した。雪菜《ゆきな》に殴《なぐ》り合《あ》いで負けたのは、自分のコンディションが悪かったせいだと雫梨《しずり》は主張しているらしい。

「先輩《せんぱい》も、そう思ってるんですか？」

聞き捨てならない、というふうに、雪菜《ゆきな》が真顔で問《と》い質《ただ》す。思わぬ成り行きに古城《こじょう》は焦《あせ》り、

「いや、俺《おれ》にそんなことを訊《き》かれても……」

「恩莱島《おんらいとう》でわたくしと半年も一緒《いっしょ》に過ごした古城《こじょう》なら当然わかってますわ。あのときのわたくしは実力の五十パーセントも発揮できていませんでしたし」

なぜか勝《か》ち誇《ほこ》ったように勝手に宣言する雫梨《しずり》。雪菜《ゆきな》は冷ややかな微笑《ほほえ》みを浮《う》かべて、

「そうですか。だったら、わたしが呪力《じゅりょく》を半分以下に抑《おさ》えて手加減してたことも気づいてましたよね。現実世界でわたしとずっと一緒《いっしょ》にいた先輩《せんぱい》なら」

「せ、正確には四十パーセント以下でしたわ。わたくし本来の実力の！」

「その理屈《りくつ》なら、わたしは三十五パーセントくらいです！」

「失礼、二十五パーセントでしたわ！　今、計算しなおしたら！」

「じゃあ、わたしは二十パーセントで！」

「小学生の口喧嘩《くちげんか》かよ……」

低レベルな二人の言い争いに、古城《こじょう》は辟易《へきえき》したように肩《かた》をすくめた。プライドの高い雫梨《しずり》はもちろん、雪菜《ゆきな》も案外、負《ま》けず嫌《ぎら》いな一面があるのだ。

「それで、どうして香菅谷《かすがや》さんが先輩《せんぱい》と一緒《いっしょ》にいるんですか？」

槍《やり》をようやくケースに戻《もど》した雪菜《ゆきな》が、気を取り直したように訊《き》いてくる。古城《こじょう》は、海虎庵《うみとらあん》の看板を指さして、

「ああ、いや。カス子が店に一人で入るのを怖《こわ》がって、入り口の前をうろうろしてたから声をかけてみたんだが――」

「なあっ⁉ ち、違《ちが》いますわ！」

雫梨《しずり》が顔を真っ赤にして否定した。

「わたくしはべつに知らないお店が不安とか、注文方法がわからないとか、そういうことではなくて……ひ、姫柊雪菜《ひめらぎゆきな》も哀《あわ》れむような目でこっちを見ないでくださいまし！」

強がる雫梨《しずり》に、雪菜《ゆきな》が慈愛《じあい》に満ちた眼差《まなざ》しを向ける。世間知らずで人見知りなのは、雪菜《ゆきな》も同じだ。絃神島《いとがみじま》に来て間もない雫梨《しずり》の境遇《きょうぐう》に、共感する部分があるのだろう。

「とりあえず、お店に入りましょうか」

追《お》い詰《つ》められている雫梨《しずり》を気遣《きづか》うように、雪菜《ゆきな》が言う。その提案には雫梨《しずり》も文句を言わず、三人は連れ立って店内に足を踏《ふ》み入《い》れた。

「らっしゃいまっせぇぇ！」

店員たちの威勢《いせい》のいい挨拶《あいさつ》が、混み合った店内に響《ひび》き渡《わた》る。古城《こじょう》たちは中央のカウンター席に案内されて、雪菜《ゆきな》、古城《こじょう》、雫梨《しずり》の順番で座《すわ》った。

「メニュー、意外に多いな。なんにするかな……」

写真つきのお品書きを手に取って、古城《こじょう》は真剣《しんけん》な態度で考えこむ。雫梨《しずり》は、買ったばかりの

新品のスマホを取り出して、

「カリスマ女子高生グルメ配信者〝A・A《エイッー》〟によれば、定番の醤油《しょうゆ》ラーメンか、自家製叉焼《チャーシュー》たっぷりの特製チャーシューメン、またはこの店の看板メニューの第四辛麺《だいよんしんめん》がオススメだそうですわ」

「女子高生……？　〝A・A《エイッー》〟……？」

雫梨《しずり》が口にした動画配信者の名前に、まさか、と戸惑《とまど》いの表情を浮《う》かべる雪菜《ゆきな》。古城《こじょう》は少し意外そうに雫梨《しずり》を眺《なが》めて、

「カス子って、グルメ動画とか、そういうのチェックするキャラだったんだな……で、その第《だい》四辛麺《よんしんめん》ってのは、なんなんだ？」

「よくある激辛《げきから》チャレンジメニューのようですわね。完食したら代金が無料になるという」

「タダで喰《く》えるのか？　本当に？」

古城《こじょう》は、店の壁《かべ》に貼《は》られていた第四辛麺《だいよんしんめん》の案内を見上げる。定価は二千円。完食すれば無料。制限時間は三十分。完食の定義は麵《めん》だけでなくスープも飲み干すこと。写真を見る限り単純に辛《から》いだけで、極端《きょくたん》に量が多いわけではなさそうだ。

「悪くないな……俺《おれ》はそれにするか」

「大丈夫《だいじょうぶ》ですか、先輩《せんぱい》。完食できなかったら、一杯《いっぱい》二千円ですよ？」

深く考えずに決断した古城《こじょう》を、雪菜《ゆきな》が心配そうに見つめる。古城《こじょう》はニヤリと不敵に笑って、

「まあ、余裕《よゆう》だろ。こっちは不死身の吸血鬼《きゆうけつき》の真祖だしな」

「思いっきりインチキじゃないですか……！」

「魔族特区《まぞくとつく》で商売してるんだから、店側だって、これくらいのリスクは織りこみ済みだろ」

目を大きくして睨《にら》んでくる雪菜《ゆきな》に、古城《こじよう》はすっとぼけた表情で言い返した。二人の会話を聞いていた雫梨《しずり》は、不意になにか思いついたように悪戯《いたずら》っぽくほくそ笑《え》み、

「古城《こじよう》の元・監視役《かんしやく》として、当然わたくしも第四辛麺《だいよんしんめん》で行きますわ」

「香菅谷《かすがや》さんまで……！」

雪菜《ゆきな》が怒《おこ》ったように雫梨《しずり》を睨《にら》む。雫梨《しずり》は、そんな雪菜《ゆきな》を挑戦的《ちようせんてき》に見返して、

「あなたはどうしますの、姫柊雪菜《ひめらぎゆきな》？　怖《お》じ気《け》づいたのなら、わたくしたちにつき合う必要はありませんわよ。ついでに、第四真祖《だいよんしんそ》の監視《かんし》任務も代わって差し上げましてよ」

カチン、と音を立てて雪菜《ゆきな》の表情が強張《こわば》った。安い挑発《ちようはつ》だとわかっていても、挑《いど》まれたからには引き下がる選択肢《せんたくし》はないらしい。

「——第四辛麺《だいよんしんめん》、三つでお願いします！」

カウンター内の厨房《ちゆうぼう》に向かって、雪菜《ゆきな》がきっぱりと言い放つ。その思いきりのよさになぜか古城《こじよう》が焦《あせ》りを覚えて、

「いいのか、姫柊《ひめらぎ》？　無理して張り合うことないんだぞ？」

「なにも問題ありません。獅子王機関《ししおうきかん》のサバイバル訓練で鍛《きた》えてますから」

取りつく島もない雪菜《ゆきな》の返事に、古城《こじょう》は黙《だま》って唇《くちびる》を歪《ゆが》めた。激辛《げきから》メニューに耐《た》えるサバイバル。どんな訓練だよ、と溜息《ためいき》をつく。

「お待たせしました！　第四辛麺《だいよんしんめん》です！」

数分後。運ばれてきたラーメンをのぞきこみ、古城《こじょう》たちは、おお、と声を洩《も》らした。熱した石焼きの器《うつわ》には、熔岩《ようがん》に似たどろりとした液体が満たされており、その中に真紅《しんく》の麺《めん》が沈《しず》んでいる。液体の表面は激しく泡立《あわだ》ち、強烈《きょうれつ》な刺激臭《しげきしゅう》を含《ふく》んだ蒸気を周囲に撒《ま》き散《ち》らしていた。店内のほかの客たちが、その臭《にお》いだけで軽く青ざめる。

「お、思ってたより美味《うま》そうだな。具材も多いし」

「外観もオーソドックスな印象ですわね」

「いえ、あの、スープが煮《に》えたぎってるんですけど……」

懸命《けんめい》に平静を取《と》り繕《つくろ》う古城《こじょう》と雫梨《しずり》に、雪菜《ゆきな》が非情な現実を突《つ》きつけた。思わず黙《だま》りこむ古《こ》城《じょう》たちの前に、店員がキッチンタイマーを置く。古城《こじょう》たちに与《あた》えられた時間は三十分。それまでにこの灼熱《しゃくねつ》の料理を完食しなければならないのだ。

「時間制限があるんだっけか。じゃあ、早速《さっそく》」

いただきます、とレンゲを握《にぎ》って、古城《こじょう》は熔岩色《ようがんいろ》のスープをすくった。ふうふう、と息を吹《ふ》きかけて、慎重《しんちょう》に口の中へと運ぶ。そして次の瞬間《しゅんかん》――ぶほっ、と古城《こじょう》は激しく咳《せ》きこんだ。

「辛《から》ッ……辛《から》いッ、辛《から》ッ……なんじゃこりゃあ⁉」

呼吸困難に陥《おちい》って、まともに喋《しゃべ》ることもできない。想像を絶する辛《から》さだった。舌が麻痺《まひ》して、辛《から》さを感じない。それなのに辛《から》いということがわかる。一瞬《いっしゅん》で全身の毛穴が開いて汗《あせ》が噴《ふ》き出《だ》す。熱さと痛みと痺《しび》れと辛《から》さの波状攻撃《はじょうこうげき》。もはや食料というよりも劇薬に近い。激辛《げきから》料理に対して古城《こじょう》が抱《だ》いていた多少の自信が、欠片《かけら》すら残さず粉々に打《う》ち砕《くだ》かれていく。

「麺《めん》が……赤く染まってますね。これはもう唐辛子《とうがらし》を食べているようなものなのでは……」

箸《はし》で麺《めん》を一条つまみ上げ、雪菜《ゆきな》は戦慄《せんりつ》の表情を浮《う》かべた。第四辛麺《だいよんしんめん》で使われているのは、どろりとしたスープに絡《から》みやすい太めの縮《ちぢ》れ麺《めん》。それをじっくりとラー油に浸《ひた》し、唐辛子《とうがらし》粉末をまぶすことで、この真紅《しんく》の麺《めん》は生み出されているらしい。執拗《しつよう》なまでの辛《から》さへのこだわりだ。

「まったく大げさですわね、たかが激辛《げきから》ラーメンごときで……」

辛《から》さにのたうつ古城《こじょう》を呆《あき》れ顔《がお》で眺《なが》めて、雫梨《しずり》はその真紅《しんく》の麺《めん》をひと息ですすった。その直後、彼女《かのじょ》の口から洩《も》れだしたのは、言葉にならない高周波の絶叫《ぜっきょう》だった。

「あああああああああっ！　なんなんですの、これは……⁉　痺《しび》れっ、舌が……灼《や》けっ！」

先ほどまでの余裕《よゆう》の表情が消《き》え失《う》せ、雫梨《しずり》は涙目《なみだめ》になって苦悶《くもん》した。のけぞる彼女《かのじょ》の頭から頭巾《ウィンプル》が外れ、白髪《しらが》の隙間《すきま》から、宝石のような鬼族《オグレス》の角《つの》がのぞく。

「ああ、お客さんたち、もしかして魔族《まぞく》の方ですかい？」

厨房内《ちゅうぼう》で麺《めん》の湯切りをしていた店主が、いかにも魔族特区《まぞくとっく》の住人らしく、平然と古城《こじょう》たちに声をかけてくる。

「唐辛子《とうがらし》は、中華圏《ちゅうかけん》や南欧《なんおう》では魔除《まよ》けとしても使われていますからね。魔族《まぞく》の生体障壁《せいたいしょうへき》でも、香辛料《こうしんりょう》の刺激《しげき》は防げないはずです」

「それを……先に……言ってくれ……」

どこか誇《ほこ》らしげな店主を恨《うら》みがましく見上げて、古城《こじょう》は小声で抗議《こうぎ》した。

「辛《から》い、ですわ……美味《おい》しいですけど、辛《から》い……」

頼《たよ》りない声で呟《つぶや》きながら、雫梨《しずり》はもごもごと麺《めん》を咀嚼《そしゃく》する。嘆《なげ》きつつも諦《あきら》めずに食べ続けるあたりは、さすがの根性《こんじょう》だ。

そんな中、雪菜《ゆきな》はただ一人、機械のように黙々《もくもく》と食事を進めていた。さすがに勢いよく音を立てて麺《めん》をすすりはしないが、安定したペースで彼女《かのじょ》の第四辛麺《だいよんしんめん》は量を減らしている。

古城《こじょう》は驚《おどろ》いたように雪菜《ゆきな》を見つめて、

「姫柊《ひめらぎ》は平気なのか、これ喰《く》って」

「はい。獅子王機関《ししおうきかん》の剣巫《けんなぎ》として、この程度の難局には常に備えてますから」

雪菜《ゆきな》は澄《す》まし顔で、灼熱《しゃくねつ》のスープをすくい上げる。刻まれた唐辛子《とうがらし》や山椒《さんしょう》や得体の知れないスパイスが、大量に埋《う》もれた凶悪《きょうあく》な液体だ。

そのとき皿を運んでいた店員の一人が、壁《かべ》に埋《う》めこんだ謎《なぞ》の装置のスイッチを入れる。

「ああ、すみません。お客さん、言い忘れてました。当店は、呪的身体強化《じゅてきしんたいきょうか》は禁止なんで」

「……え⁉　あっ……あああああああああああっ⁉」

熱々のスープを口の中に含《ふく》んでいた雪菜《ゆきな》は、次の瞬間《しゅんかん》、顔を真っ赤に染めて絶叫《ぜっきょう》した。店に備えつけられた呪術妨害装置《じゅじゅつぼうがいそうち》が、雪菜《ゆきな》の呪的身体強化《じゅてきしんたいきょうか》を無効化したのだ。

「呪術《じゅじゅつ》で痛覚を遮断《しゃだん》してましたの⁉　ズル！　ズルですわ！」

雫梨《しずり》が、不正の発覚した雪菜《ゆきな》を指さして糾弾《きゅうだん》する。厨房《ちゅうぼう》内にいた店主が、にっこりと古城《こじょう》たちに笑いかけ、

「うちも魔族特区《まぞくとっく》で商売してる店ですんで。これくらいのイカサマ対策は当然っすわ。ああ、これ、ペナルティの青唐辛子《あおとうがらし》盛り合わせです」

山盛りの青唐辛子《あおとうがらし》をラーメンにトッピングされた雪菜《ゆきな》が、半泣きになりながら弱々しく唸《うな》る。

「うぐぐぐ……！」

その間もチビチビと食べ進めていた古城《こじょう》は、麺《めん》を半分ほど減らしたところでひと息入れるべく、カウンター上の水差しに手を伸《の》ばした。

「辛《かれ》ェ……み、水……！」

「あ⁉　駄目《だめ》です、先輩《せんぱい》！　こんな大量の唐辛子《とうがらし》を食べたあとにお水を飲んだら──！」

雪菜《ゆきな》の警告に気づいたのは、古城《こじょう》が冷水を勢いよく飲み干したあとだった。唐辛子《とうがらし》の辛《から》み成分は脂溶性《しようせい》。冷水ではほとんど緩和《かんわ》されずに、むしろ口の中全体に辛《から》さが拡散する。

「ぐっあああああ！」

期待と裏腹に倍増した刺激《しげき》に耐《た》えきれず、古城《こじょう》はカウンターに突《つ》っ伏《ぶ》した。

「ギブ……ギブアップ……っす！」

「はい、ギブアップいただきました！　毎度あり！」

古城《こじょう》の敗北宣言を、店主は淡々《たんたん》と受け入れる。その声に侮蔑《ぶべつ》や哀《あわ》れみの響《ひび》きはない。むしろ敗者の健闘《けんとう》を称《たた》える優《やさ》しさに満ちている。

一方、古城《こじょう》の両隣《りょうどなり》では、今も壮絶《そうぜつ》な意地の張り合いが続いていた。

「……あなたはギブアップしないんですの、姫柊雪菜《ひめらぎゆきな》？　呪的身体強化《じゅてきしんたいきょうか》が使えないのですから、我慢《がまん》しなくていいんですのよ？」

「か、香菅谷《かすがや》さんこそ、リハビリが終わったばかりなのに、無理しないでくださいね。さっきから目がうつろですけど……！」

「わたくしには……修女騎士《パラディイネス》の加護がありますからっ！　この程度、まったく無理していないちに入りませんわ！　あなたのほうこそ、すごい汗《あせ》ですわよ！」

「お構いなく……！　こんなの、暁先輩《あかつきせんぱい》を監視《かんし》する苦労を思えばたいしたことないですし！」

「それに関してはっ！　同感ですわ……！　まったく、古城《こじょう》ときたら、少し目を離《はな》すとすぐに眷獣《けんじゅう》を暴走させるし、勝手に死ぬし……！」

「そのくせ！　すぐにほかの女の子の血を吸ったり、いやらしい関係になったり……！」

すでに意識が朦朧《もうろう》としているのか、雫梨《しずり》と雪菜《ゆきな》の会話がいつの間にか妙《みょう》な流れになっている。

周囲の咎《とが》めるような視線を浴びて古城《こじょう》は狼狽《ろうばい》し、

「おいやめろ！　ていうか、監視《かんし》もなにも、おまえらが勝手に俺《おれ》につきまとってただけだろ！」

「この男……！　わたくしと二人きりで温泉に入ったりしたのに……！」

「わ、わたしだって暁先輩《あかつきせんぱい》のせいでこれまでどれだけ恥《は》ずかしい行為《こうい》をさせられたか……！」

「だからおまえら、冷静になれ！　ラーメン喰《く》いながら言うことじゃないだろ！　いや、ホント勘弁《かんべん》してくださいお願いします！」

「具材と麺《めん》は完食しましたけど、この激辛《げきから》スープがっ……」

「濃縮唐辛子《のうしゆくとうがらし》エキスというかカプサイシンの塊《かたまり》というか……」

雪菜《ゆきな》たちはすでに第四辛麺《だいよんしんめん》の大半を食べ終えており、器《うつわ》には、スープの最後のひとすくいが残っているだけだ。しかしすべての辛《から》み成分が凝縮《ぎようしゆく》されたその沈殿《ちんでん》は、地獄《じごく》のごとき刺激《しげき》の塊《かたまり》。最後の難関だ。

「姫柊《ひめらぎ》、カス子も……さすがにそれを一気に喰《く》ったらヤバいぞ……」

催涙《さいるい》スプレーのような強烈《きようれつ》な唐辛子《とうがらし》の香気《こうき》に、古城《こじょう》が震《ふる》える声で警告する。

しかし雪菜《ゆきな》はどこか晴れやかな表情でうなずいて、

「そうですね。香菅谷《かすがや》さんの攻撃《こうげき》を体験していなかったら耐《た》えられなかったかもしれませんね」

「たしかに、こんな刺激《しげき》、姫柊雪菜《ひめらぎゆきな》のパンチに比べたらどうということはありませんわ！」

雫梨《しずり》がそう独りごちると同時に、二人は残った最後のスープを喉《のど》に流しこんだ。完食だ。

「な、なかなかやりますわね、姫柊雪菜《ひめらぎゆきな》。あなたを第四真祖《だいよんしんそ》の監視役《かんしやく》に相応《ふさわ》しいと認めますわ」

「ええ。あなたも。香菅谷雫梨《かすがやしずり》・カスティエラ。さすがの根性《こんじょう》でした」

店内すべての人々が歓声《かんせい》と拍手《はくしゅ》の雨を降らせる中、互《たが》いの健闘《けんとう》をたたえ合う雪菜《ゆきな》と雫梨《しずり》。

「いや、おまえら、大丈夫《だいじょうぶ》か？　すごい顔になってるぞ……」

汗《あせ》と涙《なみだ》でグズグズになった二人を、古城《こじょう》は心配そうに眺《なが》めて途方《とほう》に暮れる。

海虎庵《うみとらあん》の店内に、新しい客が入ってきたのはそのときだ。彩海学園《さいかいがくえん》の制服をお洒落《しゃれ》に着崩《きくず》した派手めな女子高生である。彼女《かのじょ》は、カウンターにいる古城《こじょう》たちに気づいて目を瞬《またた》き、

「あら、古城《こじょう》？　あんたたちも来てたの？」

「浅葱《あさぎ》……」

ちょうどいいところに、と古城《こじょう》は藍羽浅葱《あいばあさぎ》を手招きした。雪菜《ゆきな》たちの介抱《かいほう》を手伝わせようと思ったのだ。しかし浅葱《あさぎ》の出現によって、なぜか店内の空気が一変する。

「あっ！　これは、〝A・A《エイツー》〟さん！　ようこそおいでくださいました」

「どうも、大将。いつものやつ、お願いしてもいい？」

直立不動で敬礼する店主に、浅葱《あさぎ》は慣れた様子で注文を伝える。店主は緊張《きんちょう》に顔を強張《こわば》らせ、

「はい、喜んで！　第四辛麺《だいよんしんめん》の特盛り・辛《から》さ十倍・地獄麻婆丼《じごくマーボーどん》セットで！」

「辛《から》さ十倍……」

「と、特盛り……地獄麻婆丼《じごくマーボーどん》セット……」

これまでの自分たちの努力を嘲笑《あざわら》うかのような、浅葱《あさぎ》の常軌《じようき》を逸《いっ》した注文を聞いて、雪菜《ゆきな》と雫梨《しずり》の心が折れる音がした。

「姫柊《ひめらぎ》!?　カス子!?　しっかりしろ、おい！」

古城《こじょう》が慌《あわ》てふためく中、力尽《ちからつ》きた雪菜《ゆきな》たち二人は今度こそ完全に意識を失うのだった。

第六話 君がいない

軽く息を弾《はず》ませながら、暁古城《あかつきこじょう》と姫柊雪菜《ひめらぎゆきな》は混み合う車両に飛び乗った。七時五十一分発のモノレール環状線《かんじょうせん》外回り。始業時刻までに登校できる最後の便だ。

「どうにか遅刻《ちこく》せずに済みそうですね」

乱れた前髪《まえがみ》を軽く整えながら雪菜《ゆきな》が言う。寝坊《ねぼう》してしまった古城《こじょう》を待っていたせいで、彼女も危うく遅刻《ちこく》しそうになったのだ。古城《こじょう》は頬《ほお》をつたう汗《あせ》を拭《ぬぐ》いながらうなずいて、

「ああ……悪かったな、姫柊《ひめらぎ》。つき合わせちまって」

「いえ。わたしは先輩《せんぱい》の監視役《かんしやく》ですから」

雪菜《ゆきな》が古城《こじょう》の胸元《むなもと》に手を伸《の》ばし、外れていたシャツのボタンを留めてくれる。そして彼女《かのじょ》は少し寂《さび》しげに微笑《ほほえ》んで、独り言のように呟《つぶや》いた。

「でも、わたしがいなくなったときのことを考えると心配ですね。先輩《せんぱい》は世話が焼ける吸血鬼《ヒト》だから……」

古城《こじょう》はそんな雪菜《ゆきな》の言葉を気にも留めずに聞き流す。彼女《かのじょ》が古城《こじょう》の傍《そば》にいるのは、獅子王機関《ししおうきかん》から与《あた》えられた任務のためだ。いずれ役目が終われば彼女《かのじょ》はいなくなる。

だが古城《こじょう》はそれを実感できずにいた。そのときは、まだ。

「なにやってんの、古城《こじょう》。帰るわよ。早く行かないと限定メニューが売り切れちゃう」

その日の放課後。校舎の前でぼんやりと立っていた古城《こじょう》に、帰り支度《じたく》を整えた藍羽浅葱《あいばあさぎ》と矢《や》

瀬基樹《ぜもとき》が声をかけてくる。今日は彼《かれ》らに誘《さそ》われて、たい焼きを食べて帰る予定だったのだ。

「あれ、そういや姫柊《ひめらぎ》ちゃんは？　今日は一緒《いっしょ》じゃなかったのか？」

矢瀬《やぜ》が周囲を見回しながら、少し意外そうな表情を浮《う》かべる。古城《こじょう》は無言で肩《かた》をすくめた。

いつも授業を終えた古城《こじょう》が出てくるのを校舎の前で待ち構えている雪菜《ゆきな》が、今日に限っては、なぜかいつまでも姿を見せずにいる。そのことに戸惑《とまど》いを覚えながらも古城《こじょう》は平静を装《よそお》って、

「なにか用事でもあったんだろ。普段《ふだん》は姫柊《ひめらぎ》が勝手に俺《おれ》につきまとってるだけで、べつに待ち合わせてるわけじゃないからな」

「じゃあ、古城《こじょう》が先に帰っても問題ないってこと？」

「まあ、それはそうだけど……」

若干《じゃっかん》の後ろめたさを覚えながらも、古城《こじょう》は、浅葱《あさぎ》の言葉にうなずいた。強烈《きょうれつ》な殺気を含《ふく》んだ怒声《どせい》が古城《こじょう》たちの耳朶《じだ》を打ったのは、その直後のことだった。

「ああああああっ、暁古城《あかつきこじょう》っ！　ようやく見つけたわ！　あなた、雪菜《ゆきな》になにをしたの⁉」

「え？」

他校の制服を着た長身の少女が、ポニーテールの髪《かみ》を振《ふ》り乱《みだ》しながら古城《こじょう》に向かって突進《とっしん》してくる。そのまま問答無用で殴《なぐ》りかかってきそうな勢いだ。獅子《しし》王機関《おうきかん》の煌坂紗矢華《きらさかさやか》である。

「き、煌坂《きらさか》⁉　おい、待て！　落ち着け！　人が見てるから！」

「落ち着いていられるわけがないでしょう!? 雪菜《ゆきな》が行方不明《ゆくえふめい》になったのよ!」

「行方不明《ゆくえふめい》……? 姫柊《ひめらぎ》が? だけどあいつ、今朝も俺《おれ》と一緒《いっしょ》に登校したぞ?」

紗矢華《さやか》の言葉に意表をつかれて、古城《こじょう》はぽかんと目を丸くする。

「嘘《うそ》じゃないわよ! この書き置きが獅子《しし》王機関《おうきかん》の詰《つ》め所《しょ》に残ってたんだから!」

「なんだこれ? 休暇《きゅうか》願い?」

紗矢華《さやか》が突《つ》きつけてきた紙片《しへん》を眺《なが》めて、古城《こじょう》は訝《いぶか》しげに眉《まゆ》を寄せた。一身上の都合により、休暇《きゅうか》を申請《しんせい》すること。ついては第四真祖《だいよんしんそ》の監視《かんし》任務を誰《だれ》かに引《ひ》き継《つ》いで欲《ほ》しい、という内容が、雪菜《ゆきな》の筆跡《ひっせき》で書かれている。

「要するに姫柊《ひめらぎ》さんが有給休暇《きゅうか》を取ったってこと?」

「そういや獅子《しし》王機関《おうきかん》の剣巫《けんなぎ》って、いちおう国家公務員なんだっけか」

浅葱《あさぎ》と矢瀬《やぜ》がそれぞれ拍子《ひょうし》抜《ぬ》けしたような口調で言う。いくら優秀《ゆうしゅう》な攻魔師《こうまし》だからといって、未成年の雪菜《ゆきな》が、これまでロクに休みも取らずに働き続けてきたことのほうが異常なのだ。たまに休暇《きゅうか》を申請《しんせい》したからといって、騒《さわ》ぐほどの問題とは思えない。

「それだけじゃないわよ! 雪菜《ゆきな》と連絡《れんらく》がつかないの! 学校も早退してるし、マンションにも帰ってないみたいだし……! 第四真祖《だいよんしんそ》の監視役《かんしやく》を誰《だれ》かに代わってくれなんて、そんなこと今まで一度も言ったことなかったのに!」

紗矢華《さやか》はブンブンと首を振《ふ》りながら、目の端《はし》に浮《う》いた涙《なみだ》を払《はら》って古城《こじょう》を睨《にら》みつけた。

「白状しなさい、暁古城《あかつきこじょう》！　雪菜《ゆきな》となにがあったの⁉　まさか、あなた……嫌《いや》がる雪菜《ゆきな》に無理やりあんなことやこんなことを……い、いやらしい！　この変態真祖っ！」

「なに失礼な想像してんだおまえは⁉」

古城《こじょう》が紗矢華《さやか》の口元を押《お》さえて怒鳴《どな》り返《かえ》す。紗矢華《さやか》の目立つ容姿のせいで、古城《こじょう》たちには、下校中の生徒たちの好奇《こうき》の視線が集中しているのだ。この状況《じょうきょう》で、根拠《こんきょ》のない誹謗中傷《ひぼうちゅうしょう》を喚《わめ》き散《ち》らされてはたまらない。

「しかし、あの姫柊《ひめらぎ》ちゃんが、古城《こじょう》の監視役《かんしやく》を辞《や》めたいって言い出すのは穏《おだ》やかじゃねえな」

矢瀬《やぜ》が冷静に呟《つぶや》いた。そうね、と浅葱《あさぎ》も同意して、

「なにかよっぽど我慢《がまん》できないことがあったとしか……心当たりは？」

「なんで俺《おれ》に訊《き》くんだよ。そんなの俺《おれ》が知るわけないだろ」

古城《こじょう》が顔をしかめて素っ気なく告げる。そもそも雪菜《ゆきな》は監視役《かんしやく》を辞《や》めたいと言ったわけではなく、交代要員の手配を依頼《いらい》しただけである。

「は⁉　なんなのそのふざけた態度⁉　雪菜《ゆきな》のことが心配じゃないの⁉」

紗矢華《さやか》が眉《まゆ》を吊《つ》り上《あ》げて古城《こじょう》に詰《つ》め寄《よ》った。古城《こじょう》はうんざりと溜息《ためいき》を洩《も》らして、

「いや……だから監視《かんし》されてる側の俺《おれ》が、姫柊《ひめらぎ》を心配する理由がないだろ。小うるさいのから解放されて、むしろホッとしてるくらいなんだが……」

「そう……よーくわかったわ。あなたのそういう態度が雪菜《ゆきな》を傷つけてたってことがね！」

紗矢華《さやか》が背負っていた楽器ケースを下ろして、中から刃物《はもの》を引っ張り出す。刃渡《はわた》り一メートル近い銀色の長剣《ちょうけん》だ。学校の敷地《しきち》内で振《ふ》り回《まわ》していい代物《しろもの》ではない。

「やめろ、馬鹿、こんなところで凶器《きょうき》を出すな！　てか、なんで煌坂《きらさか》が怒《おこ》るんだよ⁉　おまえ、俺《おれ》が姫柊《ひめらぎ》と一緒《いっしょ》にいるのを嫌《いや》がってたんじゃねーのかよ⁉」

「う……ぐぐ……」

怒《いか》りに肩《かた》を震《ふる》わせながら、渋々《しぶしぶ》と剣《けん》を収める紗矢華《さやか》。やれやれ、と浅葱《あさぎ》は息を吐《は》き、

「たしかに古城《こじょう》の言い分もわからなくはないわね」

「だろ。じゃあ、そういうことで俺《おれ》は帰るから。悪いけど、たい焼きはまた今度な」

「あ⁉　ちょっと待ちなさい、暁古城《あかつきこじょう》！　雪菜《ゆきな》が戻《もど》ってくるまでは、私があなたの監視役《かんしやく》なんだから……って、逃《に》げんな、こらぁ！」

足早に立ち去る古城《こじょう》を、紗矢華《さやか》が大騒《おおさわ》ぎしながら追いかける。浅葱《あさぎ》たちはなんともいえない微妙《びみょう》な表情を浮《う》かべて、そんな二人を見送った。

「あれ、古城《こじょう》君……一人？」

帰宅した古城《こじょう》を出迎《でむか》えたのは、エプロン姿の暁凪沙《あかつきなぎさ》だった。憔悴《しょうすい》している兄の姿に気づいて、彼女《かのじょ》は少し困惑《こんわく》したような表情を浮《う》かべる。

「姫柊《ひめらぎ》はまだ帰ってきてないのか……あいつ、学校も早退したんだろ？」

部屋の中を見回して、古城《こじょう》は気怠《けだる》く息を吐《は》いた。暁《あかつき》家の隣室《りんしつ》に引《ひ》っ越《こ》してきて以来、雪菜《ゆきな》は、なんとなく成り行きで古城《こじょう》たちと一緒《いっしょ》に夕飯を食べていた。だから今日もいつもと同じように、雪菜《ゆきな》がいるのではないかと無意識に期待していたのだ。

「早退したのはそうだけど、あたしも理由は知らないんだよね。どうしよう、ご飯余っちゃった。せっかく雪菜《ゆきな》ちゃんの好きなチキン南蛮《なんばん》だったのに」

食卓《しょくたく》の上の料理をちらりと眺《なが》めて、凪沙《なぎさ》が困ったように唇《くちびる》を尖《とが》らせた。

「ラップして置いとけよ。最悪、あとで煌坂《きらさか》のとこに持ってくから」

投げやりな口調で言いながら、古城《こじょう》は窓の外に目を向けた。

獅子《しし》王機《おうき》関《かん》の舞《ま》威《い》媛《ひめ》の少女は、なぜか隣《となり》のマンションの屋上に立って、双眼鏡《そうがんきょう》で暁《あかつき》家のリビングをのぞきこんでいる。古城《こじょう》を監視《かんし》しているつもりらしい。

「煌坂《きらさか》さんって……雪菜《ゆきな》ちゃんの先輩《せんぱい》の？　なにやってるの、あの人？」

「気にするな。ほっといてもべつに害はないから」

古城《こじょう》が疲《つか》れたように言い放つ。はあ、と凪沙《なぎさ》は首を傾《かし》げつつ、てきぱきと夕食の準備を続けた。手洗いうがいを済ませた古城《こじょう》も配膳《はいぜん》を手伝い、二人は向かい合って食卓《しょくたく》に座《すわ》る。

「なんだか、変な感じだね。あたしと古城《こじょう》君だけで晩ご飯食べるのって」

静けさを無理やり紛《まぎ》らわすように、凪沙《なぎさ》が明るい口調で言った。見慣れたはずのリビングが、なぜか普段《ふだん》より殺風景に感じる。つけっぱなしのテレビの音がやけに大きく響《ひび》いて耳に障《さわ》る。

「昔はこれが普通《ふつう》だっただろ」

古城《こじょう》は平坦《へいたん》な口調で言い返す。凪沙《なぎさ》はむっと頬《ほお》を膨《ふく》らませて古城《こじょう》を睨《にら》み、

「そうだけど……ねえ、古城《こじょう》君。雪菜《ゆきな》ちゃんとなにかあった？」

「なにかってなんだよ？」

「愛想尽《あいそつ》かされるようなことしなかった？　無意識に酷《ひど》いことを言ったとか、迷惑《めいわく》かけたとか」

「どうしてどいつもこいつも俺《おれ》が姫柊《ひめらぎ》を怒《おこ》らせた前提で話をするんだ……」

鶏肉《とりにく》を乱暴に噛《か》みちぎりながら、古城《こじょう》はふて腐《くさ》れたように頬《ほお》を歪《ゆが》めた。

「それはだって日頃《ひごろ》の行いが……ね」

凪沙《なぎさ》が冷静に指摘《してき》する。古城《こじょう》はなにも言い返せない。監視役《かんしやく》と言いつつ面倒見《めんどうみ》のいい雪菜《ゆきな》に甘《あま》えて、迷惑《めいわく》をかけてきた自覚がないわけではないのだ。

妹の視線の圧力に耐《た》えかねたように、古城《こじょう》はふいと目を逸《そ》らす。その直後、食卓《しょくたく》の隅《すみ》に置かれていた凪沙《なぎさ》のスマホが短い着信音を鳴らした。

「なんかメッセージ来てるぞ」

ひょいとスマホをつまみ上げ、古城《こじょう》は目つきを険しくした。スマホの画面に表示されていたメッセージの一部を、うっかり目にしてしまったのだ。

「あ!?　ちょっと古城《こじょう》君、勝手に読まないでよ！」

凪沙《なぎさ》が怒《おこ》ったように叫《さけ》んで、古城《こじょう》の手からスマホを引ったくる。

「そんなこと言われても、おまえが待ち受け画面に表示する設定にしてるから……」

「え、本当に読んだの⁉」

「読んでねーよ」

古城《こじょう》が強張《こわば》った表情で言い返す。凪沙《なぎさ》は送られてきたメッセージと古城《こじょう》の顔を交互《こうご》に見比べ、少し困ったように目を泳がせた。

「いやいや、嘘《うそ》でしょ。めちゃめちゃ顔に出てるよ？　そりゃまあ気持ちはわかるけど、うん、あんまり気にしないほうがいいよ。あたしの友達の見間違《みまちが》いかもしれないし。雪菜《ゆきな》ちゃんがすごいイケメンと一緒《いっしょ》にひと気のない場所を仲良く歩いてたとか、そんなまさか、ねえ」

「結局おまえが内容全部しゃべってんじゃねーか……」

古城《こじょう》は行儀《ぎょうぎ》悪く頬杖《ほおづえ》を突《つ》きながら、食事の残りを口に中にかきこんだ。

メッセージの差出人は凪沙《なぎさ》のクラスメイト。用件は雪菜《ゆきな》の目撃《もくげき》情報だった。学校を早退した雪菜《ゆきな》が見知らぬ美形男子と一緒《いっしょ》にいたことに驚《おどろ》いて、慌《あわ》てて凪沙《なぎさ》に問い合わせてきたのだ。

ご親切にもメッセージには写真も添付《てんぷ》されており、そこには明らかに雪菜《ゆきな》とおぼしき少女の姿が写っていた。画像が暗くて相手の男の姿はよく見えないが、その人物は、落ちこんでいる雪菜《ゆきな》を慰《なぐさ》めるように彼女《かのじょ》の肩《かた》を抱《だ》いている。

「えと……古城《こじょう》君、怒《おこ》ってる？」

「なんで俺《おれ》が怒《おこ》るんだよ。姫柊《ひめらぎ》が誰《だれ》と一緒《いっしょ》にいようが、興味ないし」

砂を噛《か》んでいるような味気ない食事を終えて、古城《こじょう》は食器を黙々《もくもく》と食洗機に突《つ》っこむ。

凪沙《なぎさ》は、そんな古城《こじょう》の背中を心配そうに見つめて、

「そ、そうだ。マフィン食べる？　今朝、家庭科の実習で作ったんだけど……」

「あー……ありがたいけど、今はいいや。メシ喰《く》ったばかりだし」

腫《は》れ物《もの》に触《さわ》るような凪沙《なぎさ》の態度に辟易《へきえき》としつつ、古城《こじょう》は逃《に》げるように自分の部屋に向かった。

古城《こじょう》は第四真祖《だいよんしんそ》と呼ばれる世界最強の吸血鬼《きゅうけつき》で、雪菜《ゆきな》はその監視役《かんしやく》。単にそれだけの関係だ。雪菜《ゆきな》がプライベートな時間に誰《だれ》となにをしようが口出しする気はないし、古城《こじょう》にはそんな権利もない。だから余計な気を遣《つか》うのはやめて欲《ほ》しい、と妙《みょう》にもやもやした気分で考える。

「え……と、古城《こじょう》君、あのね……元気出してこー」

凪沙《なぎさ》が古城《こじょう》を励《はげ》まそうと懸命《けんめい》に声を掛《か》けてくる。

古城《こじょう》は天井《てんじょう》を仰《あお》いで嘆息《たんそく》しつつ、無言でベッドの上に転がった。


ほとんど眠《ねむ》れないまま一夜を過ごして、睡魔《すいま》に襲《おそ》われたのは明け方近くになってからのことだった。それからすぐに目覚ましのベルに叩《たた》き起《お》こされ、古城《こじょう》は最悪の気分で目を覚ます。

「もうこんな時間か……姫柊《ひめらぎ》は……」

いつものクセで部屋の中を見回し、古城《こじょう》はチッと自分自身に対して舌打ちした。ここ最近は、

部活の朝練で不在の凪沙《なぎさ》の代わりに、雪菜《ゆきな》が古城《こじょう》を毎朝起こしにきていたのだ。古城《こじょう》が頼《たの》んだわけではなく、雪菜《ゆきな》が勝手にやっていたことだが、いつの間にかそれに頼《たよ》っていた自分のことが今朝は妙《みょう》に腹立たしい。

「まあいいか。こりゃ今日は遅刻《ちこく》だな」

時計の針をぼんやりと眺《なが》めて、古城《こじょう》は他人事《ひとごと》のように呟《つぶや》いた。駅まで走れば、ギリギリ授業に間に合わなくもない時間だが、そこまで必死に遅刻《ちこく》を避《さ》ける理由もない。雪菜《ゆきな》が古城《こじょう》の監視《かんし》役《やく》になるまで、古城《こじょう》は遅刻《ちこく》の常習犯だったのだ。朝寝坊《あさねぼう》して怒《おこ》られるのは慣れている。が、

──先輩《せんぱい》は世話が焼ける吸血鬼《ヒト》だから……

「ああ、くそ。余計なお世話だぜ……」

脳裏《のうり》をよぎった雪菜《ゆきな》の言葉に反発するように、古城《こじょう》は立ち上がってバスルームに向かった。適当に身だしなみを整え、制服に着替《きが》え、急いで登校の準備を整える。

「朝メシは……これでいいか……」

食卓《しょくたく》の上に置いてあったマフィンをつかんで、古城《こじょう》は小走りに玄関《げんかん》へと向かった。雪菜《ゆきな》がいないせいで遅刻《ちこく》したなどと同情されるのは真っ平だと思ったのだ。

しかし古城《こじょう》が玄関《げんかん》を出ると、そこには長身の少女が仁王《におうだ》立ちで待ち構えていた。

「遅《おそ》い！　いつまで待たせるの、暁古城《あかつきこじょう》！」

「……煌坂《きらさか》？　他人《ひと》ん家《ち》の前でなにやってるんだ？」

「あなたの監視役《かんしやく》として、わざわざ迎《むか》えに来てあげたんだけど！」

「そうかよ。それより姫柊《ひめらぎ》は？　まだ帰ってきてないのか？」

マンションのエレベーターに乗りこみながら、古城《こじょう》は紗矢華《さやか》に質問する。紗矢華《さやか》は、そんな古城《こじょう》をジッと見返して、

「気になるの？」

「はあ？　べつにぃ？」

「酷《ひど》い顔してるわよ。どうせ雪菜《ゆきな》のことを考えてて眠《ねむ》れなかったんでしょ？」

「あいつが勝手にいなくなったのを、なんで俺《おれ》が気にしなきゃなんねーんだ……よ？」

奥歯《おくば》に伝わってきたガリッという感触《かんしょく》に、古城《こじょう》は顔をしかめて食べかけのマフィンを睨《にら》んだ。硬《かた》い金属を噛《か》んだような衝撃《しょうげき》。マフィンにあるまじき食感だ。

「暁古城《あかつきこじょう》？　どうしたの？」

突然黙《とつぜんだま》りこんだ古城《こじょう》の顔を、紗矢華《さやか》が怪訝《けげん》そうにのぞきこむ。古城《こじょう》は真剣《しんけん》な表情で勢いよく顔を上げ、紗矢華《さやか》を血走った目で睨《にら》みつけた。

「煌坂《きらさか》……姫柊《ひめらぎ》はどこだ？」

「だから雪菜《ゆきな》は昨日から帰ってきてないって……」

「探せ！　今すぐ！」

「さ、探すって、どうやって？　式神《しきがみ》を飛ばすにしたって、なにか手がかりがないと……」

古城《こじょう》の剣幕《けんまく》に怯《ひる》んだように、紗矢華《さやか》がジリジリと後退する。古城《こじょう》は彼女《かのじょ》の背中をエレベーターの壁《かべ》に押《お》しつけるように詰《つ》め寄《よ》って、

「姫柊《ひめらぎ》のいそうな場所ならだいたいわかる！　だから、頼《たの》む！」

「わ、わかったわよ。言うとおりにするから少し離《はな》れて……近い！　近いってば！」

古城《こじょう》たちが通学路として使っている運河沿いの遊歩道。芝生《しばふ》の上に這《は》いつくばる姫柊雪菜《ひめらぎゆきな》を、ボーイッシュな雰囲気《ふんいき》の美少女が困ったように見下ろしている。

「あのさ、姫柊《ひめらぎ》さん。少し休んだほうがいいんじゃないかな。昨日から一睡《いっすい》もしてないし」

「すみません、ひと晩中つき合わせてしまって。優麻《ゆうま》さんは先に休んでてください」

雪菜《ゆきな》はそう言って芝生《しばふ》をかき分ける作業に戻《もど》る。仙都木《とこよぎ》優麻《ゆうま》は諦《あきら》めたように肩《かた》をすくめて、

「ここまで来たら最後まで手伝うよ。きみを偶然《ぐうぜん》見かけて声をかけたのもなにかの縁《えん》だしね」

「……なるほど。姫柊《ひめらぎ》と一緒《いっしょ》にいるイケメン男子ってのはおまえのことだったんだな、優麻《ゆうま》」

雪菜《ゆきな》の隣《となり》に屈《かが》みこもうとした優麻《ゆうま》に、古城《こじょう》が背後から呼びかけた。スポーツブランドのパーカーを着た優麻《ゆうま》は、中性的な容姿も相まって、少年と見間違《みまちが》えられても不思議はない。優麻《ゆうま》の顔を知らない凪沙《なぎさ》のクラスメイトが、誤解したのも無理からぬ話だ。

「先《せん》……輩《ぱい》……？」

「ようやく見つけたぜ、姫柊《ひめらぎ》」

凍《こお》りついたように動きを止めた雪菜《ゆきな》に、古城《こじょう》が無遠慮《ぶえんりょ》に近づいていく。雪菜《ゆきな》は自分の左手を押《お》さえながら、怯《おび》えたように声を震《ふる》わせて、

「先《せん》……輩《ぱい》……ごめんなさい……！」

「あ、待て！　姫柊《ひめらぎ》っ！」

呼び止める古城《こじょう》に背を向けたまま、雪菜《ゆきな》は脱兎《だっと》のごとく駆《か》け出《だ》した。しかし、そんな雪菜《ゆきな》の正面に、両腕《りょううで》を広げた紗矢華《さやか》が立ちはだかる。

「逃《に》がさないわよ、雪菜《ゆきな》！」

「紗矢華《さやか》さんまで……!?」

雪菜《ゆきな》が絶望したように小さく悲鳴を洩《も》らす。

「待った、古城《こじょう》！　姫柊《ひめらぎ》さんには古城《こじょう》と顔を合わせられない事情があって……！」

「大丈夫《だいじょうぶ》。わかってる」

咄嗟《とっさ》に雪菜《ゆきな》を庇《かば》おうとする優麻《ゆうま》に、古城《こじょう》は気怠《けだる》く笑いかけた。そう。わかってしまえば単純な話だった。雪菜《ゆきな》には、任務を放り出してでも、探さなければならないものがあったのだ。

「姫柊《ひめらぎ》、左手を見せてくれ」

「ごめんなさい、先輩《せんぱい》……わたし……」

「おまえの探し物はこれだろ」

雪菜《ゆきな》の左手を乱暴につかんで、古城《こじょう》が彼女《かのじょ》の薬指に指輪を嵌《は》めてやる。突然《とつぜん》現れた銀色の指

輪を、雪菜《ゆきな》は目を見開いて呆然《ぼうぜん》と眺《なが》めた。

「この指輪……どうして……！」

「凪沙《なぎさ》が持って帰ったマフィンの中に入ってた。たぶん姫柊《ひめらぎ》が作ったヤツだったんだろ」

「あ……じゃあ、もしかして調理実習のときに……」

雪菜《ゆきな》が弱々しい声で呟《つぶや》いた。実習中に彼女《かのじょ》が紛失《ふんしつ》した指輪は、マフィンの生地《きじ》に練りこまれてオーブンでじっくり焼かれていたのだ。そして雪菜《ゆきな》はそうとは知らず、彩海学園《さいかいがくえん》の校舎内や通学路など、心当たりのある場所を夜通し探し回っていたのだろう。

「指輪をなくしたんだったら、相談してくれれば手伝ったのに……」

紗矢華《さやか》が、雪菜《ゆきな》を見つめて不服そうな声を出す。しかし雪菜《ゆきな》は硬《かた》い表情で首を振《ふ》り、

「いえ。この指輪は暁先輩《あかつきせんぱい》の肉体の一部を封《ふう》じこめてますから、もし誰《だれ》かに悪用されて呪《のろ》いの触媒《しょくばい》にでも使われたら先輩《せんぱい》が大変な目に遭《あ》うので……ほかの人に知られるわけには……」

「それで他人に知られる前に回収しようとしたのね……呪《のろ》いの触媒《しょくばい》……暁古城《あかつきこじょう》に呪《のろ》い……」

「おい待て、煌坂《きらさか》。その手があったか、みたいな顔をするのはやめろ」

不穏《ふおん》な表情を浮《う》かべる紗矢華《さやか》を、古城《こじょう》が警戒心《けいかいしん》を露《あら》わに睨《にら》む。優麻《ゆうま》は、そんな古城《こじょう》の目の下のクマに気づいて意味ありげな含《ふく》み笑《わら》いを洩《も》らし、

「それにしても古城《こじょう》、ずいぶん疲《つか》れた顔をしてるね。そんなに姫柊《ひめらぎ》さんのことが心配だった？」

「べつに心配なんかしてねーよ。小うるさい監視役《かんしやく》がいなくてむしろ快適だったぞ」

「心配してない……ですか。むしろ快適……ですか。そうですか」

強がる古城《こじょう》を半眼で睨《にら》んで、雪菜《ゆきな》はむっと唇《くちびる》を曲げる。

「まあいいです。それよりも先輩《せんぱい》、授業はどうしたんですか？　今なら走れば間に合いますよ」

「え……いや、今日はさすがに疲《つか》れてる……っていうか、そこまでしなくても……」

「疲《つか》れてるって、どうしてですか？　わたしがいなくて快適だったんですよね？　ただでさえ先輩《せんぱい》は出席日数が足りてないんですから、こんなところでサボってちゃ駄目《だめ》です」

生真面目《きまじめ》な口調でそう言いながら、雪菜《ゆきな》が古城《こじょう》の手を引いて走り出す。

すっかりいつもどおりの彼女《かのじょ》の態度に、懐《なつ》かしさと安堵《あんど》を覚えながら、古城《こじょう》は空に向かって頼《たよ》りなく息を吐《は》き出《だ》した。

「……勘弁《かんべん》してくれ」

第七話

凪沙のわくわく心理テスト

通学途《と》中《ちゅう》のモノレールの車内。暁凪沙《あかつきなぎさ》が、読みかけの本を開いたまま不意に顔を上げる。

「ねえねえ、古城《こじょう》くん、雪菜《ゆきな》ちゃん。唐突《とうとつ》だけど、心理テストやろ。心理テスト」

「本当に唐突《とうとつ》だな」と古城《こじょう》は呆《あき》れ顔《がお》で妹を見た。「なにを熱心に読んでるのかと思ったら」

「心理テスト、ですか？」古城《こじょう》の隣《となり》に立っていた雪菜《ゆきな》が、小首を傾《かし》げて訊《き》き返す。「凶悪《きょうあく》事件の犯人の精神状態や責任能力を調べるために、裁判所が精神科医などに依頼《いらい》するという……」

「それは精神鑑定《かんてい》ってやつだよね。まあ、似てるといえば似てるけど」

「たぶん全然別物だと思うぞ」と古城《こじょう》。「心理テストってのは、占《うらな》いみたいなもんだよ。ちょっとした質問の答えから、回答者の深層心理を言い当てたり、アドバイスしたりするやつな」

「はあ」と曖昧《あいまい》にうなずく雪菜《ゆきな》。「占《うらな》い……相性診断《あいしょうしんだん》的なものでしょうか？」

「いや、そういうんじゃないんだけど。とにかく行くよ、第一問！」凪沙《なぎさ》が強引《ごういん》にテストを始める。「お店でラーメンを頼《たの》んだあなた。しかし運ばれてきたのは注文とは違《ちが》う激辛《げきから》カレーでした。さあ、どうする？　A・仕方なく最後まで激辛《げきから》カレーを食べる、B・店員に頼《たの》んでラーメンに取《と》り替《か》えてもらう、C・激辛《げきから》カレーを食べた上に、ついでにラーメンと餃子《ギョーザ》も食べる」

「わたしはAです。お店の人にも間違《まちが》いはあるでしょうし」雪菜《ゆきな》が真面目な口調で回答する。

「じゃあ、俺《おれ》はCで……これでなにがわかるんだ？」疑わしげな表情で凪沙《なぎさ》を見返す古城《こじょう》。

「ふっふっふ」凪沙《なぎさ》がなぜか勝《か》ち誇《ほこ》ったように胸を張る。「注文と違《ちが》う料理とは裏切りの象徴《しょうちょう》。その料理への対応は、恋人《こいびと》の浮気《うわき》に対するあなたの態度を表してるんだよ。Cを選んだ古城《こじょう》君は、浮気《うわき》した恋人《こいびと》だけでなく欲望のままにあちこちの異性に手を出すタイプ。つまり自分自身が浮気性《うわきしょう》ということだよ！」

「浮気性《うわきしょう》……なるほど。たしかに当たってますね……」雪菜《ゆきな》が感心したように息を吐《は》いた。

「どこがだ⁉　なんでラーメンでそんなことがわかるんだよ⁉　無理やりすぎるだろ！」

「そしてAを選んだ雪菜《ゆきな》ちゃんは、浮気《うわき》した彼氏《かれし》を最後まで絶対に許さないタイプ。いつまでも執着《しゅうちゃく》してストーカー化する危険があります」

「な……⁉」

「ストーカーか……当たってるな……」絶句する雪菜《ゆきな》を眺《なが》めつつ、古城《こじょう》はしみじみと呟《つぶや》いた。

「どうして納得《なっとく》してるんですか⁉」雪菜《ゆきな》が唇《くちびる》を尖《とが》らせて抗議《こうぎ》する。「自分が浮気《うわき》するせいじゃないですか。わたしが少し目を離《はな》すといつもすぐにほかの女の人にデレデレして……！」

「なんで俺《おれ》が責められてるんだ？」古城《こじょう》が困惑《こんわく》に目を細める。「姫柊《ひめらぎ》の彼氏《かれし》の話だろ？」

「……え？」思いがけず冷静な古城《こじょう》の指摘《してき》に、雪菜《ゆきな》が頬《ほお》を赤くした。自分の勝手な思《おも》い込《こ》みに気づいたのだ。「ち、違《ちが》います！　自分というのはつまり私自身の責任という意味で、べつにわたしが先輩《せんぱい》のことを彼氏《かれし》と思っているとかそういう意味では……もう！」

「痛《で》っ⁉」なぜか雪菜《ゆきな》に突然《とつぜん》みぞおちを殴《なぐ》られて、古城《こじょう》が低い呻《うめ》き声《ごえ》を洩《も》らす。

イチャついているとしか思えない二人の生温《なまぬる》いやり取りに、凪沙《なぎさ》は乾《かわ》いた笑《え》みを浮《う》かべて、

「あははは……じゃあ、気を取り直して次の問題ね。あなたが暗い森の中を彷徨《さまよ》っていると、

一頭の動物と出会いました。その動物とは、A・子猫《こねこ》、B・パンダ、C・オオカミ、D・邪悪《じゃあく》なる吸血魔龍《きゅうけつまりゅう》スカルグロードラ」

「なんか一個だけ変なの混じってんぞ!? まあいいや、とりあえずAで」と投げやりに古城《こじょう》。

「じゃあ、わたしはD……いえ、やっぱりCで」雪菜《ゆきな》が慎重《しんちょう》に答えを選ぶ。

「ふむ。迷子は無力な幼子を表しています。そこで出会った動物によって、あなたの子育てのやり方がわかります。気まぐれな子猫《こねこ》を選んだ古城《こじょう》君は、子どもと一緒《いっしょ》になって悪ふざけするタイプ。家族思いで過保護なオオカミを選んだ雪菜《ゆきな》ちゃんは、熱心な教育ママ。あまり厳しくしつけをして、子どもに疎《うと》まれないように気をつけてね」

「あー……姫柊《ひめらぎ》は教育ママか。わかる気がするな、なんとなく」と古城《こじょう》が深々とうなずいた。

「そ、それは先輩《せんぱい》が子どもを甘《あま》やかすからじゃないですか！ だからわたしが仕方なく！」

「え？ いや、だから俺《おれ》のじゃなくて、姫柊《ひめらぎ》の子どもの話だろ……？」

「だってわたしの子どもなら、つまり先輩《せんぱい》の子どもってことじゃないです……か……」

勢いよく反論しかけた雪菜《ゆきな》が、自分の言葉の意味に気づいて固まった。その顔が耳まで赤く染まっていく。一方の古城《こじょう》は、どう反応すればいいのかわからないという表情で硬直《こうちょく》している。見つめ合う実兄《じっけい》と級友の姿を半眼《はんがん》で眺《なが》めて、凪沙《なぎさ》は疲《つか》れたようにぼそりと呟《つぶや》く。

「はあ……もういいよ。あなたたちの相性《あいしょう》は百パーセントってことで。うー、砂糖吐《は》きそう」

同じ車輛《しゃりょう》に乗り合わせていた周囲の乗客たちが、同意するように一斉《いっせい》にうなずいた。

第八話

すべてを忘れて

「なにその振《ふ》り子《こ》？　催眠術《さいみんじゅつ》？」

興味津々《きょうみしんしん》に瞳《ひとみ》を輝《かがや》かせて、暁凪沙《あかつきなぎさ》が身を乗り出してくる。

夜の暁《あかつき》家のリビングだった。いつものように暁《あかつき》家の兄妹《きょうだい》と一緒《いっしょ》に夕食を済ませたあと、雪菜《ゆきな》がおもむろに取り出したペンデュラムを凪沙《なぎさ》が目ざとく見つけたのだ。

「うん、先輩《せんぱい》にちょっと頼《たの》まれて」

雪菜《ゆきな》は真面目な表情でうなずいた。凪沙《なぎさ》は怪訝《けげん》そうに小首を傾《かし》げて、

「古城《こじょう》君に頼《たの》まれた……って、催眠術《さいみんじゅつ》を？」

「まあな。ここんとこ昼夜逆転の生活が続いて寝不足《ねぶそく》が酷《ひど》くてさ。姫柊《ひめらぎ》が催眠《さいみん》術を使えるっていうから、寝《ね》つきがよくなりそうなやつをかけてもらおうと思って」

妹の疑問に、古城《こじょう》が答える。すでに入浴を終えて寝間《ねま》着代わりのジャージに着替《きが》えた彼《かれ》は、準備万全《ばんぜん》。いつでも就寝《しゅうしん》可能な状態だ。

元来、夜行性の吸血鬼《きゅうけつき》である古城《こじょう》は、宵《よい》っ張《ば》りな上に朝の寝《ね》起《お》きが悪い。そこで多少なりとも睡眠《すいみん》時間を確保するために、催眠術《さいみんじゅつ》を試《ため》してはどうかと雪菜《ゆきな》のほうから提案したのだ。

魔術《まじゅつ》に強い耐性《たいせい》を持つ吸血鬼《きゅうけつき》も、魔力《まりょく》を伴《ともな》わないただの催眠術《さいみんじゅつ》なら効果があることが知られている。実際、古城《こじょう》はそれでテロリストに操《あやつ》られた前科もある。催眠術《さいみんじゅつ》の有効性は間違《まちが》いない。

「そりゃまあ、この時間から寝《ね》れば寝不足《ねぶそく》は解消されると思うけど」

壁《かべ》の時計を見上げて、凪沙《なぎさ》が呆《あき》れたように息を吐《は》く。時刻は午後八時を過ぎたばかりだった。

「それより雪菜《ゆきな》ちゃんって催眠術《さいみんじゅつ》が使えたんだ？」

「やり方を習っただけだから、本当に使えるかは自信ないんだけど」

「でも、興味あるなあ。見たい見たい」

好奇心旺盛《こうきしんおうせい》な凪沙《なぎさ》が、すっかり乗り気で古城《こじょう》の隣《となり》に腰《こし》を下ろす。

「じゃあ、まずはゆっくり息を吐《は》き出《だ》しながら、この振《ふ》り子《こ》を見つめてください。」

そう言って雪菜《ゆきな》は二人の前に、銀色のペンデュラムを静かに掲《かか》げた。


翌朝。彩海学園《さいかいがくえん》の空き教室には、怪《あや》しげな一団が集合していた。藍羽《あいば》浅葱《あさぎ》と矢瀬《やぜ》基樹《もとき》、南宮《みなみや》那月《なつき》と暁凪沙《あかつきなぎさ》。そして雪菜《ゆきな》と暁古城《あかつきこじょう》。学年も性別も立場も様々な謎《なぞ》の集団だ。

「古城《こじょう》が記憶喪失《きおくそうしつ》になった……!?」

唐突《とうとつ》な呼び出しの理由を聞かされて、矢瀬《やぜ》が驚愕《きょうがく》の声を漏《も》らす。

そんな矢瀬《やぜ》の反応を、古城《こじょう》は所在なげな面持《おもも》ちで眺《なが》めていた。

古城《こじょう》の態度がどこかよそよそしいのは、この教室に集まっている人間が、今の彼《かれ》にとっては赤の他人——事実上、初対面の相手だからだろう。一夜が明けて目覚めた古城《こじょう》は、自分自身の名前すら完全に忘れていたのだった。

「どういうこと……？　どこかに頭でもぶつけたの？」

浅葱《あさぎ》が、めずらしく戸惑《とまど》いを露《あら》わにして雪菜《ゆきな》に問《と》い質《ただ》す。雪菜《ゆきな》は頼《たよ》りなく言《い》い淀《よど》み、

「それが、その……昨晩の催眠術《さいみんじゅつ》の後遺症《こういしょう》みたいで……」

「催眠術《さいみんじゅつ》ぅ？」

浅葱《あさぎ》と矢瀬《やぜ》が、声を合わせて呆然《ほうぜん》と呻《うめ》いた。雪菜《ゆきな》は慌《あわ》てて言い訳する。

「いえ、あの、暁先輩《あかつきせんぱい》に頼《たの》まれたんです。最近、寝不足《ねぶそく》が続いてるからって」

「それは、あたしもその場にいたから知ってる。いかがわしい目的じゃないんだよ」

雪菜《ゆきな》を庇《かば》うように証言する凪沙《なぎさ》。浅葱《あさぎ》はまだ少し困惑《こんわく》したように目を細めて、

「いかがわしい目的の催眠術《さいみんじゅつ》ってどんなのよ？　まあいいけど」

「とにかく姫柊《ひめらぎ》ちゃんの催眠術《さいみんじゅつ》で眠《ねむ》って目が覚めたら、古城《こじょう》の記憶《きおく》がなくなってたわけだな」

矢瀬《やぜ》が無理やり納得《なっとく》したように状況《じょうきょう》をまとめた。原因はどうあれ、古城《こじょう》の挙動がおかしくなっているのは事実であり、記憶喪失《きおくそうしつ》という前提は受け入れざるを得ないと判断したらしい。

「あー……なんか、悪い。あんたらは、俺《おれ》の友人……ってことでいいんだよな？」

どうにか矢瀬《やぜ》たちが落ち着いたところで、古城《こじょう》が怖《お》ず怖《お》ずと確認《かくにん》する。

「ああ。中等部のころからの古いつき合いだよ」

矢瀬《やぜ》の口調が無愛想になったのは、おそらく古城《こじょう》に忘れられたショックの裏返しだ。

それまで黙《だま》って話を聞いていた那月《なつき》が、ふむ、と興味深そうに呟《つぶや》いた。

「そこからもう覚えていないのか？　ここ数日の記憶《きおく》が消えた、ということではなく？」

「ご自分の名前や素性《すじょう》も忘れてるみたいです。もちろんわたしや凪沙《なぎさ》ちゃんのことも全部」

雪菜《ゆきな》が目を伏《ふ》せながら説明する。

「凪沙《なぎさ》ちゃんのことまで忘れちゃったの？」

浅葱《あさぎ》が驚《おどろ》いたように眉《まゆ》を上げた。妹に対する普段《ふだん》の古城《こじょう》の溺愛《できあい》ぶりを知っているだけに、事態の深刻さをあらためて実感したのだろう。実際、記憶《きおく》を失って混乱する古城《こじょう》を落ち着かせ、学校に連れてくるのに雪菜《ゆきな》たちはさんざん苦労したのだ。

「悪いな。だけど、そうなんだ。急に妹って言われても実感がわかなくて」

古城《こじょう》が凪沙《なぎさ》の横顔を眺《なが》めて肩《かた》を落とす。凪沙《なぎさ》は寂《さび》しげに微笑《ほほえ》んで首を振《ふ》った。

「これは、かなりの重症《じゅうしょう》だな」

「はい。一般《いっぱん》常識や道具の使い方はまだ覚えてるんですけど、個人的な知識や思い出はほとんど全部消えてるみたいです」

苦々しげに呟《つぶや》く矢瀬《やぜ》を見て、雪菜《ゆきな》も硬《かた》い表情でうなずき返す。

「ふーん……じゃあ、自分が吸血鬼《きゅうけつき》ってことも忘れちゃったんだ？」

「あ、藍羽《あいば》先輩《せんぱい》……！」

雪菜《ゆきな》が声を潜《ひそ》めながら浅葱《あさぎ》を咎《とが》めた。ただでさえ記憶《きおく》をなくして戸惑《とまど》っている古城《こじょう》に伝えるには、それはあまりにもデリケートな情報だ。

しかし浅葱《あさぎ》は、逆に責めるような視線を雪菜《ゆきな》に向けてくる。

「なによ。隠《かく》してても仕方ないでしょ、ホントのことなんだし」

「たしかにな。自覚がないまま眷獣《けんじゅう》を召喚《しょうかん》して、街中で暴走でもさせられたらかなわん」

那月《なつき》が冷静な口調で指摘《してき》した。雪菜《ゆきな》は、うっと言葉を詰《つ》まらせて、

「それはそう……ですけど……」

「ちょっと待った。吸血鬼《きゅうけつき》ってなんだよ？　まさか、俺《おれ》のことを言ってるのか？」

緊張《きんちょう》感の乏《とぼ》しい口調で質問したのは古城《こじょう》だった。少しうんざりした表情を浮《う》かべているのは、雪菜《ゆきな》たちの会話を冗談《じょうだん》だと思っているせいだろう。

そんな古城《こじょう》に、浅葱《あさぎ》が真っ向から真実を叩《たた》きつける。

「そうよ。あんたは第四真祖《だいよんしんそ》。世界最強の吸血鬼《きゅうけつき》なの」

「第四真祖《だいよんしんそ》って……いやいや、そんな馬鹿な。なあ」

騙《だま》されない、と言いたげな態度で、古城《こじょう》が雪菜《ゆきな》たちに同意を求めた。古城《こじょう》は眷獣《けんじゅう》を召喚《しょうかん》する以外ほとんど能のない吸血鬼《きゅうけつき》なので、己《おのれ》の体質を自覚する機会がなかったらしい。

しかし同意を求められた雪菜《ゆきな》たちは、気まずく沈黙《ちんもく》するしかない。

「え？　マジで吸血鬼《きゅうけつき》？　だって、第四真祖《だいよんしんそ》ってアレだろ。災厄《さいやく》の化身《けしん》たる十二の眷獣《けんじゅう》を従え、人の血を啜《すす》り、殺戮《さつりく》し、破壊《はかい》する。世界の理から外れた冷酷非情《れいこくひじょう》な化け物——ってやつ」

「まあ、そうだな」

「だいたい合ってるわね」

第四真祖《だいよんしんそ》に関する定番の都市伝説を語る古城《こじょう》に、矢瀬《やぜ》と浅葱《あさぎ》が重々しく同意した。冷酷非情《れいこくひじょう》かどうかはさておき、第四真祖《だいよんしんそ》に関する噂《うわさ》の多くはそれほど事実から外れているわけではない。

「いや、嘘《うそ》だろ……俺《おれ》が世界最強の吸血鬼《きゅうけつき》？　マジで？　ドッキリとかじゃなく？」

さすがに声に焦《あせ》りを滲《にじ》ませながら、古城《こじょう》が何度も確認《かくにん》する。記憶《きおく》を完全になくした上に、自分が世界有数の危険人物だと指摘《してき》されたのだ。動揺《どうよう》するのも無理はなかった。

「事実だ。諦《あきら》めろ」

那月《なつき》が古城《こじょう》を睨《にら》んで冷ややかに宣告する。

「ていうか、ドッキリとかの知識は残ってるんだね……」と、どうでもいい感想を呟《つぶや》く凪沙《なぎさ》。

古城《こじょう》は那月《なつき》を見つめたまま、しばし真顔で唇《くちびる》を結んでいた。そして、隣《となり》に座《すわ》る雪菜《ゆきな》の耳元にぼそりと小声で囁《ささや》く。

「さっきから気になってたんだけど、ここって彩海学園《さいかいがくえん》の高等部だよな？　どうして小学生がまぎれこんでるんだ？」

「誰《だれ》が小学生だ、馬鹿者」

那月《なつき》が手に持っていた扇子《せんす》を無造作に振《ふ》り上《あ》げ、その直後、大気が破裂《はれつ》するような異音が轟《とどろ》いた。不可視の衝撃波《しょうげきは》に額を殴《なぐ》られて、古城《こじょう》がその場で大きく仰《の》け反《ぞ》る。

「痛《い》った!?　なんだよ、今の!?　ってか、小学生じゃないのなら、中学生？　もしかして飛び級とか？　だとしても目上の人間に対する礼儀《れいぎ》くらいはちゃんと──痛《い》てっ！」

「目上の人間に対する礼儀《れいぎ》か。たしかにそれは大事だな。いいことを教えてもらったお礼に、貴様のポンコツな脳ミソが記憶《きおく》を取《と》り戻《もど》すまで、衝撃《しょうげき》を与《あた》え続けてやろう」

那月《なつき》が扇子《せんす》を左右に振《ふ》るたびに、古城《こじょう》の頭部がガクガクと左右に揺《ゆ》れた。衝撃波《しょうげきは》の往復ビンタを喰《く》らい続けているのだ。

「待った待った！　ストップだ、那月《なつき》ちゃん！　それ以上はヤバいって！」

「お、落ち着いてください、南宮《みなみや》先生！　暁《あかつき》先輩《せんぱい》は記憶喪失《きおくそうしつ》なんですから……！」

見かねた矢瀬《やぜ》と雪菜《ゆきな》が那月《なつき》を止める。古城《こじょう》はふらつきながらも那月《なつき》を凝視《ぎょうし》して、

「……先生？　この人が？」

「信じられないかもしれないけど、事実は事実よ。あんたが第四真祖《だいよんしんそ》なのと一緒《いっしょ》」

浅葱《あさぎ》が私物のノートPCを開いて、古城《こじょう》のほうに画面を向けた。表示されていたのは複数の動画ファイル。絃神島《いとがみじま》の監視《かんし》カメラの映像らしい。

吸血鬼《きゅうけつき》とおぼしき少年が、街中で巨大《きょだい》な眷獣《けんじゅう》を召喚《しょうかん》して暴れている。パーカーを着たその少年の姿に古城《こじょう》は激しく狼狽《ろうばい》して、

「これが……俺《おれ》……？　街とかけっこう派手にぶっ壊《こわ》してるけど……大丈夫《だいじょうぶ》なのか、これ？」

「大丈夫《だいじょうぶ》じゃないけど、まあ、派手に壊《こわ》すわよね。第四真祖《だいよんしんそ》だからね」

「女子の血を吸ったりしてるみたいなんだけど……？」

「吸うわよね。古城《こじょう》だからね」

「マジか……俺《おれ》って、そんなやつだったのか……」

映像に記録された自分の姿を眺《なが》めて、古城《こじょう》は放心したように頭を抱《かか》えた。古城《こじょう》が血を吸った相手は一人ではない。全員が今の古城《こじょう》の知らない顔だ。

「え……っと、あんたは、藍羽《あいば》さんだっけ？　どうしてこんな画像を持ってるんだ？」

古城《こじょう》が警戒《けいかい》したような視線を浅葱《あさぎ》に向ける。しかし浅葱《あさぎ》は面倒《めんどう》くさそうにかぶりを振《ふ》って、

「浅葱《あさぎ》でいいわよ。あたしとあんたの関係なんだし」

「……どんな関係だったのか、訊《き》いてもいいか？」

「そうね、将来を誓《ちか》い合った恋人《こいびと》同士だったといっても過言ではないわね」

口元に不敵な笑《え》みを浮《う》かべて、見せつけるように堂々と胸を張る浅葱《あさぎ》。恋人《こいびと》、という予想外の言葉に、古城《こじょう》は処理能力の限界を超《こ》えて固まった。

「いや、だいぶ過言だろ……」

ぼそり、と矢瀬《やぜ》が呆《あき》れたように呟《つぶや》く。雪菜《ゆきな》は血相を変えて勢いよく立ち上がり、

「あ、藍羽先輩《あいばせんぱい》！」

「どうしたの、ただの第四真祖《だいよんしんそ》の監視役《かんしやく》の姫柊《ひめらぎ》さん？」

露骨《ろこつ》に牽制《けんせい》するような浅葱《あさぎ》の言葉に、雪菜《ゆきな》は一瞬《いっしゅん》、ぐっと息を呑《の》む。

「き、記憶喪失《きおくそうしつ》の暁先輩《あかつきせんぱい》を混乱させるような情報は与《あた》えるべきではないと思います！」

「べつに混乱するようなことじゃないと思うけど……今からでも恋人《こいびと》同士になれば誤差みたいなもんだし……結果オーライってやつ？」

「全然オーライじゃありません。そういうやり方はフェアじゃないと思います！」

「でも、あたしが古城《こじょう》に血を吸われたことがあるのは事実だし、責任は取ってもらわないと」

「血……血を吸われたことならわたしも……あ、ううん……な、なんでもない……です」

隣《となり》に座《すわ》る凪沙《なぎさ》のことを気遣《きづか》って、雪菜《ゆきな》の声が途《と》中《ちゅう》で小さくなる。さすがにクラスメイトの兄に血を吸われた、とは言いづらい。

「そういえば、うちのアスタルテや叶瀬《かなせ》も貴様に血を吸われたことがあると言ってたな……」

那月《なつき》が空気を読まずに証言する。古城《こじょう》は自己《じこ》嫌悪《けんお》に襲《おそ》われたように机に突《つ》っ伏《ぶ》した。

「藍羽《あいば》さんのような恋人《こいびと》がいるのに……ほかの女子の血を吸いまくっているのか、俺《おれ》は……」

「いやまあ、血を吸いまくってるのは事実だから、気にするなとは言えないんだが……」

矢瀬《やぜ》が苦悩《くのう》する古城《こじょう》を哀《あわ》れむように嘆息《たんそく》し、浅葱《あさぎ》に非難の眼差《まなざ》しを向ける。

「ほら見ろ。おまえが余計なことを言い出したせいで、面倒《めんどう》くさいことになったじゃねーか」

「余計なことってなによ。本当のことでしょ」

浅葱《あさぎ》がむっと唇《くちびる》を尖《とが》らせ、那月《なつき》がやれやれと気怠《けだる》く首を振《ふ》った。

「そもそも催眠術《さいみんじゅつ》で暁《あかつき》の記憶《きおく》が飛んだという状況《じょうきょう》がよくわからんのだが、もしそれが事実なら、催眠術《さいみんじゅつ》で記憶《きおく》を取《と》り戻《もど》すこともできるんじゃないのか？」

「そうか……退行催眠《たいこうさいみん》か……！」

その手があったか、と矢瀬《やぜ》が表情を明るくした。凪沙《なぎさ》がきょとんと矢瀬《やぜ》を見つめる。

「タイコー催眠《さいみん》？　なに、それ？」

「催眠術《さいみんじゅつ》で意識を遡《さかのぼ》らせるというか、古城《こじょう》が記憶《きおく》をなくす前の状態に戻《もど》そうってことだよ」

「そっか……それなら、古城《こじょう》君が記憶《きおく》をなくした原因もわかるかもしれないね」

「いえ、あの、やめたほうがいいんじゃないでしょうか。下手に暁先輩《あかつきせんぱい》の記憶《きおく》をいじって、事態が悪化しないとも限りませんし」

雪菜《ゆきな》が、なぜか額に汗《あせ》を滲《にじ》ませて主張する。矢瀬《やぜ》は少し意外そうに雪菜《ゆきな》を見返した。

「退行催眠《たいこうさいみん》事態には、それほど危険性はないけどな。心理《しんり》療法《りょうほう》にも使われてるくらいだし」

「記憶喪失《きおくそうしつ》になってる時点で、もうたいがい最悪の状況《じょうきょう》だしね」

浅葱《あさぎ》が素っ気なく指摘《してき》する。雪菜《ゆきな》は焦《あせ》ったように視線を泳がせて、

「で、でも、今は催眠術《さいみんじゅつ》に使う振《ふ》り子《こ》がないですし」

「ペンデュラムか。魔術《まじゅつ》用の触媒《しょくばい》でよければいくらでもあるぞ」

那月《なつき》が手元の空間を歪《ゆが》めて、様々な色や形のペンデュラムを呼び寄せた。

「姫柊《ひめらぎ》ちゃんがやらないなら、俺《おれ》がやってもいいぜ。催眠術《さいみんじゅつ》なら昔ちょっと囓《かじ》ったし」

「どうして基樹《もとき》が催眠術《さいみんじゅつ》なんか練習してるのよ、いやらしい」

「なんでだよ!?　過適応能力の制御《せいぎょ》訓練でやらされたんだよ！」

矢瀬《やぜ》と浅葱《あさぎ》がどうでもいいことで言い争っているが、古城《こじょう》に退行催眠《たいこうさいみん》をかけるという流れは覆《くつがえ》りそうになかった。それで記憶《きおく》が戻《もど》るなら、と古城《こじょう》本人も乗り気のようだ。

「うう……」

その場にいる全員に注目されて、雪菜《ゆきな》はペンデュラムをつまみ上げる。そして古城《こじょう》の眼前に、借り物のペンデュラムを静かに掲《かか》げた。

「──まずはゆっくり息《いき》を吐《は》き出《だ》しながら、この振《ふ》り子《こ》を見つめてください」

昨晩、午後八時過ぎの暁《あかつき》家のリビング。垂直に垂らしたペンデュラムの先端《せんたん》を、古城《こじょう》と凪《なぎ》沙《さ》が見つめている。雪菜《ゆきな》はそんな二人の耳元で、囁《ささや》くように優《やさ》しく語りかける。

「ゆっくりと深呼吸して、身体《からだ》の力を抜《ぬ》いてください。あなたの全身がだんだん温かくなってきます。指先までじんわりと温かく……」

「全身が……温かく……だんだん……むにゃぁ……」

「なんで俺《おれ》より先に凪沙《なぎさ》が催眠《さいみん》にかかってるんだよ……」

くたぁ、とソファに沈《しず》みこむように寝入《ねい》った凪沙《なぎさ》を眺《なが》めて、古城《こじょう》が呆《あき》れたように呟《つぶや》いた。雪《ゆき》菜《な》が催眠術《さいみんじゅつ》を開始して約一分。いくらなんでも催眠《さいみん》が効き過ぎだ。

「いえ、催眠《さいみん》というか、これは眠《ねむ》ってるだけですね。凪沙《なぎさ》ちゃん、疲《つか》れてたみたいですし」

「しょうがねえなあ」

古城《こじょう》は溜息《ためいき》をつきながら、熟睡《じゅくすい》する妹を抱《だ》き上《あ》げた。いわゆるお姫様抱《ひめさまだ》っこである。妹をベッドに運んだ古城《こじょう》が戻《もど》ってくるのを待って、雪菜《ゆきな》は再びペンデュラムを構えた。

「じゃあ、気を取り直して続けますね」

「全身が温かくなるところからな」

「はい。そのまま目を閉じて、わたしの声に意識を集中してください。あなたにはもう、私の声しか聞こえません。わたしのことだけ考えて、わたしの指示に従ってください」

「姫柊《ひめらぎ》の指示に……従う……」

最初は苦笑《くしょう》していた古城《こじょう》だが、雪菜《ゆきな》が何度も同じ言葉を繰《く》り返《かえ》しているうちに少しずつ雰囲気《ふんい》気《き》が変わっていった。瞬《まばた》きの回数が少なくなって、遠くを見ているような瞳《ひとみ》で、雪菜《ゆきな》をジッと見つめてくる。意外にも雪菜《ゆきな》の稚拙《ちせつ》な催眠術《さいみんじゅつ》が成功したらしい。

「えーっと、右手を上げてください」

ペンデュラムを下ろして、雪菜《ゆきな》が命じる。古城《こじょう》はその指示に素直《すなお》に従った。

「そのままわたしの頭を撫《な》でてください……なんて……」

本当に催眠《さいみん》にかかっているのかを確かめるために、少し無理めの命令を試《ため》してみる。しかし古城《こじょう》は逆らうことなく、雪菜《ゆきな》の頭にそっと手を置いた。子猫《こねこ》の背中をさするように優《やさ》しく頭を撫《な》でられて、逆に雪菜《ゆきな》のほうがドギマギしてしまう。

「姫柊《ひめらぎ》の指示に……従う……」

古城《こじょう》が雪菜《ゆきな》の命令を繰《く》り返《かえ》す。それを聞いた雪菜《ゆきな》はかすかにムッとする。付き合いの長い浅葱《あさぎ》や優麻《ゆうま》のことは下の名前で呼ぶ古城《こじょう》が、雪菜《ゆきな》のことは今も頑《かたく》なに苗字《みょうじ》で呼ぶ。雪菜《ゆきな》にはそれがなんとなく不満だったのだ。

「姫柊《ひめらぎ》じゃなくて、雪菜《ゆきな》、ですよ。これからは雪菜《ゆきな》って呼んでくださいね」

「雪……菜……」

催眠《さいみん》状態の無防備な古城《こじょう》は、雪菜《ゆきな》の命令をあっさりと受け入れた。そのせいで雪菜《ゆきな》は深刻な罪悪感を覚える。古城《こじょう》の意思を無視して彼《かれ》を思い通りに操《あやつ》ろうとするのは、さすがに人として最低の振《ふ》る舞《ま》いだ。

「ね、寝不足《ねぶそく》の解消が目的なんでしたよね。じゃあ、先輩《せんぱい》のベッドに行きましょうか」

催眠術《さいみんじゅつ》本来の目的を思い出し、雪菜《ゆきな》は古城《こじょう》に呼びかけた。

「ベッドに……行く……」

古城《こじょう》が自室のドアを開けた。窓際《まどぎわ》には彼《かれ》のベッドが置かれている。しかし古城《こじょう》はそれ以上は進もうとせずに、雪菜《ゆきな》がついてくるのを待っていた。雪菜《ゆきな》を部屋に招き入れるかのように――

「いえ、だから……ベッドに行くのはわたしじゃなくて……先輩《せんぱい》が……え⁉」

困惑《こんわく》する雪菜《ゆきな》の小柄《こがら》な身体《からだ》を、古城《こじょう》がひょいと抱《だ》き上《あ》げる。先ほどの凪沙《なぎさ》と同じ状態だ。そして古城《こじょう》は雪菜《ゆきな》をそのまま自室のベッドへと連れていく。

「ち、違《ちが》っ……今のは先輩《せんぱい》にベッドまで運んで欲《ほ》しいって意味じゃなくて……違《ちが》うんです！」

ベッドに無理やり連れこまれそうになった雪菜《ゆきな》が焦《あせ》る。古城《こじょう》が悪いわけではない。ベッドに行きましょうという雪菜《ゆきな》の命令を、古城《こじょう》は忠実に実行しているだけだ。強《し》いて責任の所在を問うなら、うっかり主語を省略してしまった雪菜《ゆきな》が全面的に悪い。

「ああ、もう……忘れて！　全部忘れてください！」

古城《こじょう》に抱《だ》き上《あ》げられてテンパった状態で、声を上擦《うわず》らせながら雪菜《ゆきな》が叫《さけ》んだ。中途半端《ちゅうとはんぱ》に指示内容を訂正《ていせい》するより、命令をいったん全部リセットしたほうが早いと考えたのだ。

それが翌朝どんな結果を招くのか、理解することもないままに——

「……思い出した……そうだ……それで俺《おれ》は姫柊《ひめらぎ》に言われたとおり全部忘れたんだ……」

彩海学園《さいかいがくえん》の空き教室で、記憶《きおく》を取《と》り戻《もど》した古城《こじょう》が呆然《ぼうぜん》と呟《つぶや》いた。

雪菜《ゆきな》が古城《こじょう》に退行催眠《たいこうさいみん》をかけてから、約一時間。昨晩、暁《あかつき》家で起きた出来事は、催眠《さいみん》状態に陥《おち》った古城《こじょう》の口からすべて詳細《しょうさい》に語られていた。雪菜《ゆきな》が古城《こじょう》に命じた内容もなにもかも、だ。

「なるほどな。暁古城《あかつきこじょう》は忠実に貴様の命令を実行し続けていた、というわけか」

「それで、姫柊《ひめらぎ》ちゃんと一緒《いっしょ》にベッドに入ったあとの記憶《きおく》がない、と……」

謎《なぞ》が解けてすっきりしたのか、那月《なつき》と矢瀬《やぜ》が晴れ晴れとした表情で独りごちる。

「ち、違《ちが》うんです！　それはだって暁先輩《あかつきせんぱい》の寝《ね》つきが悪いっていうから……！」

「そういうやり方はフェアじゃないんじゃないかしら」

「雪菜《ゆきな》ちゃん……」

浅葱《あさぎ》と凪沙《なぎさ》が、呆《あき》れたような半眼《はんがん》になって雪菜《ゆきな》を見つめてくる。

「ち、違《ちが》うんです……うう、お願い、忘れて……なにもかも全部忘れてください……！」

耳まで赤くした雪菜《ゆきな》が、頭を抱《かか》えてうずくまる。

そんな雪菜《ゆきな》の背中を眺《なが》めながら、二度と催眠術《さいみんじゅつ》に頼《たよ》るのはやめようと密《ひそ》かに誓《ちか》う古城《こじょう》だった。

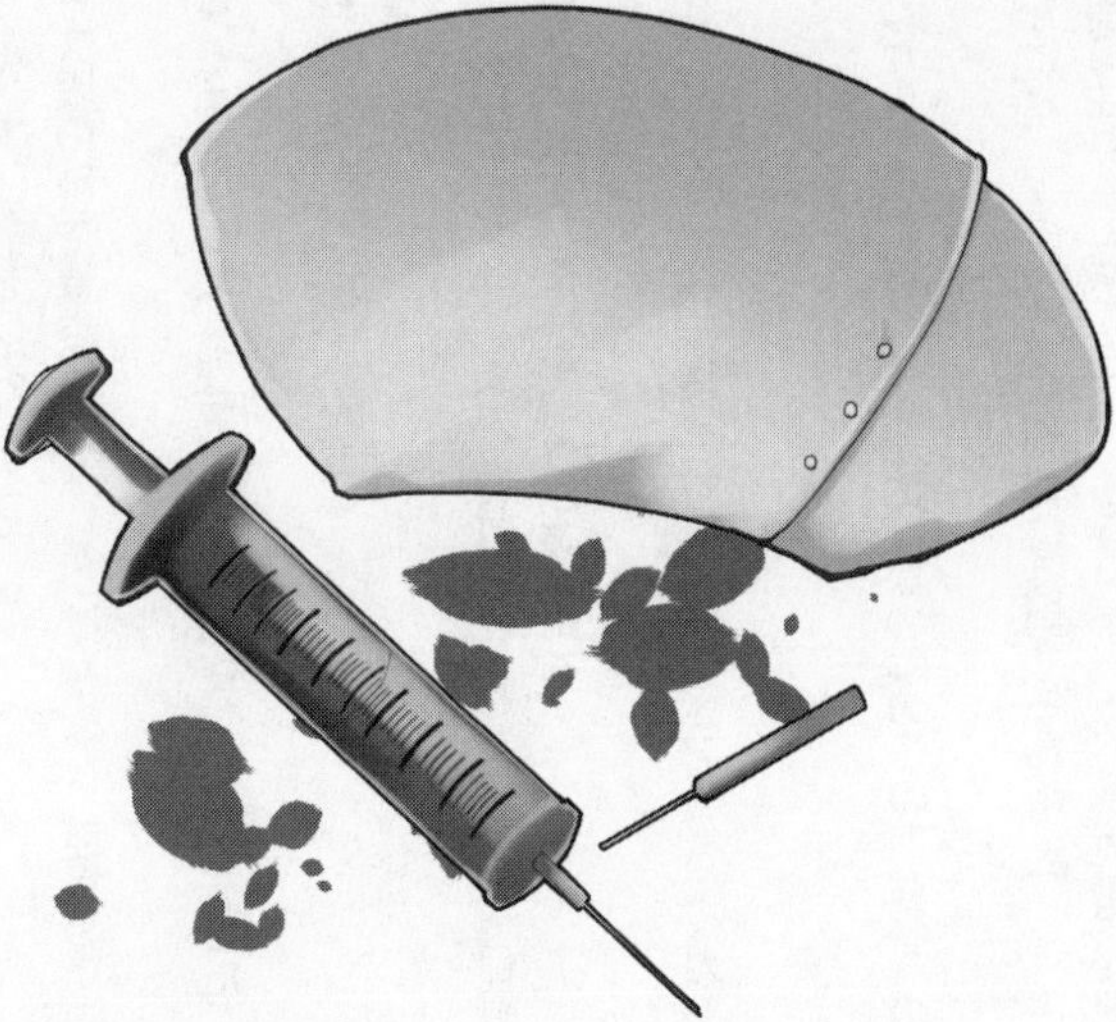

特典SS2

チクッとしますよ

「──というわけで、先輩《せんぱい》。注射をしましょう」

早朝の暁《あかつき》家。ナース服の姫柊雪菜《ひめらぎゆきな》が突然《とつぜん》押《お》しかけてきて、目覚めた直後の古城《こじょう》に一方的に宣言する。

「いや、どういうわけなのかまったく理解できないんだが……どうした、姫柊《ひめらぎ》？　なんでナースのコスプレなんか……」

「コスプレじゃありません。予防接種です」

「予防接種？」

「はい。先輩《せんぱい》は不死身の吸《きゆう》血鬼《けつき》ですから、自分は発症《はつしよう》しなくても、保有しているウイルスを媒介《ばいかい》してほかの人に感染《かんせん》させてしまう可能性があるんです」

「……なんか、蚊《か》みたいだな」

「ちなみに吸《きゆう》血鬼《けつき》が媒介《ばいかい》する主な病気は、日本《にほん》脳炎《のうえん》やマラリア、ジカ熱、デング熱などですね」

「って、完全に蚊《か》だ、それ！」

「特に先輩《せんぱい》は、わたしが少し目を離《はな》すとすぐにほかの女の子の血を吸うので感染《かんせん》対策は必須《ひっす》です」

「……事情はわかったけど、どうして姫柊《ひめらぎ》が俺《おれ》に注射するんだ？」

「獅子《しし》王《おう》機《き》関《かん》から特別に注射器と薬を送ってもらいました。予防接種は動物病院でも出来ます

けど、先輩《せんぱい》は未登録魔族《みとうろくまぞく》ですから健康保険が利《き》かなくて高いんですよ」

「なんで動物病院なんだよ!? そこは普通《ふつう》の病院でいいだろ!」

「注射が恐《こわ》いのはわかりますけど、安心してください。注射のやり方は獅子王機関《ししおうきかん》のサバイバル訓練でばっちり習ってますから!」

「なんでもやるな、獅子王機関《ししおうきかん》のサバイバル訓練……てか、注射が恐《こわ》くて文句を言ってるわけじゃねーよ!」

「そうですか。では、服を脱《ぬ》いでお尻《しり》をこちらに向けてください」

「ちょっと待て、ケツに注射するのか!? 腕《うで》じゃなくて!?」

「はい。筋肉内注射なので。ちなみに注射は全部で十二本です」

「多すぎだろ!」

「大丈夫《だいじょうぶ》です。先輩《せんぱい》は世界最強の吸血鬼《きゅうけつき》なんですから、これくらい……あ、逃《に》げた!? ちょっと先輩《せんぱい》! どこに行くんですか、先輩《せんぱい》!」

第九話

お金がない！

それは暗い海の底で、泥《どろ》にまみれて静かに蠢《うごめ》いていた。

敗北者である今の〝彼《かれ》〟に、かつての栄光の面影《おもかげ》はない。

美しく強靭《きょうじん》な肉体の大半は失われ、力のほとんどは奪《うば》われた。死の間際《まぎわ》に切《き》り離《はな》した生体組織の欠片《かけら》だけが、かろうじて逃《に》げ延《の》び、生き長らえたのだ。

しかし〝彼《かれ》〟は諦《あきら》めてはいなかった。文字通り泥《どろ》をすすって命をつなぎ、気が遠くなるほどの時間をかけて、肉体が癒《い》えるのを待ち続けた。

そして〝彼《かれ》〟は忘れていなかった。

己《おのれ》を敗北の淵《ふち》に突《つ》き落《お》とし、地を這《は》う屈辱《くつじょく》を与《あた》えた存在を――

龍脈《りゅう》より供給される膨大《ぼうだい》な霊力《れいりょく》を吸い上げて、〝彼《かれ》〟はようやく過去と同等の力を取《と》り戻《もど》す。

否、それ以上の圧倒的《あっとうてき》な力を手に入れる。

それを知った〝彼《かれ》〟は、ゆっくりと海底を離《はな》れて、倒《たお》すべき敵の待つ地へと動きだす。

太平洋上に浮《う》かぶ小さな島。絃神島《いとがみじま》〝魔族特区《まぞくとっく》〟へと――

†

ドアを開けた暁古城《あかつきこじょう》の視界に飛《と》び込《こ》んできたのは、部屋を埋《う》め尽《つ》くす段ボール箱の山だった。

「なんだこれ⁉　ここってマゾ部の部室でいいんだよな……？」

彩海学園《さいかいがくえん》・特別教室棟校舎《とくべつきょうしつとう》三階の空き教室。〝マゾ部〟こと、魔族特区《まぞくとっく》研究部の部室である。

本来、藍羽浅葱《あいばあさぎ》の私物のパソコンくらいしか備品がないはずの部室内には、優に二百個を超《こ》える段ボール箱が積み上がり、堅固《けんご》な城壁《じょうへき》のような姿を晒《さら》している。

「この荷物……おまんじゅう、でしょうか？」

段ボールに貼《は》られたラベルを眺《なが》めて、姫柊雪菜《ひめらぎゆきな》が眉《まゆ》を寄せた。荷物の送り主は絃神《いとがみ》市内でも大手の製菓《せいか》業者。観光客向けの饅頭《まんじゅう》などを販売《はんばい》している店である。

実際に中身も饅頭《まんじゅう》らしく、大きさのわりに段ボール箱はそれほど重くない。

「なんでまんじゅうの箱がこんなにあるんだ？」

ほとんどバリケードと化した段ボール箱の隙間《すきま》を縫《ぬ》って、古城《こじょう》は部室の奥《おく》へと進んだ。窓際《まどぎわ》の作業机には、部員である藍羽浅葱《あいばあさぎ》と矢瀬基樹《やぜもとき》が、どこかぐったりとした様子で座《すわ》っていた。

「いいところに来たわね、古城《こじょう》。おまんじゅう買ってくれるの？　税込《ぜいこ》みで一箱千百円よ」

ノートパソコンに向かっていた浅葱《あさぎ》が顔を上げ、澱《よど》んだ瞳《ひとみ》で古城《こじょう》を見た。

「いや、まんじゅうは要《い》らんけど……どうしたんだよ、二人とも。なんか深刻な顔してるけど」

古城《こじょう》が戸惑《とまど》いながら尋《たず》ねると、浅葱《あさぎ》と矢瀬《やぜ》は、目を伏《ふ》せて深く溜息《ためいき》をついた。

「金《かね》がないんだ……」

うつむいたままぼそりと呟《つぶや》く矢瀬《やぜ》。雪菜《ゆきな》は心配そうに小首を傾《かし》げて、

「え……と、お財布《さいふ》を忘れたということでしょうか？」

「よかったらジュース代くらい貸すぞ？　なるべく早く返してもらえるとありがたいけど」

そう言って古城《こじょう》は、小銭入《こぜにい》れを取り出そうとした。しかし矢瀬《やぜ》は、違《ちが》う、と大きく首を振《ふ》り、

「いや、そうじゃねえよ。絃神島《いとがみじま》に金がないって話だよ」

「絃神島《いとがみじま》に……金がない？」

どういう意味だ、と古城《こじょう》は隣《となり》にいる雪菜《ゆきな》を見た。わからない、と雪菜《ゆきな》は無言で首を振《ふ》る。

「正確に言うと、絃神市国《いとがみしこく》の財政状況《ざいせいじょうきょう》がヤバいのよ」

浅葱《あさぎ》がだらしなく頬杖《ほおづえ》を突《つ》いて、投げやりな態度で補足する。

「ここんとこ、島内で大きな事件が続いてたでしょ。壊《こわ》れた施設《しせつ》の復旧やら、被害《ひがい》に遭《あ》った人たちへの支援《しえん》やらで、支出が膨《ふく》らみまくっちゃって」

「あー……」

古城《こじょう》は遠い目をして相槌《あいづち》を打った。

ロタリンギアの殲教師《せんきょうし》による魔族《まぞく》狩りから始まって、古代兵器の出現や、犯罪組織〝図書館《LCO》〟の魔女《まじょ》たちの襲撃《しゅうげき》、テロ組織〝タルタロス・ラプス〟による大規模テロ――

わずか半年ほどの間に、絃神島《いとがみじま》は立て続けに様々な災厄《さいやく》に見舞《みま》われ、そのたびに大きな被害《ひがい》を出してきた。事後処理や復興にかかった費用は、莫大《ばくだい》な金額になるはずだ。

「そのあおりで税収も見事に落《お》ち込《こ》んでるしな。このままだとマジで財政破綻《ざいせいはたん》まで一直線だ」

矢瀬《やぜ》が頭痛に襲《おそ》われたように、目元を覆《おお》って嘆息《たんそく》する。古城《こじょう》は、ふむ、と唇《くちびる》を尖《とが》らせて、

「イマイチよくわかってないんだが、絃神市国《いとがみしこく》が財政破綻《ざいせいはたん》するとどうなるんだ？」

「そうね……絃神市国《いとがみしこく》の通貨は日本円だから、インフレが起きる可能性は高くないんだけど、そのぶん単純に政府の現金が不足するのよね」

浅葱《あさぎ》が淡々《たんたん》と説明を引《ひ》き継《つ》いだ。

真祖大戦《しんそたいせん》中に独立を宣言した絃神島《いとがみじま》だが、国際的には日本国内の特別行政区という扱《あつか》いで、法定通貨などは、そのまま日本のものを採用している。財政破綻《ざいせいはたん》寸前になっても、通貨価値の暴落が起きずに済んでいるのはそのためだ。しかし自国通貨の発行権を持たないということは、金を使えば使っただけ、手持ちの現金が減っていくということでもある。

「そうなると市庁の役人や、人工島管理公社職員の給料が払《はら》えなくなるわ。公立学校の先生や、警官や、あとは特区警備隊《アイランド・ガード》の隊員の給料も——」

「マジか……那月《なつき》ちゃん、ピンチだな」

自分たちの担任教師であり、警察庁の攻魔官《こうまかん》でもある南宮那月《みなみやなつき》のことを思い出し、古城《こじょう》は小さく顔をしかめた。絃神市国《いとがみしこく》の財政破綻《はたん》が、急に身近な問題に思えてくる。

「なにより問題なのは、絃神島《いとがみじま》の場合、食料調達をほとんど輸入に頼《たよ》ってるってことよね」

浅葱《あさぎ》が声を潜《ひそ》めて呟《つぶや》いた。

　人工島である絃神島《いとがみじま》には、農耕に使える土地がない。自給できるのは魚介類《ぎょかいるい》と鶏卵《けいらん》、あとはわずかな野菜と果物だけ。それ以外の食料は輸入で賄《まかな》うしかないのだ。

「絃神島《いとがみじま》への食料供給を担当してるのも人工島管理公社だから、公社に金がないと食材の輸入もままならないのよね。最悪、島民が全員、飢《う》えて死ぬかも」

「が、餓死《がし》はヤバいな……」

　古城《こじょう》はゴクリと喉《のど》を鳴らした。

「さすがに餓《う》え死《じ》にはないと思うが、わずかな食料を奪《うば》い合《あ》って暴動くらいは起きるかもな。でもって、それを止めるべき特区警備隊《アイランド・ガード》は予算不足で動けない、と」

　矢瀬《やぜ》が肩《かた》をすくめて気怠《けだる》げに笑った。

　あの、と雪菜《ゆきな》が遠慮《えんりょ》がちに手を挙げる。

「食料の備蓄《びちく》はなかったんですか？」

「いや、いちおう備蓄《びちく》してはいたんだけどな」

　苦い表情で答える矢瀬《やぜ》。浅葱《あさぎ》は半眼《はんがん》で古城《こじょう》たちを見上げて、

「どこかの真祖がうっかり眷獣《けんじゅう》で焼《や》き払《はら》っちゃったのよね……」

「そ、それは……」

　雪菜《ゆきな》が言葉を詰《つ》まらせて目を逸《そ》らす。人工島東地区《アイランド・イースト》の食料備蓄《びちく》倉庫を焼《や》き払《はら》ったのは、タルタロス・ラプスに操《あやつ》られた古城《こじょう》の眷獣《けんじゅう》だ。それを止められなかった雪菜《ゆきな》も無関係ではない。

「絃神島《いとがみじま》がヤバいのはわかったけど、それとこのまんじゅうの山にはなんの関係があるんだ？」

居心地《いごこち》の悪そうな表情になった古城《こじょう》が、半ば強引《ごういん》に話題を変えた。

矢瀬《やぜ》は自嘲《じちょう》するように笑って首を振《ふ》る。

「この危機的な状況《じょうきょう》を乗り切るには、人工島管理公社にまとまった現金が必要なんだよ」

「まあ、それはそうだろうけど」

「手っ取り早いのは赤字《あかじ》国債《こくさい》の発行なんだが、なにしろ絃神市国《いとがみしこく》は独立したばかりのちっぽけな自治領で、国家としての信用は皆無《かいむ》だからな。発行しても、まず買い手がつかないだろうな」

「国債《こくさい》って、要は借金だもんな。要は金を貸してくれる相手がいないってことか……」

古城《こじょう》は真顔になって考えこむ。そしてふと、閃《ひらめ》いた、とばかりに勢いよく顔を上げた。

「ラ・フォリアは？　あいつの国なら頼《たの》めば貸してくれるんじゃないか？」

「たしかに交渉《こうしょう》に応じてくれる可能性はあるでしょうね」

浅葱《あさぎ》が冷静に同意する。ラ・フォリア王女の母国であるアルディギア王国は、独立間もない絃神市国《いとがみしこく》にとって数少ない友好国なのだ。

「だろ？　だったら――」

勢いこむ古城《こじょう》を遮《さえぎ》って、浅葱《あさぎ》が、ただし、と言葉を続けた。

「知ってた？　借金には担保ってものが必要なのよ？」

「借金を返せなかったときに備えて、見返りを要求されるってことか」

「そうなった場合に、あの王女様が寄越《よこ》せと言ってくるのは、まず間違《まちが》いなくあんたの身柄《みがら》よ」

「……俺《おれ》？」

古城《こじょう》は驚《おどろ》いたように目を瞬《またた》く。浅葱《あさぎ》は短く溜息《ためいき》をついて、

「そりゃそうでしょ。絃神島《いとがみじま》には、世界最強の吸血鬼《きゅうけつき》〝第四真祖《だいよんしんそ》〟より価値のある財産なんてないもの。あんたが、あの王女様の所有物として買われる気があるなら交渉《こうしょう》してみるけど？」

「い、いや。すまん。それだけは勘弁《かんべん》してくださいお願いします……！」

古城《こじょう》は青ざめながら頭を下げた。群を抜《ぬ》く美貌《びぼう》と聡明《そうめい》さで知られるラ・フォリアだが、古《こ》城《じょう》は正直、彼女《かのじょ》が苦手だ。腹黒で計算高く、目的のためなら手段を選ばない彼女《かのじょ》に買われた日には、どんな無理難題をふっかけられるか、想像するだけでも恐《おそ》ろしい。

本気で怯《おび》える古城《こじょう》を眺《なが》めて苦笑《くしょう》し、矢瀬《やぜ》は足元に置いた段ボールに手を伸《の》ばした。

「まあ、そんなわけで手っ取り早く現金を稼《かせ》ぐためには、やはり貿易に頼《たよ》るしかないからな。絃神島《いとがみじま》名物のネット販売《はんばい》を始めたんだが……」

「絃神島《いとがみじま》名物って、もしかしてこのおまんじゅうのことですか……？」

矢瀬《やぜ》が差し出したまんじゅうの箱を受け取り、雪菜《ゆきな》が訊《き》く。

そうよ、と浅葱《あさぎ》はなぜか自慢《じまん》げに胸を張り、

「絃神銘菓《いとがみめいか》の魔族《まぞく》まんじゅうよ。なんといっても絃神島《いとがみじま》は、極東アジアで唯一《ゆいいつ》、人類と魔族《まぞく》が平和的に共存する魔族特区《まぞくとっく》だからね」

「いや、だとしても通販《つうはん》でまんじゅうを買おうって話にはならんだろ……」

古城《こじょう》が冷ややかに指摘《してき》した。矢瀬《やぜ》は肩《かた》を落として力なく笑う。

「そうなんだよな……まあ、その結果として、この在庫の山があるわけだが……」

「うー……どうしてよ!?　絃神島《いとがみじま》近海のミネラル豊富な海洋深層水と、天日干しの天然海塩にこだわって作った美味《おい》しいおまんじゅうなのに……！」

納得《なっとく》いかない、と叫《さけ》ぶ浅葱《あさぎ》。古城《こじょう》はそんな浅葱《あさぎ》を呆然《ぼうぜん》と眺《なが》めて、

「おまえがプロデュースしたのかよ!?　赤字増やしてどうすんだよ！」

「実はまんじゅうだけじゃなくて、せんべいとクッキーもあるんだよな。あとは絃神島《いとがみじま》の公式マスコットキャラの人形とぬいぐるみも」

矢瀬《やぜ》が商品サンプルを机に並べた。古城《こじょう》は思わず顔をしかめる。

「公式マスコットキャラって、これ、浅葱《あさぎ》んとこのモグワイじゃねえか。こんな不細工な人形、誰《だれ》が欲《ほ》しがると思ったんだ？」

「なんでよ!?　モグワイ、可愛《かわい》いでしょ!?」

「わたしは、ちょっと欲《ほ》しいですけど」

それぞれモグワイの人形を抱《だ》いて、浅葱《あさぎ》と雪菜《ゆきな》が反論してくる。しかし実際に商品が売れ残っているあたり、彼女《かのじょ》たちの感性が一般《いっぱん》的でないことは明白だ。

「まあ、利益が出てる商品もあるから、全部が全部、赤字ってわけじゃないんだけどな」

矢瀬《やぜ》が取《と》り繕《つくろ》うように弁明する。おっ、と古城《こじょう》は興味を惹《ひ》かれて身を乗り出した。今日聞いた中では、初めてのポジティブな情報だ。

「そうなのか？　どんなのが売れてるんだ？」

「主に浅葱《あさぎ》のファンクラブ会員向けコンサートグッズだな。推《お》しメンマフラータオルとかペンライトとかTシャツとか」

「え⁉　おまえってファンクラブとかあったのか⁉」

古城《こじょう》が驚《おどろ》いて浅葱《あさぎ》を見る。浅葱《あさぎ》は不満そうに唇《くちびる》を歪《ゆが》めた。

「言っとくけど、あたしが作ったわけじゃないからね！　〝戦車乗り〟とかモグワイとかが、あたしの知らないところで勝手に……！」

「あー……」

なるほど、と古城《こじょう》は納得《なっとく》した。絃神島《いとがみじま》では精密な3Dモデルで作られた浅葱《あさぎ》の偽者《にせもの》が出現し、ローカルアイドルとして活動していた時期があるのだ。

「最近は消されたはずの動画やMVも復活して、海外でも話題になってるからな。あとは浅葱《あさぎ》が全国ツアーとか開催《かいさい》してくれれば、そこそこ収益が出そうなんだが……」

「絶対イヤ！　なんであたしが偽者《にせもの》の真似《まね》して、アイドル活動しなきゃいけないのよ⁉」

矢瀬《やぜ》の無責任な発言に、浅葱《あさぎ》が金切り声で反論する。さすがにこればかりは浅葱《あさぎ》の主張のほうが正論だ。矢瀬《やぜ》もそれ以上は無理強《むりじ》いすることはなく、パソコンに表示された資料を眺《なが》めて、

「あとはフリマサイトに出してる姫柊《ひめらぎ》ちゃんの生写真が、地味にすごい売り上げを叩《たた》き出《だ》してるんだよな」

「はい⁉　わ、わたしですか……⁉　ってこれ、盗撮《とうさつ》した写真じゃないですか……！」

パソコンに表示された生写真の画像に気づいて、雪菜《ゆきな》が血相を変えた。

島内でたびたび目撃《もくげき》される〝銀色の槍《やり》を振《ふ》り回《まわ》す謎《なぞ》の美少女〟は、絃神島《いとがみじま》の都市伝説として、一部でかなり有名になっているらしい。そんな雪菜《ゆきな》の生写真が絃神島《いとがみじま》のオフィシャルショップで買えるのだから、人気になるのも無理はなかった。

しかも封入率《ふうにゅうりつ》の低いレアアイテムとして雪菜《ゆきな》の日常生活の写真も何種類か入っているらしく、それらを目当てに箱買いする客が続出しているのが、高い売り上げの秘密らしい。

「い、いくらなんでも、わたしに無断でこんなものを売り出すなんて――」

「残念だけど、公務《こうむ》執行《しっこう》中の国家《こっか》攻魔《こうま》官《かん》には肖像権《しょうぞうけん》が認められてないのよね」

「あうっ……そ、それは……」

浅葱《あさぎ》の予期せぬ反論に、雪菜《ゆきな》が激しく動揺《どうよう》する。

雪菜《ゆきな》は、獅子王機関《ししおうきかん》の剣巫《けんなぎ》として、第四真祖《だいよんしんそ》の監視《かんし》任務のために絃神島《いとがみじま》にいるのだ。つまり彼女《かのじょ》は、こうしている今も〝公務執行中《こうむしっこう》の国家攻魔官《こっかこうまかん》〟の条件を満たしていることになる。

「あと、獅子王機関《ししおうきかん》……というか、縁堂《えんどう》さんだっけ、あなたの上司にはちゃんと許可もらってるから。利益の四割を向こうに渡《わた》すって条件で」

「師家《しけ》さまあああああああ――っ！」

まさかの身内の裏切りを知らされて、雪菜《ゆきな》がたまらず絶叫《ぜっきょう》した。

さすがの矢瀬《やぜ》も雪菜《ゆきな》に同情したのか、少し気まずげな表情を浮《う》かべて息を吐《は》く。

「そんなわけで、できれば姫柊《ひめらぎ》ちゃんの写真集も発売したいんだが、撮影日《さつえいび》はいつがいい？」

「この季節でも水着撮影《さつえい》が出来るってことで、南国の絃神島《いとがみじま》らしさも出せて良かったわ」

うんうん、と勝手に納得《なっとく》してうなずく浅葱《あさぎ》。雪菜《ゆきな》はそんな二人を恨《うら》みがましい半眼《はんがん》で睨《にら》んで、

「そうですね……って、なるわけないじゃないですか！　写真集なんて出しませんよ！」

「そこをなんとか！　絃神島《いとがみじま》を救うためだと思って！」

土下座せんばかりの勢いで、矢瀬《やぜ》が深々と頭を下げた。

あう……と雪菜《ゆきな》が追《お》い詰《つ》められたような表情を浮《う》かべる。頼《たの》まれると断れない性格なのだ。

「嫌《いや》がってるからやめてやれよ。そもそも姫柊《ひめらぎ》の写真集なんか欲《ほ》しがるやついないだろ」

古城《こじょう》が雪菜《ゆきな》を庇《かば》って矢瀬《やぜ》をたしなめた。顔立ちこそ抜群《ばつぐん》に綺麗《きれい》だが、雪菜《ゆきな》自身は無名の一般人《いっぱんじん》だ。写真集の発売を無理強《むりじ》いするのはさすがに可哀想《かわいそう》だと思ったのだ。

「わたしの写真集なんか、ですか……欲《ほ》しがるやつはいない、ですか……そうですか……」

しかし雪菜《ゆきな》は、なぜか拗《す》ねたような瞳《ひとみ》で古城《こじょう》を睨《にら》んでくる。

矢瀬《やぜ》は、ううっ、と途方《とほう》に暮れたように頭を抱《かか》えて、

「んなこと言ったって、どうすんだよ、この莫大《ばくだい》な借金！　このままだとガチで財政破綻《ざいせいはたん》だぞ！　融資《ゆうし》してくれそうな相手には軒並《のきな》み声をかけて断られちまってるし、くそ……いっそこの辺の海底から石油か金塊《きんかい》でも湧《わ》いてこねえかな……」

「いや、気持ちはわかるが、海から金塊《きんかい》が湧《わ》くなんてそんな馬鹿なことあるわけ――」

古城《こじょう》がうんざりした顔で断言しようとした、まさにその瞬間《しゅんかん》だった。

ズン、と鈍《にぶ》い衝撃《しょうげき》が絃神島《いとがみじま》の大地を震《ふる》わせた。

巨大《きょだい》な爆発《ばくはつ》音が鳴《な》り響《ひび》き、海岸近くで炎《ほのお》と黒煙《こくえん》が噴《ふ》き上《あ》がる。

その黒煙《こくえん》の中から現れたのは、金色に輝《かがや》く巨大《きょだい》な人型《ひとがた》の影《かげ》だった。全高は三十メートルにも達しているだろうか。目も耳もない、滑《なめ》らかな金属に覆《おお》われた肉体。ただ骸骨《がいこつ》のような顎《あぎと》だけを大きく開き、その怪物《かいぶつ》は哄笑《こうしょう》する。

『カ……カカ……カカカカ！　完全なる我は帰還《きかん》した！　不完全なる存在《モノ》たちよ！　此度《こたび》こそ、我の供物《くもつ》となれ！』

大気を震《ふる》わせて嗤《わら》う怪物《かいぶつ》を、古城《こじょう》たちはギラついた眼差《まなざ》しで凝視《ぎょうし》した。

その怪物《かいぶつ》の名前は〝賢者《ワイズマン》〟。錬金術《れんきんじゅつ》によって生み出された自己増殖《じこぞうしょく》型の液体金属生命体だ。

不定形にして永遠不滅《えいえんふめつ》。ありとあらゆる存在を喰《く》らって増殖《ぞうしょく》を続ける、制御《せいぎょ》不能の危険な存在。

しかし、今の古城《こじょう》たちにとって重要なのはそこではない。

錬金術師《れんきんじゅつし》が〝彼《かれ》〟を生み出すために使ったのは、膨大《ぼうだい》な量の純金と貴金属。

すなわち賢者《ワイズマン》の肉体は、それ自体が巨大《きょだい》な金塊《きんかい》なのである。

「「「あったあああああ――――ッ！」」」

古城《こじょう》たちは歓喜《かんき》の雄叫《おたけ》びとともに部室を飛び出し、上陸した賢者《ワイズマン》に向かって駆《か》け出《だ》した。

†

『カカカカカ！　完全！　完全！　完全！　カ……!?』

巨大《きょだい》な人型《ひとがた》の怪物《かいぶつ》が、口から黄金の閃光《せんこう》を撃《う》ち放つ。すべてを焼《や》き払《はら》うはずの重金属粒子《じゅうきんぞくりゅうし》の砲撃《ほうげき》は、しかし都市に被害《ひがい》を与《あた》える前に金剛石《こんごうせき》の結晶《けっしょう》に阻《はば》まれた。古城《こじょう》が喚《よ》び出《だ》した眷獣《けんじゅう》が、粒子砲《りゅうしほう》の威力《いりょく》を受け止め、そのまま賢者《ワイズマン》へと撃《う》ち返す。

「よお、また会えたな、賢者《ワイズマン》――どうやって復活したのかは知らないが、そっちから来てくれて嬉《うれ》しいぜ！」

矢瀬《やぜ》が生み出した突風《とっぷう》に乗って、古城《こじょう》は海岸沿いの倉庫の屋上に着地。賢者《ワイズマン》と正面から対《たい》峙《じ》した。すぐに雪菜《ゆきな》と浅葱《あさぎ》も駆《か》けつけてくる。

復讐《リベンジ》に燃える賢者《ワイズマン》は、そんな古城《こじょう》を瞳《ひとみ》のない顔で睥睨《へいげい》し、

『カ……カカ……理解《わか》らぬ。不完全な存在《モノ》の不完全な理屈《りくつ》を我は理解できぬ。かつて我《わ》が敗北したのは、復活した直後の不完全な状態であったがゆえ。今の完全なる我に、不完全な汝《なんじ》が敵《かな》う由《よし》もなし！』

「あー……そうかよ」

古城《こじょう》は無造作に言い放ち、新たな眷獣《けんじゅう》を召喚《しょうかん》した。虹色《にじいろ》の炎《ほのお》に包まれた戦乙女《いくさおとめ》が光の剣《けん》を一閃《いっせん》し、賢者《ワイズマン》の左腕《ひだりうで》を斬《き》り落とす。賢者《ワイズマン》との最初の戦いの際には、掌握《しょうあく》していなかった眷獣《けんじゅう》だ。

『カ!? 腕《うで》が……！　完全なる我の腕《うで》が、なぜ!?』

「悪いが、おまえが海の底で惰眠《だみん》を貪《むさぼ》ってる間に、こっちはいろいろあったんだよ。こういうことができるようになる程度はな！」

『カ……カ……馬鹿な……馬鹿な……不完全な存在《モノ》たちが完全なる我を凌駕《りょうが》することなど、あり得ぬ……馬鹿な……』

賢者《ワイズマン》が明らかに同様する。そんな黄金の怪物《かいぶつ》の退路を、深紅《しんく》の光の壁《かべ》が塞《ふさ》いだ。浅葱《あさぎ》が操《あやつ》る聖殲《せいせん》の障壁《しょうへき》だ。

「わかってるわね、古城《こじょう》。逃《に》がしちゃ駄目《だめ》よ。こいつの身体《からだ》、なるべく無傷で手に入れるのよ」

「ああ。てめえが海水中から抽出《ちゆうしゆつ》した金と貴金属……最後の一グラムまできっちり置いてってもらうぜ」

欲望に目を輝《かがや》かせた浅葱《あさぎ》の呼びかけに、古城《こじよう》も獰猛《どうもう》な笑《え》みで応える。

背中に光の翼《つばさ》を広げた雪菜《ゆきな》が、哀《あわ》れむような眼差《まなざ》しとともに、銀色の槍《やり》を賢者《ワイズマン》に向けて

──

「すみません……わたしも水着撮影《さつえい》はしたくないので……！」

『カカ……理解……理解できぬ……なぜ完全なる我《わ》がこのような目に……ガアアアアアッ』

その日、深刻な赤字に苦しんでいた絃神市国《いとがみしこく》は、膨大《ぼうだい》な量の純金資産を保有していたことを突然《とつぜん》公表し、財政破綻《ざいせいはたん》の危機を免《まぬが》れた。

そして古代の錬金術師《れんきんじゆつし》たちが生み出した究極存在、〝賢者《ワイズマン》〟の行方《ゆくえ》は、誰《だれ》も知らない──

第十話
一夜漬けナイトメア

「どうしてこんなになるまで放っておいたんですか……！」

姫柊雪菜《ひめらぎゆきな》が、責めるような眼差《まなざ》しで暁古城《あかつきこじょう》を見つめてくる。

古城《こじょう》は彼女《かのじょ》から目を逸《そ》らし、弱々しく声を絞《しぼ》り出《だ》した。

「こんなはずじゃなかったんだ。大丈夫《だいじょうぶ》、まだ間に合うって、誤魔化《ごまか》しながらやってたら、いつの間にか取り返しのつかない状況《じょうきょう》に……！」

二人の間に気まずい沈黙《ちんもく》が流れる。時を刻む秒針の音が、やけに大きく感じられる。

そんな重苦しい空気を破ったのは、暁凪沙《あかつきなぎさ》の苦笑《くしょう》まじりの溜息《ためいき》だった。

「えーと、ごめんね、雪菜《ゆきな》ちゃん。毎回毎回、古城《こじょう》くんの試験勉強につき合わせちゃって」

「……………」

古城《こじょう》は無言で目を伏《ふ》せた。リビングテーブルの上に広げられているのは、高校生向けの教科書と参考書。そして試験の出題範囲《はんい》が書かれたプリントだ。

高等部の期末試験が始まるのは、明日から。とはいえ、すでに午後九時を回っているので、残された時間はもう十二時間を切っている。学年最後の期末試験。出席日数が慢性《まんせい》的に不足気味の古城《こじょう》にとっては、進級を左右する大事なイベントだ。

にもかかわらず、テスト勉強は十分とはいえない。それどころかほとんど手つかずに近い。

その結果、こうして雪菜《ゆきな》に泣きつく羽目になったのだ。

一学年下の雪菜《ゆきな》だが、攻魔師《こうまし》の国家資格を保有する彼女《かのじょ》は、すでに高校卒業程度の学力を身につけているという。少なくとも今の古城《こじょう》より勉強が出来るのは間違《まちが》いない。

「ううん、いいの。先輩《せんぱい》がテスト勉強をサボってることに気づかなかったわたしの監督不行《かんとくふゆ》き届《とど》きだから……！」

なにかを決意したように、真顔になって呟《つぶや》く雪菜《ゆきな》。彼女《かのじょ》の任務は、世界最強の吸血鬼《きゅうけつき》である第四真祖《だいよんしんそ》の監視《かんし》だが、その中には古城《こじょう》の生活態度を正すことも含《ふく》まれているらしい。

「それはそれとして、どうして姫柊《ひめらぎ》ん家《ち》で勉強することになったんだ？」

古城《こじょう》が居心地《いごこち》悪《わる》そうな表情で訊《き》いた。雪菜《ゆきな》に勉強を教わるのはいいが、わざわざ彼女《かのじょ》の部屋に呼ばれる理由がわからない。

「だって先輩《せんぱい》、自宅にいたらすぐに気が散っちゃうじゃないですか。スマホで動画見たり、深夜ラジオを聴《き》いたり、真夜中に部屋の掃除《そうじ》を始めたり……」

「机の周りが片付いてたほうが、勉強の能率が上がる気がしたんだよ……！　てか、なんで、昨日の俺《おれ》がやったことを全部知ってんだ⁉」

恐《こえ》ェよ！　と思わず身震《みぶる》いする古城《こじょう》。いくら雪菜《ゆきな》の任務が古城《こじょう》の監視《かんし》とはいえ、自宅での行動内容まで逐一把握《ちくいちはあく》しているのはやり過ぎだと思う。

「その点、雪菜《ゆきな》ちゃんの部屋は片付いてるから安心だよね」

凪沙《なぎさ》がにこやかに微笑《ほほえ》んで言った。

「片付いてるっていうか、そもそも散らかる物がないんだけどな、この部屋」

古城《こじょう》がリビングを見回してしみじみと呟《つぶや》く。

雪菜《ゆきな》が暁《あかつき》家の隣室《りんしつ》に引《ひ》っ越《こ》してきたのは約半年前。だが、荷物の少ない殺風景な部屋なのは相変わらずだ。必要最低限の家具以外、ほとんどなにも置かれていない。

「これでも最初の頃《ころ》よりは、だいぶ持ち物が増えたんですよ」

室内が殺風景なことは自覚しているのか、雪菜《ゆきな》が控《ひか》えめに反論する。

「そうなのか……？」

「はい。ネコマたんのクッションとか、ネコマたんのぬいぐるみとか、ネコマたんのブランケットとか、ネコマたんのタペストリーとか」

「増えてるのネコマたんグッズだけじゃねーか！」

思わず強めに突《つ》っこむ古城《こじょう》。雪菜《ゆきな》はネコマたんなる謎《なぞ》のゆるキャラの愛好者なのだ。

「違《ちが》います違《ちが》います。ちゃんと家具や家電も増えてますよ。洗濯機《せんたくき》とか掃除機《そうじき》とか」

雪菜《ゆきな》が慌《あわ》てて部屋の隅《すみ》を指し示す。そこに置かれていたのは、平べったい円形の電化製品だ。

「あ、これ、ロボット掃除機《そうじき》だ」

凪沙《なぎさ》が目ざとく反応する。雪菜《ゆきな》は少し得意げにうなずいて、

「はい。面倒《めんどう》な設定をしなくても声で操作できるんです」

「えっ、すごい。見たい。動かして動かして」

「『ドーモ、サヤカ＝サン、掃除《そうじ》して』」

雪菜《ゆきな》がコホンと咳払《せきばら》いしたあと、口調を変えて命令した。オ掃除《そうじ》ヲ開始シマス、という合成音声とともに、ロボット掃除機《そうじき》が起動する。

「わ、動いた！」

「こいつ、サヤカって名前なのか？　いいのか……？」

動き出した掃除機《そうじき》を見て無邪気《むじゃき》に喜ぶ凪沙《なぎさ》と、複雑な表情を浮《う》かべる古城《こじょう》。獅子王機関《ししおうきかん》の養成所時代、雪菜《ゆきな》のルームメイトだった煌坂紗矢華《きらさかさやか》という少女のことを思い出したのだ。

「持ち主のあとをついてきたり、会話する機能もありますよ」

雪菜《ゆきな》が意外にノリノリで掃除機《そうじき》の機能を説明する。

「マジで？　ていうか、掃除機《そうじき》と会話する必要あるか？」

古城《こじょう》が疑念の眼差《まなざ》しを機械に向けた。

まるでその視線に反応したように、ロボット掃除機《そうじき》がくるりと古城《こじょう》に向き直り、

『ア、アンタノタメニ掃除《そうじ》シテアゲテルワケジャナインダカラネ！』

「……なるほど、これはサヤカだな」

唐突《とうとつ》な掃除機《そうじき》の発言に、顔をしかめて古城《こじょう》が言う。雪菜《ゆきな》は少し困ったように眉尻《まゆじり》を下げて、

「そ、そういうつもりで名付けたわけではないんですけど……」

「――って、掃除機《そうじき》かけてる場合じゃないんだよ！」

凪沙《なぎさ》が突然《とつぜん》我に返ったように叫《さけ》んだ。

「そうでした。テスト勉強をしないと」

雪菜《ゆきな》が慌《あわ》てて掃除機《そうじき》に停止を命じる。新型の電化製品にうっかり気を取られていたが、古《こ》城《じょう》たちが姫柊《ひめらぎ》家に来た目的は試験勉強だ。

「言っとくけど、今のは俺《おれ》のせいじゃないからな」

「わかってるよ。わ、もう、こんな時間……あたし、いても邪魔《じゃま》だって言われたから帰るけど、雪菜《ゆきな》ちゃん、古城《こじょう》君の見張り、よろしくね」

「うん、任せて」

凪沙《なぎさ》の言葉に、雪菜《ゆきな》が力強くうなずいた。名残惜《なごりお》しそうに振《ふ》り返《かえ》る凪沙《なぎさ》を、さっさと帰れ、と追《お》い払《はら》う古城《こじょう》。後輩《こうはい》の女子に勉強を教わるだけでも屈辱《くつじょく》なのに、その姿を実の妹に見られるのはさすがに耐《た》えられない。勉強に集中するためにも、凪沙《なぎさ》に居座《いすわ》られては困るのだ。

「というわけで、さあ、先輩《せんぱい》、勉強しますよ」

雪菜《ゆきな》が表情を引《ひ》き締《し》めて、古城《こじょう》の隣《となり》に移動してくる。その距離《きょり》の近さに古城《こじょう》は戸惑《とまど》った。

「なんで隣《となり》に座《すわ》るんだ、姫柊《ひめらぎ》？」

「……え？　向かい側に座《すわ》ったら教科書が見にくくないですか？」

肩《かた》を寄せ合うような姿勢のまま、雪菜《ゆきな》が怪訝《けげん》な顔で古城《こじょう》を見上げてくる。

たしかにもっともな指摘《してき》だった。勉強を教えてもらっている立場上、そう言われてしまうと文句をつけられない。問題はここが雪菜《ゆきな》の自宅で、古城《こじょう》と二人きりということだ。

当然ながら今の雪菜《ゆきな》は部屋着姿。Tシャツに短パンだけの無防備な状態だ。髪《かみ》を無造作に束ねているせいで細いうなじが露《あら》わになっており、なにやらやけにいい匂《にお》いがする。

勉強に集中しなければ、と古城《こじょう》はシャーペンを手に取ってノートに向かった。

しかしノックした指先に伝わってくる手応えが妙《みょう》に頼《たよ》りない。

「って、あれ？　シャーペンの芯《しん》が切れてた。姫柊《ひめらぎ》、鉛筆《えんぴつ》借りてもいいか？」

「あ、はい。すぐに削《けず》りますね」

雪菜《ゆきな》がいそいそと立ち上がり、新品の鉛筆《えんぴつ》とナイフを持って戻《もど》ってくる。刃渡《はわた》り二十センチ近い黒塗《くろぬ》りの軍用ナイフである。

「おい!?　なんだ、そのサバイバルナイフ!?」

「すみません、うちには専用の鉛筆削《えんぴつけず》り器《き》がないので」

焦《あせ》る古城《こじょう》を見返して、雪菜《ゆきな》がきょとんと首を傾《かし》げる。

「わかるけど、そのナイフは絵面《えづら》的に恐《こわ》いだろ。もっと普通《ふつう》のカッターとかないのか？」

「いえ、こちらのほうが扱《あつか》い慣れているので……でも、そうですね、少し研《と》ぎ直《なお》したほうがいいかも知れません。切れ味よりも耐久《たいきゅう》性重視の刃《は》付けをしているので」

「そこから!?　鉛筆《えんぴつ》を削《けず》るのにナイフを研《と》ぐとこから始めるのか!?」

「大丈夫《だいじょうぶ》です。すぐ終わりますから。それまではこのシャーペンの芯《しん》、使っててください」

「芯《しん》の予備があるのかよ!?　だったらそっちでいいよ！　わざわざナイフ研《と》がなくても！」

「そうなんですか？」

どこか残念そうに呟《つぶや》きながら、雪菜《ゆきな》がナイフと鉛筆《えんぴつ》を片付ける。

やれやれと嘆息《たんそく》しながらシャーペンの芯《しん》を補充《ほじゅう》し、そのとき古城《こじょう》は、ふと部屋の隅《すみ》に積み上げられた本の束に目を留めた。少年向けのマンガ単行本だ。

「姫柊《ひめらぎ》もマンガなんか読むんだな？」

少し意外に思って、古城《こじょう》が訊《き》く。雪菜《ゆきな》が少し恥《は》ずかしそうに本を一冊手に取って、

「クラスの友人が、おすすめだからって貸してくれたんです」

「けっこう有名な作品だよな。面白《おもしろ》い？」

「そうですね。最初は絵が苦手だったんですけど、読み始めたら引きこまれて一気に最後まで読破しちゃいました。アニメ版もすごく良かったです」

目をキラキラとさせながらマンガの感想を語る雪菜《ゆきな》。古城《こじょう》は彼女《かのじょ》の手から単行本を受け取り、パラパラとめくる。特徴《とくちょう》的な絵柄《えがら》と演出が目立つ、迫力《はくりょく》のある作品だ。

「これって、たしかラスボスが吸血鬼《きゅうけつき》なんだよな……」

「はい。それもあって主人公に共感できたのかもしれません」

「どういう意味だよ……」

顔をしかめて呻《うめ》きながら、古城《こじょう》は試《ため》しにマンガを読み始める。吸血鬼《きゅうけつき》の力を手に入れた究極の悪とも呼ぶべきラスボスに、生身のまま立ち向かう主人公。なかなか熱い展開だ。知的な

駆《か》け引《ひ》きや登場人物たちの人間ドラマも魅《み》力《りょく》的《てき》である。衝撃的《しょうげきてき》な展開に驚《おどろ》く古城《こじょう》を、どこか楽しそうに見守る雪菜《ゆきな》。気がつけば古城《こじょう》は第一部、第二部を読み終え、傑作《けっさく》と名高い第三部へと手を伸《の》ばしていた。そして雪菜《ゆきな》は、そこでようやく思い出したように顔を上げ、

「せ、先輩《せんぱい》！　マンガ読んでる場合じゃないです！」

「うおっ、そうだった！　試験勉強……試験勉強しないと！　もうこんな時間か⁉」

時計を目にした古城《こじょう》が表情を凍《こお》らせた。時刻は午前零《れい》時過ぎ。すでに試験当日である。

「こうなったら、応用問題は捨てましょう。基本的な公式や単語だけ確実に覚えて、あとは過去問を参考にテストに出そうなところを重点的にやるということで――」

「わ、わかった。それが現実的だよな」

古城《こじょう》はうなずき、用意してきた教科書や参考書をテーブルに広げた。雪菜《ゆきな》と二人で手分けして、出題されそうな分野にヤマを張る。このペースでは、今日はこのまま徹夜《てつや》になりそうだ。

「悪いな、姫柊《ひめらぎ》。付き合わせて。自分の勉強だってあるのに」

「気にしないでください。高神《たかがみ》の杜《もり》にいたころはもっと過酷《かこく》でしたから」

「獅子《しし》王《おう》機《き》関《かん》の養成施設《ようせいしせつ》だっけ。どんな感じの学校だったんだ？」

ふと興味を覚えて、古城《こじょう》は何気なく話を振《ふ》る。

「全寮制《ぜんりょうせい》の女子校です。初等部から高等部まで合わせても、生徒数は千人に満たない小さな学校なんですけど」

「千人？　それが全員、姫柊《ひめらぎ》や煌坂《きらさか》みたいな霊能力者《れいのうりよくしや》なのか？」

「そうですね。ただ、剣巫《けんなぎ》や舞威媛《まいひめ》になれる生徒は一握《ひとにぎ》りなので、戦闘《せんとう》訓練についていけなくて退学する子も多かったです。中には怪我《けが》をして命を落とした子も――」

「そう……か……」

雪菜《ゆきな》の口から語られた壮絶《そうぜつ》な事実に、古城《こじよう》が表情を硬《かた》くする。

「あ、いえ、すみません。さすがにそこまでの事故は滅多《めつた》にないので。攻魔師《こうまし》になれなくても、普通《ふつう》に卒業して分析官《ぶんせきかん》や魔導技師《まどうぎし》になってる子もたくさんいますから」

少し慌《あわ》てたように首を振《ふ》り、雪菜《ゆきな》は無理やりな笑《え》みを浮《う》かべた。

「そうだ、写真もありますよ。こないだ唯里《ゆいり》さんが送ってくれたんです」

「そうなのか。ちょっと見せてもらってもいいか？」

「はい」

少し待っていてくださいと言い残し、雪菜《ゆきな》が隣《となり》の部屋に行く。しばらくして戻《もど》ってきた彼女《かのじよ》は、大きな段ボール箱を抱《かか》えていた。箱の中に詰《つ》めこまれているのは、高神《たかがみ》の杜《もり》女学院時代の雪菜《ゆきな》の私物らしい。見慣れない制服も入っている。

「え……と、これですね。これが初等部のぶんで、こっちが中等部に入ってからの写真です」

雪菜《ゆきな》に手渡《てわた》されたアルバムを、どれどれ、と無造作に開く古城《こじよう》。育った環境《かんきよう》が環境《かんきよう》だけに、雪菜《ゆきな》が持っている写真の数はそれほど多くない。それでも、その中の何枚かには、古城《こじよう》の知っている顔が写っていた。

「お、ニャンコ先生じゃん。さすが長生種《エルフ》、今と全然変わってないな」

「はい。わたしに稽古《けいこ》をつけてくださっていたときですね」

雪菜《ゆきな》がにこやかに微笑《ほほえ》みながら解説する。古城《こじょう》は構わずページをめくって驚《おどろ》きに目を瞠《みは》り、

「これ、煌坂《きらさか》か？　うお、マジで幼い！　あいつ、小学生のころから美人だったんだな」

「そうですね。紗矢華《さやか》さんは昔から本当に綺麗《きれい》で……わたしも隣《となり》に写ってます」

「こっちは志緒《しお》さんか。あの人、ロングヘアだったんだな。イメージ違《ちが》うけど似合ってるな

ー」

「ですね。あと、わたしも髪《かみ》を伸《の》ばしてたんですけど……」

どことなくむくれた表情で呟《つぶや》く雪菜《ゆきな》。へえ、と古城《こじょう》は素っ気なくうなずいて、

「って、唯里《ゆいり》さん、水着じゃん。これ、俺《おれ》が見てもいいやつなのか？」

「……いいんじゃないですか。唯里《ゆいり》さんのことだけ好きなだけ見てれば。いやらしい」

ついに表情を消した雪菜《ゆきな》が、温度のない声でぼそりと言った。古城《こじょう》は、彼女《かのじょ》が急に不機嫌《ふきげん》になったことに少し面喰《めんく》らう。

「そういえば唯里《ゆいり》さんたちがいつも着てた服って、高神《たかがみ》の杜《もり》の制服だったんだな」

「はい。いちおう私も持ってますけど、よかったら着てみましょうか？」

「そうだな、ちょっと見たいかもな」

「え？　本当に？」

雪菜《ゆきな》が驚《おどろ》いたように目を大きくする。彼女《かのじょ》の機嫌《きげん》が好転する兆《きざ》しを感じて、古城《こじょう》はここぞとばかりにたたみかけることにする。

「きっと似合うんだろうなー。見てみたいなー」

「も、もう、先輩《せんぱい》は本当に仕方のない吸血鬼《ヒト》ですね。ちょっとだけですよ」

段ボール箱の底から制服を取り出して、雪菜《ゆきな》が着替《きが》えのために隣《となり》の部屋へと入っていく。それを見送って古城《こじょう》はこっそり溜息《ためいき》をついた。

アルバムに収められた雪菜《ゆきな》の過去の写真。古城《こじょう》がそれを話題にしなかったのは、迂闊《うかつ》に触《ふ》れていいかどうか判断できなかったからだ。幼いころの雪菜《ゆきな》はとんでもない美少女で、同時に、荒《すさ》んだ冷たい目をしていた。他者を拒絶《きょぜつ》する氷のような眼差《まなざ》しだ。孤児《こじ》となった彼女《かのじょ》が高神《たかがみ》の杜《もり》に引き取られるまでになにがあったのか――それを尋《たず》ねてもいいのか、古城《こじょう》にはわからない。

「遅《おそ》いな……姫柊《ひめらぎ》？　着替《きか》え、まだ済まないのか？」

古城《こじょう》が時計を確認《かくにん》する。雪菜《ゆきな》は隣《となり》の部屋に行ったきり、十分以上経《た》っても戻《もど》ってこない。部屋からは物音一つ聞こえず、声をかけても答えは返ってこなかった。

「おーい、入るぞ」

着替《きが》え中になにかあったのではないかと、不安になってドアを少しだけ開けてみる。だが、ドアの向こうに広がっていたのは完全な暗闇《くらやみ》。だだっ広い虚無《きょむ》の空間だった。

「なんで、こんな場所が姫柊《ひめらぎ》の部屋に——」

闇《やみ》の中に足を踏《ふ》み入《い》れた古城《こじょう》の喉元《のどもと》に、突然《とつぜん》ナイフが突《つ》きつけられる。見覚えのある黒塗《くろぬ》りの軍用ナイフだった。

「姫《ひめ》……柊《らぎ》……？」

「あなたは、誰《だれ》？　どうしてわたしの名前を知っているの？」

高神《たかがみ》の杜《もり》女学院の制服を着た雪菜《ゆきな》が、古城《こじょう》にナイフを向けたまま訊《き》いてくる。

その雪菜《ゆきな》は古城《こじょう》の知っている彼女《かのじょ》よりもだいぶ幼く、荒《すさ》んだ冷たい目をしていた。

「俺《おれ》は、おまえの監視《かんし》対象だよ」

古城《こじょう》が平静な口調で言う。ここはおそらく現実ではない。古城《こじょう》の直感がそう告げていた。雪《ゆき》菜《な》の潜在《せんざい》意識か過去の記憶《きおく》。あるいは夢。よくわからないが、そのようなものだろう。古い制服が触媒《しょくばい》になって、雪菜《ゆきな》の過去と古城《こじょう》の意識が、魔術的《まじゅってき》につながったのかもしれない。

「監視《かんし》対象？」

幼い雪菜《ゆきな》の瞳《ひとみ》が戸惑《とまど》いに揺《ゆ》れる。古城《こじょう》は微笑《ほほえ》んで首肯《しゅこう》した。

「ああ。剣巫《けんなぎ》になったおまえが、俺《おれ》を監視《かんし》するために絃神島《いとがみじま》に来るんだ」

「絃神島《いとがみじま》……魔族特区《まぞくとっく》……」

雪菜《ゆきな》が、ナイフを握《にぎ》る手に力を入れる。

「そこでわたしはあなたを殺せばいいの？」

「いや、まあ、最初はそのつもりだったのかもしれないけど、おまえは俺《おれ》を助けてくれるよ。俺《おれ》だけじゃない、たくさんのヒトを」

「嘘《うそ》。わたしに誰《だれ》かを助けることなんて出来ないもの」

幼い雪菜《ゆきな》が平坦《へいたん》な口調で言った。絶望と諦観《ていかん》に心を閉ざした声だった。

「わたしに関わった人たちはみんな死ぬの。父様《とうさま》も母様《かあさま》も、剣巫《けんなぎ》様も――」

「ああ、それなら心配するな。俺《おれ》はたいていのことじゃ死なないから」

「え……？」

「疑うなら、今、試《ため》してもいいぜ。殺せるものならな。だけど、なるべく痛くない感じで頼《たの》む」

「あなたは……いったい……」

想定外の古城《こじょう》の返事に、雪菜《ゆきな》が困惑《こんわく》の表情を浮《う》かべた。年相応の幼い表情だ。古城《こじょう》はそんな彼女《かのじょ》の頭を、そっと抱《だ》き寄せて撫《な》でてやる。

「大丈夫《だいじょうぶ》だ。俺《おれ》の知ってる姫柊《ひめらぎ》は、優《やさ》しくて強くて、ちゃんと大事な人たちを守れるようになってる。煌坂《きらさか》や唯里《ゆいり》さんや志《し》緒《お》さんたちもそう思ってるぜ。たぶんおまえの師家様《しけさま》もな」

「本当……に？」

雪菜《ゆきな》がゆっくりとナイフを下ろす。彼女《かのじょ》の瞳《ひとみ》に涙《なみだ》が浮《う》かぶ。凍《い》てついていた水面が溶《と》ける気配。自分の言葉が過去の雪菜《ゆきな》に届けばいい、と古城《こじょう》は祈《いの》るような気持ちで考える。

「普段《ふだん》と違《ちが》う服も新鮮《しんせん》でいいけど、やっぱり姫柊《ひめらぎ》はいつもの制服のほうが似合ってるな」

「な、なにを……」

古城《こじょう》に見つめられた雪菜《ゆきな》が、頬《ほお》を赤らめて動揺《どうよう》する。それは古城《こじょう》がよく知っている現在《いま》の雪《ゆき》菜《な》の表情で――


「古城《こじょう》君、起きて！　古城《こじょう》君！　雪菜《ゆきな》ちゃんも！」

「ん……ああ……凪沙《なぎさ》？」

乱暴に肩《かた》を揺《ゆ》さぶられて、古城《こじょう》はゆっくりと目を開けた。

すぐ隣《となり》には、古城《こじょう》と寄《よ》り添《そ》うような姿勢で眠《ねむ》る雪菜《ゆきな》の横顔がある。どうやら二人とも知らない間に眠《ねむ》っていたらしい。窓からは明るい朝の光が射《さ》しこんでいる。

「ああ……凪沙《なぎさ》？　じゃないよ！　二人とも今何時だと思ってるの？　試験勉強は？」

制服に着替《きが》えて登校準備を終えた凪沙《なぎさ》が、腰《こし》に手を当てて古城《こじょう》たちを見下ろしてくる。

まだ少し寝《ね》ぼけた表情の雪菜《ゆきな》がパチパチと目を瞬《またた》き、凪沙《なぎさ》の言葉にハッと息を呑《の》んだ。

「し……試験勉強⁉」

「嘘《うそ》だろ……なんで……⁉」

「さっきのって……夢？　でも、先輩《せんぱい》が出てきて、昔のわたしに大丈夫《だいじょうぶ》だって……」

お互《たが》いに激しく動揺《どうよう》しながら、雪菜《ゆきな》と古城《こじょう》が顔を見合わせる。いつの間に眠《ねむ》りに落ちたのか、どこからが夢だったのかさっぱりわからない。ただひとつだけ確実にわかっているのは、古《こ》城《じょう》の試験勉強が一ミリも進んでいないということだ。

「ていうか、雪菜《ゆきな》ちゃんのその服なに？　よその学校の制服を雪菜《ゆきな》ちゃんに着せて、古城《こじょう》君ってば二人でいったいなんの勉強をしてたのかなあ？」

高神《たかがみ》の杜《もり》の制服を着た雪菜《ゆきな》を冷ややかに眺《なが》めて、凪沙《なぎさ》がにっこりと微笑《ほほえ》んだ。

古《こ》城《じょう》と雪菜《ゆきな》は、青ざめながら弱々しく首を振《ふ》る。

「ち、違《ちが》うの、凪沙《なぎさ》ちゃん……これは先輩《せんぱい》が着てくれっていうから……違《ちが》うの！　違《ちが》うから！　こんなはずじゃなかったの……！」

必死に言い訳を続ける雪菜《ゆきな》の声を聞きながら、古《こ》城《じょう》は遠い目をして溜息《ためいき》をつく。

早朝の空は雲一つない快晴。絃神島《いとがみじま》は今日も暑くなりそうだった。

特典SS3

真夏の剣巫と白い液体

折からの猛暑《もうしょ》の影響《えいきょう》か、絃神島《いとがみじま》の人工海岸には大勢の海水浴客が押《お》し寄《よ》せていた。

砂浜《すなはま》に立てたパラソルの下、古城《こじょう》は仲間の荷物番をしながら暗い表情を浮《う》かべている。

波打《なみう》ち際《ぎわ》から戻《もど》ってきた雪菜《ゆきな》が、膝《ひざ》を抱《かか》える古城《こじょう》に気づいて、怪訝《けげん》そうに呼びかけた。

「先輩《せんぱい》？　泳ぎに行かないんですか？」

「なんだ、姫柊《ひめらぎ》か……」

「な、なんだ？　わたしを見てなにか露骨《ろこつ》にがっかりしましたか……!?」

「ああ、いや、姫柊《ひめらぎ》はどうでもいいんだ」

「は？　どうでもいい……？」

「それより海水浴自体が憂鬱《ゆううつ》なんだよ。暑いし、混んでるし、なんかみんな水着だし」

「……海水浴場で水着は普通《ふつう》ですよね？」

「だからそういうのは吸血鬼的《きゅうけつき》に困るだろ！　うっかりエロい水着の姉ちゃんとぶつかって、吸血衝動《きゅうけつしょうどう》に襲《おそ》われたらどうすんだよ!?」

「……なるほど。女性の水着姿を見て興奮したら困る、と──って、その理屈《りくつ》でわたしはどうでもいいっておかしくないですか!?」

「うん、まあ姫柊《ひめらぎ》はべつに。ああ、その水着、普通《ふつう》に似合ってると思うぞ」

「うー……べつにいいですけど。どうせわたしは、ただの先輩《せんぱい》の監視役《かんしやく》ですし！」

露骨《ろこつ》に無関心な古城《こじょう》の態度に、雪菜《ゆきな》はムカムカとこめかみをひくつかせる。

「てか、そもそも吸血鬼《きゅうけつき》を海水浴に連れてくるのがおかしくないか？　弱点を突《つ》きまくりだろ！　吸血鬼《きゅうけつき》は泳げないんだよ！」

「海水浴を企画《きかく》したのは凪沙《なぎさ》ちゃんですし、吸血鬼《きゅうけつき》が水に浮《う》かないというのは迷信《めいしん》ですよ。先輩《せんぱい》が泳げないのは、先輩《せんぱい》個人の問題かと」

「ぐ……そういう姫柊《ひめらぎ》は泳げるのかよ？」

「はい。獅子王機関《ししおうきかん》の剣巫《けんなぎ》に弱点はありません。水中戦闘《せんとう》の訓練ももちろん受けてます」

「いや……水中戦闘《せんとう》の訓練て……」

なぜか誇《ほこ》らしげな雪菜《ゆきな》に、呆《あき》れて息を吐《は》く古城《こじょう》。雪菜《ゆきな》はニヤリと意地悪く微笑《ほほえ》んで、

「せっかく海に来たんだし、先輩《せんぱい》も水泳の練習をしましょう。お付き合いしますよ」

「いや、いいよ。今日は直射日光がキツすぎだ。もうすでに肌《はだ》がヒリヒリしてるし」

「吸血鬼《きゅうけつき》の真祖なら日光にも耐性《たいせい》があるはずですけど……先輩《せんぱい》、日焼け止めは塗《ぬ》ってないんですか？　だいぶ楽になりますよ？」

「泳ぐつもりもないのに、そんなもの持ってくるわけないだろ」

「だったらわたしのを貸してあげます。もともと日焼け止めを塗《ぬ》り直そうと思って、戻《もど》ってきたところだったので」

「じゃあ、借りるか。泳ぐ気はないけどな」

雪菜《ゆきな》が取り出した日焼け止めのボトルを、古城《こじょう》は渋々《しぶしぶ》と受け取った。だがボトルの蓋《ふた》を開け

た瞬間《しゅんかん》、中の液体があふれてしまう。

「うわ!?」

「すみません、その容器、気をつけないと、すぐにそうなっちゃうので……」

「さすがにこれは使い切れないな」

べったりと手に着いた白い液体を眺《なが》めて、古城《こじょう》は途方《とほう》に暮れたように呟《つぶや》いた。

「そうだ、姫柊《ひめらぎ》、後ろを向いてくれ」

「……? こうですか?」

素直《すなお》に言うことを聞いた雪菜《ゆきな》の背中に、古城《こじょう》は、余った日焼け止めをなすりつける。

どのみち彼女《かのじょ》も使う予定だったのだから、問題ないと思ったのだ。だが、

「うひゃうっ!」

「……なんか、すげえ可愛《かわい》い声がしたな」

「先輩《せんぱい》が急に触《さわ》るからじゃないですか!」

「姫柊《ひめらぎ》ってもしかして、背中が弱いのか? 剣巫《けんなぎ》に弱点はないんじゃなかったのか?」

「だ、だったら先輩《せんぱい》は、どうなんですか!?」

雪菜《ゆきな》が古城《こじょう》の背後に回って触《ふ》れてくる。

「悪いが俺《おれ》はべつにこれくらい平気——って、ふぁっ!? わ、脇腹《わきばら》は反則だろ!?」

「ふふっ……第四真祖《だいよんしんそ》ともあろうものが、ずいぶん隙《すき》だらけですね」

「隙《すき》だらけなのは姫柊《ひめらぎ》のほうだろ！」

「きゃあああっ！」

「──ねえ、矢瀬《やぜ》っち、あれ、どう思う？」

砂浜《すなはま》でイチャついている兄と友人の姿を、暁凪沙《あかつきなぎさ》は遠くから冷ややかに眺《なが》めていた。

「仲が良さそうでいいんじゃね？」

浮《う》き輪《わ》を抱《かか》えた矢瀬《やぜ》がうんざりと答える。

「ま、絃神島《いとがみじま》は今日も平和ってことだな」

第十一話

いつかのバースデイ

「うえええ……」

抜《ぬ》き身《み》の長剣《ちょうけん》を支えにしながら、紗矢華《さやか》がうずくまって嘔吐《おうと》する。トレードマークだった長髪《ちょうはつ》をバッサリと切った今の彼女《かのじょ》は、少し大人びたショートボブである。

軍用の携行食糧《けいこうしょくりょう》を手に持ったラ・フォリアが、そんな紗矢華《さやか》を眺《なが》めて小さく首を傾《かし》げた。

「非常食は口に合いませんでしたか、紗矢華《さやか》？」

「いえ、あの……口に合うとか合わないとかいう以前に、よくこの状況《じょうきょう》で食事が出来ますね？」

口元を拭《ぬぐ》いながら立ち上がった紗矢華《さやか》が、周囲を見回して苦い顔をした。

アルディギア王国の領内で見つかった古代遺跡《こだいいせき》の内部だった。

日本とアルディギアの国際共同調査の最中に、遺跡《いせき》に仕掛《しか》けられていた結界が作動し、視察に訪《おとず》れていたラ・フォリアとともに地下に閉じこめられてしまったのだ。

結界の内部は、腐臭《ふしゅう》を放つ粘膜状《ねんまくじょう》の生体組織に覆《おお》われており、不気味な蠕動《ぜんどう》を続けていた。まるで結界そのものが、巨大《きょだい》な生物の消化器官のようだった。

紗矢華《さやか》たちはそんな不気味な場所に、半日以上も囚《とら》われてしまっているのである。

しかしラ・フォリアはそんな状況《じょうきょう》でも平然と携行食糧《けいこうしょくりょう》をボリボリと囓《かじ》り、

「邪神召喚用《じゃしんしょうかんよう》の結界としてはよくあるタイプですし、見慣れてしまえば可愛《かわい》いものですよ」

「慣れちゃうくらいしょっちゅう邪神崇拝者《じゃしんすうはいしゃ》の結界なんかに閉じこめられるのは、王女として大問題だと思うんですけど……」

「そうですね、この結界の見た目が気になるのでしたら、紗矢華《さやか》の好きなホルモン焼きの具材だと思えばいいのではありませんか？　あの辺りはミノやハチノスっぽいですし」

「やめてくださいよ！　焼肉食べられなくなっちゃうじゃないですか！　ていうか、そもそもなんで王女がホルモン焼きにそんなに詳《くわ》しいんですか⁉」

「世界各地の食文化に精通しているのは、王族としてのたしなみです。為政者《いせいしゃ》たるもの、訪問先の土地で供《きょう》された料理は、どんなものでも美味《おい》しくいただかねばなりませんから──」

「いや……わかるようなわからないような……」

王女の屁理屈《へりくつ》に首を傾《かし》げて、紗矢華《さやか》は深い溜息《ためいき》をついた。ラ・フォリアは、血《ち》の気《け》の薄《うす》い紗《さ》矢華《やか》の横顔を見つめて眉《まゆ》を寄せる。

「なにかありましたか、紗矢華《さやか》。さっきから顔色があまりよくないみたいですが」

「あ、いえ、少し落ちこんでるだけです。せっかくの誕生日だったのに、こんなことになってしまったので……」

「まあ……今日は紗矢華《さやか》の誕生日でしたか」

ラ・フォリアが驚《おどろ》いたように目を瞠《みは》る。紗矢華《さやか》は苦笑《くしょう》まじりに肩《かた》をすくめた。

「今さら誕生日を嬉《うれ》しがるような歳《とし》でもないですし、それはべつにいいんですけどね。ただ、雪菜《ゆきな》がお祝いしてくれることになっていたので、あの子に会えないのが残念だなって」

「それは申し訳ないことをしてしまいましたね。わたくしが獅子王機関《ししおうきかん》に遺跡《いせき》の鑑定《かんてい》を依頼《いらい》してしまったせいで——」

「そんな……王女のせいじゃないですよ。私の派遣《はけん》を決めたのは獅子王機関《ししおうきかん》の上層部ですし、結界の発動を防げなかったのは私自身の落ち度だし……」

「ふふっ、そういうことなら、早くこの結界を抜《ぬ》け出《だ》して、紗矢華《さやか》の誕生日を祝いましょう。それはもう、アルディギアの総力を挙げて盛大《せいだい》に——」

「いいですよ、そんなの！　お気持ちだけで充分《じゅうぶん》ですから！」

紗矢華《さやか》が慌《あわ》てて首を振《ふ》る。銀髪《ぎんぱつ》の王女はクスクスと微笑《ほほえ》みながら、紗矢華《さやか》の瞳《ひとみ》をのぞきこみ、

「……残念だったのは雪菜《ゆきな》に会えないことだけですか？」

「え？」

「本当は雪菜《ゆきな》よりも、彼《かれ》に会いたかったのではありませんか？」

「そ、そんなこと……わ、私はべつに暁古城《あかつきこじょう》のことなんてちっとも……！」

「あら、わたくしは古城《こじょう》の名前なんて口にした覚えはありませんが」

「なっ……ちょっ、ズルっ……は、嵌《は》めましたね、王女!?」

すっとぼけた態度のラ・フォリアを睨《にら》んで、紗矢華《さやか》が、うぐぐ、と弱々しく唸《うな》った。

王女は微笑《ほほえ》みを絶やさぬまま、ふと思い出したというふうに指を鳴らす。

「そういえば、少し前に、あなたと古城《こじょう》が一緒《いっしょ》にバカンスに出かけたという噂《うわさ》を耳にしたので

すけれど。それも二週間近く二人きりだったとか——」

「バカンスなんかじゃありません！　遭難《そうなん》したんですよ！　天部《てんぶ》の死都《しと》の調査中に変な空間に飛ばされて！　暁古城《あかつきこじょう》は何度も死にかけるし、戻《もど》ってくるのにすごく苦労したんですから！」

紗矢華《さやか》が頬《ほお》を真っ赤にしながら訂正《ていせい》した。ラ・フォリアは、ますます楽しそうに目を細めて、紗矢華《さやか》に顔を近づける。

「わたくしが聞いた話では、そのとき古城《こじょう》は一時的に記憶《きおく》を失っていたとか……」

「なんでそんなことまで知ってるんですか……!?」

紗矢華《さやか》の頬《ほお》が引《ひ》き攣《つ》った。〝第四真祖《だいよんしんそ》〟暁古城《あかつきこじょう》の行動は、絃神市国《いとがみしこく》の——ひいては日本政府の重要機密だ。いくら相手が同盟国の王女とはいえ、その情報が筒抜《つつぬ》けになっている状況《じょうきょう》は、見過ごせるものではない。

一方のラ・フォリアは、なぜかウキウキと胸の前で手を合わせて身をよじる。

「誰《だれ》も知らない異世界で二人きり……ふふっ、これは一夜《ひとよ》の過《あやま》ちの予感がしますね……」

「ひ、一夜《ひとよ》の過《あやま》ちってなんですか……！　そんなことあるわけないじゃないですか！」

「べつに責めているわけではないのですよ？」

なぜか焦《あせ》る紗矢華《さやか》を見つめて、ラ・フォリアはきょとんと目を瞬《また》いた。

紗矢華《さやか》は気まずげに視線を彷徨《さまよ》わせながら、強引《ごういん》に話題を変えようとする。

「そ、そんなことより王女のほうこそどうなんですか？　王位継承権《おういけいしょうけん》を放棄《ほうき》するという噂《うわさ》が、マスコミで報道されてるって——」

「ああ……その情報を流したのはわたくしです」

ラ・フォリアがさらりと返答し、紗矢華《さやか》はたまらず咳《せ》きこんだ。

「王女⁉ なにしてくれてるんですか、あなた⁉」

「継承権《けいしょうけん》を放棄《ほうき》するわけではありませんよ。妹たちの継承《けいしょう》順位を繰《く》り上《あ》げるだけです。継《けい》承権《しょうけん》第一位を持ったままでは、古城《こじょう》との婚姻《こんいん》に差《さ》し支《つか》えますから——」

「まさか……本当に暁古城《あかつきこじょう》と結婚《けっこん》するつもりなんですか……？」

紗矢華《さやか》は真顔になってラ・フォリアを見返した。

これまで幾度《いくど》となく古城《こじょう》に求婚《きゅうこん》してきたラ・フォリアだが、どこまで本気で言っているのか、紗矢華《さやか》は確信が持てずにいた。容易には本心を悟《さと》らせないラ・フォリアの気まぐれな振《ふ》る舞《ま》いが原因である。しかし結婚《けっこん》のために第一王女の立場を放棄《ほうき》するとなると、話はまったく変わってくる。それだけ彼女《かのじょ》は本気ということだ。

「わたくしは嘘《うそ》をついたことはありませんよ、紗矢華《さやか》」

ラ・フォリアがいつもの悪戯《いたずら》っぽい口調で告げてくる。

「嘘《うそ》だと言ってくださったほうが気が楽だったんですけど……」

紗矢華《さやか》は力なく嘆息《たんそく》し、こみ上げる吐《は》き気《け》をこらえるように口元を押《お》さえた。

それに気づいたラ・フォリアが、訝《いぶか》るように表情を険しくする。

「紗矢華《さやか》、あなた……もしかして……」

しかし王女が、最後まで言葉を続けることはできなかった。突然《とつぜん》飛来してきた弾丸《だんがん》が、彼女《かのじょ》の身体《からだ》を横殴《よこなぐ》りに吹き飛《と》ばしたからだ。

「──王女⁉」

鮮血《せんけつ》を撒《ま》き散《ち》らして倒《たお》れるラ・フォリアを眺《なが》めて、紗矢華《さやか》が絶叫《ぜっきょう》した。

大口径の機銃弾《きじゅうだん》を浴びた銀髪《ぎんぱつ》の王女は、内臓の大半を失った無惨《むざん》な姿で、血溜《ちだ》まりの中に沈《しず》んでいる。粘膜《ねんまく》に覆《おお》われた遺跡《いせき》の壁《かべ》が鮮血《せんけつ》を浴びて、歓喜《かんき》するように身震《みぶる》いする。

紗矢華《さやか》たちを閉じこめていた結界が揺《ゆ》らいで、誰《だれ》かが現れる気配があった。

振《ふ》り返《かえ》った紗矢華《さやか》が目にしたのは、漆黒《しっこく》のローブを着込《きこ》んだ十人ほどの集団だ。その中の何人かは、紗矢華《さやか》の知っている顔だった。遺跡《いせき》の発掘《はっくつ》調査隊に雇《やと》われていた地元の作業員だ。

しかし彼《かれ》らが構えていたのは、発掘《はっくつ》用のシャベルやツルハシではなく、軍用のアサルトライフルだった。そして彼《かれ》らのローブに描《えが》かれている紋章《もんしょう》は、名も無き古代の邪神《じゃしん》の紋章《もんしょう》である。

「邪神崇拝者《じゃしんすうはいしゃ》……⁉　あなたたち、最初からラ・フォリア王女を狙《ねら》って──」

紗矢華《さやか》が銀色の長剣《ちょうけん》を構えて、ローブの男たちを睨《にら》みつける。

その紗矢華《さやか》が表情を歪《ゆが》めたのは、男たちを庇《かば》うように出現した巨大《きょだい》な影《かげ》に気づいたからだ。

無数の重火器で武装した対魔族《まぞく》用の装甲戦闘車両《AFV》である。

「有脚戦車《ロボットタンク》⁉　こんなものまで──！」

紗矢華《さやか》は剣《けん》を振《ふ》りかざし、擬似《ぎじ》空間断層の防御壁《ぼうぎょへき》を展開しようとした。

だが、それよりも戦車の砲撃《ほうげき》のほうが速かった。無数の機銃弾《きじゅうだん》に撃《う》ち抜《ぬ》かれ、紗矢華《さやか》は声もなくその場に崩《くず》れ落《お》ちる。

飛び散った鮮血《せんけつ》に触《ふ》れた遺跡《いせき》の結界が、再び生物のようにわなないた。しかし結界に生じた変化はそれだけだった。遺跡《いせき》は再び沈黙《ちんもく》し、そのことにローブの男たちが困惑《こんわく》する。

「なぜだ……生贄《いけにえ》を捧《ささ》げたはずなのに、なぜ祭壇《さいだん》が反応しない……⁉」

「ラ・フォリア・リハヴァインは、アルディギア王家でも史上稀《まれ》にみる強力な精霊使《せいれいつか》いではなかったのか……？　それに護衛についていた女は、日本の獅子王機関《ししおうきかん》の巫女《みこ》だと……」

「──なるほど。あなた方の目的は、わたくしを生贄《いけにえ》として利用することでしたか」

戸惑《とまど》う男たちを嘲《あざけ》るような、楽しげな声音《こわね》が結界内に響《ひび》いた。

銃撃《じゅうげき》を浴びて倒《たお》れたはずのラ・フォリアが、長い銀髪《ぎんぱつ》を揺《ゆ》らしてゆっくりと起き上がる。

破れた服の隙間《すきま》からのぞいていたのは、傷ひとつない真っ白な肌《はだ》だった。

「馬鹿な……いくら精霊使《せいれいつか》いでも、あれだけの銃弾《じゅうだん》を喰《く》らって生きていられるわけが……！」

「ええ。わたくしがただの人間のままなら、そうでしょうね」

男たちが動揺《どうよう》から立ち直る前に、ラ・フォリアは愛用の拳銃《けんじゅう》を引《ひ》き抜《ぬ》いた。華麗《かれい》な装飾《そうしょく》が施《ほどこ》された黄金の単発銃《たんぱつじゅう》。装填《そうてん》されているのは、呪式弾《じゅしきだん》だ。

ようやく我に返った男たちが、再び彼女《かのじょ》に向かって発砲《はっぽう》する。

しかし王女に直撃《ちょくげき》する寸前、男たちが放った弾丸《だんがん》は、すべて見えない壁《かべ》に阻《はば》まれたように弾《はじ》かれた。絶命したはずの紗矢華《さやか》が平然と起き上がり、擬似《ぎじ》空間断層の防御壁《ほうぎょへき》を張ったのだ。

「すみません、王女。お召《め》し物《もの》を血で汚《よご》してしまいました」

「構いません。おかげでこの結界を作動させた術者も出てきてくれたようですし」

楽しげに唇《くちびる》の端《はし》を吊《つ》り上《あ》げて、ラ・フォリアが呪式銃《じゅしきじゅう》の引き金を引いた。眩《まばゆ》い閃光《せんこう》が視界を白く染め、有脚戦車《ロボットタンク》の巨体《きょたい》が爆音《ばくおん》とともに砕《くだ》け散《ち》る。

「せ、戦車が――」

信じがたい光景の連続に、ローブの男たちが呆然《ぼうぜん》と立《た》ち竦《すく》んだ。紗矢華《さやか》はそんな邪神崇拝者《じゃしんすうはいしゃ》の密集地帯へと自ら飛びこみ、次々に彼《かれ》らを蹴《け》り倒《たお》していく。

「そうか……おまえたちは第四真祖《だいよんしんそ》の血の伴侶《はんりょ》……！　擬似《ぎじ》吸血鬼《きゅうけつき》になっていたのか――」

最後に残ったリーダーらしき男が、ラ・フォリアたちを睨《にら》んで呻《うめ》いた。

「ええ、そうです。七年前には、もうとっくに――」

左手の薬指に嵌《は》めた銀色の指輪を男にかざして、ラ・フォリアは美しく口元を綻《ほころ》ばせた。

目を剝《む》く男の首筋に手刀《しゅとう》を叩《たた》きこみ、紗矢華《さやか》はやれやれと息を吐《は》く。

その直後、紗矢華《さやか》たちを囚《とら》えていた結界に変化が訪《おとず》れた。遺跡《いせき》を覆《おお》っていた粘膜状《ねんまくじょう》の組織が急激に干《ひ》からび、灰となって崩《くず》れ落《お》ちていく。

結界を維持《いじ》する術者が意識をなくしたことで、結界そのものが消滅《しょうめつ》したのだ。

迷宮化《めいきゅうか》していた遺跡《いせき》が単なる洞窟《どうくつ》へと戻《もど》り、乾《かわ》いた風が吹《ふ》きこんでくる。風上の方角からは、かすかな光が洩《も》れていた。洞窟《どうくつ》の壁《かべ》を破壊《はかい》して、王女の護衛部隊が救助に入ってきたのだ。

アルディギア王宮の騎士《きし》団だけでなく、魔導《まどう》師部隊や医療《いりよう》班、さらには有脚戦車《ロボットタンク》部隊まで揃《そろ》えた大所帯だ。そんな護衛部隊の隊員たちの中に、ひどく場違《ばち》いな存在が紛《まぎ》れこんでいる。

東洋人の幼い子ども。おそらく三歳《さんさい》ほどの小さな女の子だ。

「──ママ！　いたよ！　紗矢華《しややか》おばちゃん！」

「零菜《れいな》……⁉」

黒髪《くろかみ》の幼女が、危なっかしい足取りで紗矢華《さやか》に向かって駆《か》け寄《よ》ってくる。

彼女《かのじよ》を背後から見守っていたのは、紗矢華《さやか》のよく知っている顔だった。

「無事だったんだな、煌坂《きらさか》。ラ・フォリアも元気そうでよかった」

絃神島《いとがみじま》にいるはずの暁古城《あかつきこじよう》が、ホッとしたような表情で紗矢華《さやか》たちに向かって手を振《ふ》った。

彼《かれ》の傍《かたわ》らには、当然のように雪菜《ゆきな》の姿もある。

私服のダウンコートを着た古城《こじよう》は、学生時代よりいくらか背が伸《の》びて大人びていたが、気怠《けだる》げな雰囲気《ふんいき》は相変わらずだ。吸血鬼《きゆうけつき》である彼《かれ》の身体《からだ》は、肉体的に完成された時点で成長を止める。間もなく彼《かれ》の加齢《かれい》は止まり、同じ姿のまま、永劫《えいごう》の時間を生きることになるのだろう。

それは彼《かれ》の血の伴侶《はんりよ》である雪菜《ゆきな》も同じだ。

当然、紗矢華《さやか》やラ・フォリアの肉体にも同様の現象は起きている。紗矢華《さやか》たちが結界内の戦《せん》闘《とう》で見せた異様な再生能力は、その不死性の副産物なのだった。

「暁古城《あかつきこじょう》……それに雪菜《ゆきな》も……どうしてアルディギアに……？」

「私が呼んでおいたのです。せっかくの紗矢華《さやか》の誕生日ですから」

じゃれつく幼女を抱《だ》き上《あ》げたラ・フォリアが、得意げな表情で種明かしをする。紗矢華《さやか》はぽかんと目を丸くして王女を見た。

「最初からご存じだったんですか……？　でも、私の誕生日は……」

機械式腕《うで》時計《けい》の日付表示を確認《かくにん》して、紗矢華《さやか》は困惑《こんわく》するように目を伏《ふ》せた。遺跡《いせき》の結界の中を彷徨《さまよ》っている間に日付が変わって、紗矢華《さやか》の誕生日だった七月三日はもう過ぎている。

そのこと自体はとっくに諦《あきら》めがついていたけれど、わざわざ絃神島《いとがみじま》から駆《か》けつけてくれた雪《ゆき》菜《な》たちのことを思うと、申し訳ない気分になるのも事実だ。

「あら……まだ誕生日を祝うくらいの時間は残っていますよ？」

ラ・フォリアが思わせぶりに微笑《ほほえ》んで告げる。

紗矢華《さやか》は、そこでハッと顔を上げた。自分が今いる場所を思い出したのだ。

「あ……時差……！」

アルディギアと日本の時差は七時間。日本時間に合わせたままの紗矢華《さやか》の時計で日付が変わっていても、現地時間ではまだ七月三日なのだ。

最初からそこまで計算していたかのようなラ・フォリアに軽い畏怖《いふ》を覚えつつ、その彼女《かのじょ》が自分を気遣《きづか》ってくれたことに、紗矢華《さやか》は予期せぬ感動を覚えた。そして王女の呼びかけに応じてわざわざ会いに来てくれた古城《こじょう》と雪菜《ゆきな》に対しても――

「紗矢華《しやか》おばちゃん、泣いてるの……？」

目を潤《うる》ませた紗矢華《さやか》に気づいて、ラ・フォリアに抱《だ》かれた幼女が指摘《してき》する。

「こら、零菜《れいな》！　おばちゃんじゃなくて、お姉ちゃんでしょ！」

零《こぼ》れそうになった涙《なみだ》を拭《ぬぐ》いながら、紗矢華《さやか》は幼女の鼻先に人差し指で触《ふ》れた。きゃあ、と幼女がくすぐったそうに身をよじる。

「紗矢華《さやか》さん、その服……」

銃撃《じゅうげき》を浴《あ》びて焼け焦《こ》げた紗矢華《さやか》の服を見て、雪菜《ゆきな》が心配そうに眉《まゆ》を顰《ひそ》めた。

「ああ、大丈夫《だいじょうぶ》。怪我《けが》したところは綺麗《きれい》に治ってるから」

紗矢華《さやか》はあらわになった脇腹《わきばら》に触《ふ》れながら殊更《ことさら》におどけた表情を浮《う》かべてみせた。

雪菜《ゆきな》はそんな紗矢華《さやか》の下腹部に視線を向けて、にっこりと笑う。

「まったく……気をつけてくださいね。もう紗矢華《さやか》さん一人の身体《からだ》じゃないんですから」

「うん……じゃなかった！　な……なに言ってるの、雪菜《ゆきな》……？」

紗矢華《さやか》が全身を硬直《こうちょく》させながら、ぎこちない口調で訊《き》き返した。

雪菜《ゆきな》は、そんな紗矢華《さやか》の前にスマホの画面を差し出して、

「斐川先輩《ひかわせんぱい》が心配して写真を送ってきたんです。寮《りょう》の紗矢華《さやか》さんの部屋で、こんなものを見つ

けたって」

「ちょ……なんで私の母子手帳……！」

「まあ、母子手帳」

紗矢華《さやか》の肩越《かたご》しに画面をのぞきこんだラ・フォリアが、目をキラキラと輝《かがや》かせる。蛇《へび》に睨《にら》まれたカエルのように、硬直《こうちょく》してダラダラと汗《あせ》を流す紗矢華《さやか》。そのすぐ隣《となり》では、なぜか古城《こじょう》が蒼白《そうはく》な顔で立《た》ち尽《つ》くしている。

雪菜《ゆきな》は美しい笑《え》みを浮《う》かべたまま、感情の読めない静かな声で、

「妊娠《にんしん》三カ月ですか……お相手の男性はどんな方だったんでしょうか……」

「あ……う……」

「そういえばちょうどその時期、どこかの吸血鬼《きゅうけつき》の真祖が、紗矢華《さやか》さんと二人きりでしばらく一緒《いっしょ》に過ごしていたような気がしますね？」

「ち、違《ちが》うの……雪菜《ゆきな》……あれは仕方がなかったっていうか……違《ちが》っ……」

紗矢華《さやか》は声を震《ふる》わせながら小刻みに首を振《ふ》る。そして——

†

「違《ちが》うのよおおおおおおおおおおお！」

カッと目を見開いて、紗矢華《さやか》が勢いよく立ち上がる。

「き、煌坂《きらさか》さん……？」

「煌坂《きらさか》!?」

びっくりしたような表情で紗矢華《さやか》を見上げていたのは、隣《となり》に座《すわ》っていた獅子王機関《しおうきかん》の同僚《どうりよう》——斐川志緒《ひかわしお》と羽波唯里《はばゆいり》だった。二人が着ているのは高神《たかがみ》の杜《もり》女学院の学校指定ジャージだ。

紗矢華《さやか》たちがいるのは、寺社の本堂を思わせる広々とした板張りの広間。獅子王機関《しおうきかん》の修練場である。どうして自分がアルディギア王国から遠く離《はな》れた日本にいるのか、紗矢華《さやか》の理解が追いつかない。

「ゆ、夢……？」

ポニーテールに結《ゆ》わえた自分自身の長い髪《かみ》をすくい上げ、紗矢華《さやか》は呆然《ぼうぜん》と呟《つぶや》きを洩《も》らす。

それでようやく状況《じようきよう》がつかめてくる。今の紗矢華《さやか》は十七歳《さい》。〝第四真祖《だいよんしんそ》〟暁古城《あかつきこじよう》の存在は知っているが、彼《かれ》の血の伴侶《はんりよ》になった覚えはないし、もちろん彼《かれ》の子を身籠《みご》もる予定もない。

あのろくでもない未来がただの悪夢だったことに、紗矢華《さやか》は心底ホッとする。

「訓練中に夢を見るくらい熟睡《じゆくすい》するとは、いい度胸だね、紗矢華《さやか》」

安堵《あんど》する紗矢華《さやか》に呼びかけてきたのは、淡《あわ》い萌葱色《もえぎいろ》の髪《かみ》の長生種《エルフ》——紗矢華《さやか》の師匠《ししよう》である縁《えん》堂縁《どうゆかり》だった。

「し、師家様《しけさま》……！　違《ちが》うんです、今のは……あれ、私、なんで……」

紗矢華《さやか》は縁《ゆかり》の顔を見て、自分が瞑想《めいそう》の訓練をしていたことを思い出す。しかも師匠《ししょう》である縁《ゆかり》が直々《じきじき》に指導している最中だったのだ。そんな大事な訓練中に、夢を見るくらい熟睡《じゅくすい》するとは、言い訳できない大失態である。

「とりあえず麓《ふもと》まで往復して目を覚ましておいで」

「ふ、麓《ふもと》まで……ですか……」

この修練場が標高千メートル近い山中にあることを思い出し、紗矢華《さやか》の表情が引《ひ》き攣《つ》った。

だが、もちろん文句を言える立場ではない。

紗矢華《さやか》は肩《かた》を落としながら、すごすごと広間をあとにする。

「あの、縁《ゆかり》さま……この瞑想《めいそう》って、未来視を鍛《きた》えるための訓練ですよね？」

紗矢華《さやか》の姿が見えなくなったところで、残った唯里《ゆいり》が怖《お》ず怖《お》ずと手を挙げた。

「煌坂《きらさか》が見た夢って、もしかして……」

志緒《しお》も険しい表情で訊《き》く。

紗矢華《さやか》の夢の内容まではさすがにわからないが、彼女《かのじょ》が口にした寝言《ねごと》を二人は聞いている。

暁古城《あかつきこじょう》。過《あやま》ち。結婚《けっこん》。母子手帳──未来予知の断片《だんぺん》としてはあまりにも不穏《ふおん》な単語ばかりだ。

「さあ、どうだかね……まあ、本人にはしばらく黙《だま》っておいたほうがよさそうだね……」

美しい髪《かみ》をかき上げながら、長生種《エルフ》の女性が溜息《ためいき》を洩《も》らす。

唯里《ゆいり》と志緒《しお》は互《たが》いに顔を見合わせ、複雑な表情を浮《う》かべるのだった。

第十二話
with you

「悪い、姫柊《ひめらぎ》。このあと那月《なつき》ちゃんの補習なんだ。凪沙《なぎさ》と一緒《いっしょ》に先に帰っててくれ」

放課後。いつものように一緒《いっしょ》に下校しようと校門前で待ち構えていた雪菜《ゆきな》に、古城《こじょう》が素っ気なく告げた。

「補習……今日も、ですか？」

雪菜《ゆきな》が表情を曇《くも》らせる。〝異境《ノド》〟での騒動《そうどう》が片付いて以来、古城《こじょう》はなぜか毎日のように居残りで授業を受けていたからだ。おかげで雪菜《ゆきな》はここ最近、古城《こじょう》と別行動することが増えている。

「そういうことだから、ごめんね。姫柊《ひめらぎ》さん」

古城《こじょう》の隣《となり》に寄《よ》り添《そ》っていた浅葱《あさぎ》が、事務的な口調で謝罪する。古城《こじょう》が余計なことを言う前に、話を切り上げようという意図が滲《にじ》んでいるように思えるのは気のせいか。

そして古城《こじょう》は浅葱《あさぎ》に連れられ、自分の教室へと戻《もど》っていった。雪菜《ゆきな》は為《な》すすべもなくそれを見送り、ふと近くにいた矢瀬《やぜ》基樹《もとき》に目を留《と》める。

「矢瀬《やぜ》先輩《せんぱい》。少しお話を聞かせてもらってもいいですか？」

「え？　お、俺《おれ》？」

雪菜《ゆきな》の視線に射竦《いすく》められて、矢瀬《やぜ》が明らかに狼狽《ろうばい》した。雪菜《ゆきな》は無表情で彼《かれ》に詰《つ》め寄《よ》って、

「どういうことですか？　どうして藍羽《あいば》先輩《せんぱい》が暁《あかつき》先輩《せんぱい》と一緒《いっしょ》に南宮《みなみや》先生の補習を？」

少なくとも成績に関しては、浅葱《あさぎ》は学年トップの優等生だ。古城《こじょう》と一緒《いっしょ》に補習を受ける理由がない。それを指摘《してき》された矢瀬《やぜ》は、気まずげに視線を彷徨《さまよ》わせる。

「いや、ああ見えて古城《こじょう》も来年は受験生だし、浅葱《あさぎ》は受験勉強の手伝いをしてんじゃねーかな」

「受験勉強？　古城《こじょう》君、大学に進学するの？」

凪沙《なぎさ》が驚《おどろ》きに目を丸くした。矢瀬《やぜ》はそんな凪沙《なぎさ》を意外そうに見返して、

「いちおう絃神《いとがみ》市立大学を目指してるらしいぜ……って、二人は聞いてなかったのか？」

「いえ……　暁先輩《あかつきせんぱい》からは、なにも……」

凪沙《なぎさ》とちらりと顔を見合わせ、雪菜《ゆきな》が弱々しく呟《つぶや》いた。古城《こじょう》が自分の将来についてきちんと考えていたこと、それについてなにも知らされていなかったことに、雪菜《ゆきな》は激しく動揺《どうよう》する。

「そういや姫柊《ひめらぎ》ちゃんは古城《こじょう》が卒業したらどうするんだ？　このまま彩海学園《さいかいがくえん》に通うのか？」

「それは……わたしにはまだなんとも……」

「そうか。じゃあ、古城《こじょう》の監視役《かんしやく》が交代になる可能性もあるわけか」

何気ない口調で矢瀬《やぜ》が呟《つぶや》く。その言葉は、思いがけず雪菜《ゆきな》の心を深々とえぐった。

雪菜《ゆきな》が古城《こじょう》の監視役《かんしやく》に選ばれたのは、たまたま歳《とし》が近く、同じ学校に編入するのに都合がよかったというだけの理由である。古城《こじょう》が彩海学園《さいかいがくえん》を卒業してしまえば、雪菜《ゆきな》が監視役《かんしやく》を続ける必然性はもはやない。

「ちょ……ちょっと、雪菜《ゆきな》ちゃん……!?」

放心したような足取りで学園の外へと歩き出した雪菜《ゆきな》を、凪沙《なぎさ》が慌《あわ》てて追いかけてくる。

二人はそのまま互《たが》いに無言で歩き続け、やがて凪沙《なぎさ》は意を決したように雪菜《ゆきな》に呼びかけた。

「あのね、雪菜《ゆきな》ちゃんが落ちこんでるときにこういうこと言うのはなんだけど、安心したよ」

「え？」

「雪菜《ゆきな》ちゃんは任務で仕方なくとかじゃなくて、ちゃんと古城《こじょう》君と一緒《いっしょ》にいたかったんだって」

「それは……」

雪菜《ゆきな》が驚《おどろ》いたように足を止めた。

反射的に否定しようとして、しかし雪菜《ゆきな》はなにも言えずに沈黙《ちんもく》する。その直後——

「雪菜《ゆきな》！」

やけに騒々《そうぞう》しい声で名前を呼ばれて、雪菜《ゆきな》は戸惑《とまど》いながら振《ふ》り返《かえ》った。ひどく焦《あせ》った様子で駆《か》け寄《よ》ってくるのは、雪菜《ゆきな》のよく知っている少女である。

「……紗矢華《さやか》さん？　どうしたんですか、そんなに慌《あわ》てて……？」

「私のことはいいのよ！　それよりこれはどういうこと？　雪菜《ゆきな》は知ってたの？」

困惑《こんわく》の表情を浮《う》かべる雪菜《ゆきな》に、紗矢華《さやか》がスマホを突《つ》きつけてくる。映っているのは、浅葱《あさぎ》の自撮《じど》り写真である。景色のいい海辺などを背景に撮影《さつえい》されており、おかしな点は特にない。

「藍羽先輩《あいばせんぱい》のSNSアカウントですか？　この画像がなにか……？」

「匂《にお》わせよ、匂《にお》わせ！　見て、この映りこみ！　ここのところ毎日なんだけど！」

紗矢華《さやか》が拡大した写真を見て、雪菜《ゆきな》は小さく息を呑《の》んだ。

浅黄の背後の金属やガラスなどに、古城《こじょう》とおぼしき人影《ひとかげ》が映り込《こ》んでいる。写真が投稿《とうこう》されたのはいずれも平日の夕方。古城《こじょう》が那月《なつき》の補習を受けているはずの時間帯である。

「……暁《あかつき》先輩《せんぱい》と藍羽《あいば》先輩《せんぱい》が、毎日一緒《いっしょ》に出かけてるってことですか？」

「そ、そういうことだと思うんだけど……」

雪菜《ゆきな》が静かに質問し、その声に謎《なぞ》の圧力を感じて紗矢華《さやか》が表情を引き攣《つ》らせた。

「あら、姫柊雪菜《ひめらぎゆきな》？　叶瀬夏音《かなせかのん》は一緒《いっしょ》じゃありませんでしたの？」

そこに通りがかったべつの生徒が、緊張感《きんちょうかん》のない声で雪菜《ゆきな》に呼《ひ》びかけてくる。純白の髪《かみ》を持つ中等部の少女。香菅谷雫梨《かすがやしずり》・カスティエラだ。

雪菜《ゆきな》は訝《いぶか》るように雫梨《しずり》をじっと見返して、

「夏音《カノ》ちゃんと？　どうしてそう思ったんですか？」

「いえ、さっき古城《こじょう》が、叶瀬夏音《かなせかのん》と待ち合わせていたので、てっきりあなたも一緒《いっしょ》かと――」

「……古城《こじょう》君と待ち合わせ？　でも、古城《こじょう》君、今日の放課後は補習があるって……」

凪沙《なぎさ》が言いかけた言葉を呑《の》みこんで、隣《となり》にいる雪菜《ゆきな》に怯《おび》えた瞳《ひとみ》を向けた。

「ひ、姫柊雪菜《ひめらぎゆきな》？」

無言で立《た》ち尽《つ》くす雪菜《ゆきな》に気づいて、雫梨《しずり》は表情を引きつらせる。

雪菜《ゆきな》は全身を小刻みに震《ふる》わせながら、炎《ほのお》のような怒気《どき》を静かにまき散らしていたのだった。

「——暁《あかつき》先輩《せんぱい》！　どこですか⁉」

彩海学園《さいかいがくえん》に戻《もど》ってきた雪菜《ゆきな》が、古城《こじょう》の教室に乱暴に踏《ふ》みこんだ。しかし、下校時刻を過ぎた教室内には、当然のように誰《だれ》もいない。

「いないね、古城《こじょう》君。夏音《カノ》ちゃんも」

凪沙《なぎさ》が無人の教室内を見回して言った。注意深く周囲を観察していた雪菜《ゆきな》が、目つきを鋭《するど》くしながら顔を上げる。

「先輩《せんぱい》の気配……！　屋上……⁉」

「え？　ま、待って、雪菜《ゆきな》ちゃん……！」

教室を飛び出した雪菜《ゆきな》を、凪沙《なぎさ》が慌《あわ》てて追いかける。

「なんで今ので暁古城《あかつきこじょう》の居場所がわかるの？」

「まるで犬みたいですわね。忠犬というか、猟犬《りようけん》というか……」

紗矢華《さやか》がどこか呆然《ぼうぜん》とした様子で呟《つぶや》き、雫梨《しずり》はなんとも言えない表情を浮《う》かべた。

そうこうしている間に雪菜《ゆきな》は校舎内の階段を上りきり、勢いよく屋上へと飛び出していた。

夕暮れの空の下にいたのは、豪奢《ごうしや》なドレスを着た南宮那月《みなみやなつき》。そして矢瀬《やぜ》と叶瀬夏音《かなせかのん》だ。

「どうした、姫柊雪菜《ひめらぎゆきな》。そんなに血相を変えて」

振《ふ》り返《かえ》った那月《なつき》が、無感情な瞳《ひとみ》で雪菜《ゆきな》を見る。

「南宮《みなみや》先生、暁《あかつき》先輩《せんぱい》はどこですか？」

「暁《あかつき》たちならそろそろ戻《もど》ってくる時間だが……」

「戻《もど》ってくる？」

那月《なつき》の奇妙《きみよう》な言い回しに、雪菜《ゆきな》が小さく眉《まゆ》を寄せた。その直後、強烈《きようれつ》な魔力《まりよく》の波動とともに、雪菜《ゆきな》たちの眼前の景色が歪《ゆが》む。

「く、空間制御術式《せいぎよ》!?」

空中に展開された精緻《せいち》な魔法陣《まほうじん》を眺《なが》めて、雪菜《ゆきな》は呻《うめ》いた。その魔法陣《まほうじん》から吐《は》き出《だ》されるようにして、虚空《こくう》に人影《ひとかげ》が現れる。

「う、うおおおおおおおおおっ！」

「あ、暁《あかつきせんぱい》先輩!?」

最初に出現したのは制服姿の暁《あかつき》古城《こじよう》。彼《かれ》の腕《うで》の中に抱《だ》かれているのは、スマホを握《にぎ》った藍《あい》羽浅葱《あさぎ》である。同時に空中の魔法陣《まほうじん》から、滝《たき》のような水流が溢《あふ》れ出《だ》す。古城《こじよう》たちはなぜか大量の水とともに空間転移してきたのだ。

「なにこれ!?　海水……!?」

水飛沫《みずしぶき》を浴びた紗矢華《さやか》が悲鳴を上げた。開きっぱなしの空間の穴から際限なく海水が流れ出し、たちまち校舎の屋上を水浸《みずびた》しにする。どうやら古城《こじよう》たちが使った空間転移の門《ゲート》は、どこかの海中につながっていたらしい。

「む……いかんな」

那月《なつき》が表情を険しくして呟《つぶや》いた。魔法陣《まほうじん》が消える直前に、巨大《きょだい》な影《かげ》が空間の穴をくぐって実体化する。サメとトカゲが融合《ゆうごう》したような、全長十メートルを超《こ》える大型魔獣《まじゅう》だ。

「シーサーペント⁉　な、なんで外洋に棲《す》んでる魔獣《まじゅう》がこんなところにいるんですの⁉」

のたうつ獰猛《どうもう》な魔獣《まじゅう》を見上げて、雫梨《しずり》が表情を凍《こお》らせた。

「うおおおっ、やべえ！　死ぬ！　喰《く》われるっ！」

「ちょっと、モグワイ！　あんた、なんとかしなさいよ！」

『悪《わり》ィ、嬢《じょう》ちゃん。演算の負荷《ふか》が限界だ……』

魔獣《まじゅう》に押《お》し潰《つぶ》されそうになった古城《こじょう》たちが、それぞれ情けない悲鳴を上げる。

那月《なつき》はやれやれと首を振《ふ》り、虚空《こくう》から銀色の鎖《くさり》を撃《う》ち出した。そして魔獣《まじゅう》の全身を搦《から》め捕《と》った彼女《かのじょ》は、背後の雪菜《ゆきな》たちを振《ふ》り返《かえ》る。

「余計なものまで転移に巻《ま》き込《こ》んでくれたな……仕方ない。手伝え、小娘《こむすめ》ども」

「は、はい！」

「ああもう！　なにがどうなってますの⁉」

愛用の武器を引《ひ》き抜《ぬ》いた雪菜《ゆきな》たちが、混乱したまま魔獣《まじゅう》へと挑《いど》みかかる。こうして放課後の屋上で、なぜか魔獣《まじゅう》との死闘《しとう》が開始されたのだった。

数十分後――魔獣《まじゅう》の返り血に濡《ぬ》れた槍《やり》を握《にぎ》りしめた雪菜《ゆきな》は、びしょ濡《ぬ》れで屋上に座《すわ》りこむ古《こ》城《じょう》を、能面のような無表情で見下ろしていた。

「説明してもらえますか、先輩《せんぱい》。わたしに隠《かく》れて、いったいなにをやっていたのか」

「いや、それは……」

海水で濡《ぬ》れた前髪《まえがみ》をかき上げながら、古城《こじょう》が叱《しか》られた子どものように目を泳がせる。

代わりに口を開いたのは浅葱《あさぎ》だった。

「テレポートの特訓をしてたのよ」

「空間転移……ですか？　暁先輩《あかつきせんぱい》が……？」

「正確にいうと、あたしと古城《こじょう》が、かな」

驚《おどろ》く雪菜《ゆきな》を見返して、浅葱《あさぎ》は悪びれることなく言う。

「空間転移って、南宮《みなみや》先生みたいな強力な魔女《まじょ》しか使えないんじゃなかったの？」

凪沙《なぎさ》が矢瀬《やぜ》に小声で訊《き》いた。いや、と矢瀬《やぜ》は首を振《ふ》り、

「空間転移の術式自体は公開されてるんだ。那月《なつき》ちゃんみたいに好きなときに好きなだけってのは無理だけど、正しい手順を踏《ふ》めば魔術《まじゅつ》が使える人間なら誰《だれ》にでも使える」

「あ……だから夏音《カノ》ちゃんが一緒《いっしょ》だったの？」

「はい。これが父から借りてきた空間制御魔術《くうかんせいぎょまじゅつ》の仕様書でした」

夏音《かのん》が胸元《むなもと》に抱《だ》いていた分厚い魔導書《まどうしょ》を広げてみせた。夏音《かのん》の養父――叶瀬賢生《かなせけんせい》はかつてのアルディギア王国の宮廷魔導技師《きゅうていまどうぎし》。そして空間制御魔術《せいぎょまじゅつ》の使い手なのだ。

「転移先の座標の割り出しに必要な魔術《まじゅつ》演算を、藍羽《あいば》が肩代《かたが》わりするという発想は悪くない。空間制御系魔術《くうかんせいぎょけいまじゅつ》の難度が高いのは、座標の固定に必要な魔術《まじゅつ》演算が複雑すぎるせいだからな」

那月《なつき》が、古城《こじょう》たちを冷ややかに見下ろして告げた。

古城《こじょう》の技術や知識では、空間転移のような高難度の魔術《まじゅつ》は使えない。それをカインの巫女《みこ》である浅葱《あさぎ》がサポートする。ここ数日、古城《こじょう》たちは那月《なつき》の指導の下で、その練習を続けていたらしい。浅葱《あさぎ》のSNSにアップされていた自撮《じど》り写真は、空間転移の特訓の記録だったのだ。

「だが、実際に魔術《まじゅつ》を発動する暁古城《あかつきこじょう》――はっきり言って貴様には絶望的に才能がないな」

「ぜ、絶望的に……？」

古城《こじょう》がショックを受けたように顔を引《ひ》き攣《つ》らせる。

「魔力量《まりょくりょう》だけは桁外《けたはず》れだが、魔術《まじゅつ》を使う知識と技術とセンスがない。空間転移がまともに使えるようになるまでは、最低十年はかかるだろうな。貴様は魔術《まじゅつ》を舐《な》めすぎだ」

「マジか……」

那月《なつき》の辛辣《しんらつ》な評価を聞いて、古城《こじょう》は悄然《しょうぜん》と項垂《うなだ》れた。参ったわね、と顔をしかめる浅葱《あさぎ》。

「あの……古城《こじょう》はどうして空間転移なんかを使おうと思ったんですの……？」

雫梨《しずり》が首を傾《かし》げて訊《き》いた。

魔術《まじゅつ》の修行《しゅぎょう》をするにしても、初心者向けの簡単なものではなく、いきなり空間転移のような高難度魔術に挑戦《ちょうせん》するのは不自然だ。那月《なつき》がそれに協力しているのも奇妙《きみょう》である。

「……宇宙に行こうと思ったんだよ」

その場にいる全員の視線にさらされて、古城《こじょう》が渋々《しぶしぶ》と説明した。

「宇宙って、まさかアルデアル公のように〝東の大地《エルセ》〟に行くってこと⁉」

紗矢華《さやか》が血相を変えて古城《こじょう》に詰《つ》め寄《よ》った。

天部《てんぶ》の遺産である〝異境《ノド》〟は、宇宙空間に浮《う》かぶ巨大《きょだい》な転送装置だ。それを使えば、〝東の大地〟と呼ばれる龍族《りゅうぞく》の故郷——何百光年も離《はな》れた系外惑星《わくせい》へと移動することができる。現在の人類にとっては破格のオーバーテクノロジーだ。

もちろん、未知の技術だけに危険も多い。ひとたび〝東の大地〟に足を踏《ふ》み入《い》れて、再び戻《もど》ってこられるという保証はない。だがそれは、新たな知識や名誉《めいよ》を手に入れるチャンスでもある。〝東の大地〟には、現在の地球では失われた〝冒険《ぼうけん》〟が待っているのだ。

アルデアル公ディミトリエ・ヴァトラーや彼《かれ》の仲間は、すでに向こうへと旅立った。古城《こじょう》が彼《かれ》らと同じように、〝東の大地〟を目指すのはおかしな話ではない。こちらの世界に残っている限り、古城《こじょう》が、世界最強の吸血鬼《きゅうけつき》という肩書《かたが》きと責任から解き放たれることはないからだ。古城《こじょう》が本気で自由を望むなら、雪菜《ゆきな》は彼《かれ》を止められない。だから雪菜《ゆきな》は、代わりに告げる。

「わたしも、行きます」

「……姫柊《ひめらぎ》？」

古城《こじょう》が驚《おどろ》いたように雪菜《ゆきな》を見る。雪菜《ゆきな》はそんな古城《こじょう》の胸元《むなもと》にしがみつき、

「わたしも先輩《せんぱい》と一緒《いっしょ》に行きます！　責任取るって言ったじゃないですか！　ずっと一緒《いっしょ》にいてくれるって！　それなのにどうしてわたしを置いていこうとするんですか！」

雪菜《ゆきな》の背後で、紗矢華《さやか》が息を呑《の》む気配がある。夏音《かのん》や雫梨《しずり》、それに凪沙《なぎさ》たちの視線が背中に突《つ》き刺《さ》さる。それでも雪菜《ゆきな》は言葉を止めなかった。

「わたしは絶対に離《はな》れませんからね！　先輩《せんぱい》が嫌《いや》だと言ってもついていきます！　わたしは、あなたの最初の〝伴侶《はんりょ》〟なんですから……！」

雪菜《ゆきな》が涙《なみだ》に濡《ぬ》れた目で古城《こじょう》を見上げる。古城《こじょう》はそんな雪菜《ゆきな》をどこか不思議そうに見下ろして、やけにあっさりとした口調で言った。

「そうか。じゃあ、姫柊《ひめらぎ》も一緒《いっしょ》に行くか」

「ちょっ……⁉　あ、暁古城《あかつきこじょう》⁉」

紗矢華《さやか》が焦《あせ》りに声を上擦《うわず》らせる。一方、浅葱《あさぎ》は動揺《どうよう》することなくうなずいて、

「いいんじゃない？　獅子王機関《ししおうきかん》の剣巫《けんなぎ》なら魔術《まじゅつ》の素養も充分《じゅうぶん》だろうし。あたしが魔術演算《まじゅつえんざん》を担当して、姫柊《ひめらぎ》さんに術式を構築してもらえば、古城《こじょう》の技術不足も解決よね」

「姫柊《ひめらぎ》もそれでいいのか？」

古城《こじょう》が雪菜《ゆきな》を見返して再び確認《かくにん》する。雪菜《ゆきな》は目元の涙《なみだ》を拭《ぬぐ》いながら迷いなくうなずいて、

「はい。死ぬまで、ずっと一緒《いっしょ》です」

「いや、死ぬまでっていうか、往復で三カ月くらいだけどな」

大袈裟《おおげさ》だな、と古城《こじょう》が笑い、雪菜《ゆきな》はきょとんと目を瞬《また》いた。

「三カ月？　でも〝東の大地〟に行ったら、戻《もど》ってこられるかわからないんじゃ……」

「勘違《かんちが》いしてるみたいだけど、あたしたちが行くのは〝東の大地〟じゃなくて、火星よ？」

浅葱《あさぎ》が不思議そうに雪菜《ゆきな》を見つめて言う。

「……か……火星？」

「本当は月でもどこでもいいんだけど、火星くらいのほうが経済効果がわかりやすいかなって」

「経済効果……って、なんですの？」

雫梨《しずり》が眉間《みけん》にしわを寄せた。

「異境《ノド》の子供たち《チルドレン》──眷獣《けんじゅう》弾頭《だんとう》に使われてた人工吸血鬼《じんこうきゅうけつき》の経済効果だけど」

浅葱《あさぎ》が肩《かた》をすくめて言う。

子供たち《チルドレン》とは、異境《ノド》に封印《ふういん》されていたカインの遺産。その正体は六千四百五十二発の眷獣《けんじゅう》弾頭《だんとう》──すなわち強力な眷獣《けんじゅう》を宿した人工吸血鬼《じんこうきゅうけつき》の少女たちのことである。

「今は世界各地の魔族特区《まぞくとっく》が子供たち《チルドレン》を保護してくれてるけど、この先、あの子たちを再び兵

器として利用しようと考える連中が出てきてもおかしくないでしょ。それを防ぐためには、爆《ばく》弾《だん》として使《つか》い潰《つぶ》す以上の価値を彼女《かのじょ》たちに与《あた》える必要があるのよ」

「あ……だから宇宙開発なの？　彼女《かのじょ》たちが持っている眷獣《けんじゅう》は……」

紗矢華《さやか》が大きく目を瞠《みは》った。浅葱《あさぎ》は微笑《ほほえ》んで首肯《しゅこう》する。

「そう。第四真祖《だいよんしんそ》と同じ、〝星の眷獣《けんじゅう》〟よ。古城《こじょう》とあの子たちだけが、地球の地脈から切り離《はな》されても自由に魔力《まりょく》を供給することができる。宇宙空間でも大規模な魔術《まじゅつ》が使えるってわけ」

「つまり彼女《かのじょ》たちがいれば、ほかの惑星《わくせい》まで空間転移で移動できるようになるってことだ。化学ロケット方式だと往復二年近くかかる火星旅行も、十分の一以下の時間でいける。実用化できれば、経済効果は計り知れないぜ」

矢瀬《やぜ》が、浅葱《あさぎ》の説明を補足した。凪沙《なぎさ》は、なるほど、と目を輝《かがや》かせ、

「そっか……浅葱《あさぎ》ちゃんたちは、それを実験して証明するつもりなんだ……」

「まあね。そのためには宇宙船も建造しなきゃだし、出資者も集めなきゃいけないし、実際にあたしたちが火星に行けるのは、四、五年先になるだろうけど」

「あ……それで古城《こじょう》君は大学に進学するって言い出したの？」

「知識は少しでも多いほうがいいだろ。それに大学生って身分はいろいろ融通《ゆうづう》も利《き》くしな」

古城《こじょう》が少し照れたように頭を掻《か》く。そして古城《こじょう》は、目の前にいる雪菜《ゆきな》に向き直り、

「まあ……そういう話だったんだけど、姫柊《ひめらぎ》……」

「……ち、違《ちが》っ……違《ちが》うんです……！」

雪菜《ゆきな》が焦《あせ》りに声を震《ふる》わせた。さっきまでの自分の言動を思い出し、羞恥《しゅうち》に頰《ほお》が赤く染まる。

雪菜《ゆきな》が古城《こじょう》に告げた言葉は、愛の告白にも受け取れるものだったからだ。

「ずっと一緒《いっしょ》というのは……だ、第四真祖《だいよんしんそ》の監視役《かんしやく》としてという意味で……任務で……だから、その……ち、違《ちが》うんです──！」

「そっかあ、雪菜《ゆきな》ちゃんと浅葱《あさぎ》ちゃんを連れて火星旅行かあ……古城《こじょう》君、両手に花っていうか、まるで新婚《しんこん》旅行みたいだねー」

「帰ってきたら家族が増えてたりしてなー」

必死に言い訳する雪菜《ゆきな》を生温かな表情で眺《なが》めて、凪沙《なぎさ》と矢瀬《やぜ》がニヤニヤと笑う。

それを聞いた紗矢華《さやか》がギョッとしたように目を剝《む》いた。

「な⁉　だ、駄目《だめ》、そんなの⁉　私も！　私も監視《かんし》のために一緒《いっしょ》に行くから！」

「煌坂紗矢華《きらさかさやか》ではミイラ取りがミイラになるだけですわ。監視《かんし》ならやはり私が同行しないと」

「あの……だったら私も一緒《いっしょ》に行きたい……でした」

雫梨《しずり》と夏音《かのん》までもが、なぜか便乗してそんなことを言い始める。

「ちょっと待て、なんでそんな話になってるんだ⁉」

紗矢華《さやか》たちの発言に焦《あせ》ったのは古城《こじょう》だった。極秘裏《ごくひり》に進めていたはずの計画がバレたと思えば、いつの間にか参加者が増える流れになっている。だからといって、雪菜《ゆきな》の同行を認めた以上、紗矢華《さやか》たちについて来るなとは言いづらい。

「どうするの、古城《こじょう》君。責任取れる？」

そんな古城《こじょう》に、悪戯《いたずら》っぽい口調で凪沙《なぎさ》が訊《き》く。黙《だま》って肩《かた》をすくめる浅葱《あさぎ》。

ふと気づけば至近距離《しきんきょり》からジッと古城《こじょう》を見上げている雪菜《ゆきな》と目が合った。逃《に》がしませんよ、と言わんばかりに、雪菜《ゆきな》は威圧感《いあつかん》のある微笑《びしょう》を浮《う》かべ――

「勘弁《かんべん》してくれ……」

星の瞬《またた》き始《はじ》めた空を見上げて、古城《こじょう》は深い溜息《ためいき》をつくのだった。

特典SS4

桜狩り

「あの……先輩《せんぱい》。わたしたち、桜を見に来たんですよね？　なのに水着持参というのは、いったいどういうことなんでしょうか？」

セパレートの水着に着替《きが》えた姫柊雪菜《ひめらぎゆきな》が、困惑《こんわく》の表情で古城《こじょう》に尋《たず》ねてくる。

小柄《こがら》で華奢《きゃしゃ》な雪菜《ゆきな》だが、スタイルは決して悪くない。引《ひ》き締《し》まったしなやかな体つきに、スポーティーなパステルピンクの水着がよく似合う。

「サクラ狩《が》りだぞ？　水着じゃないと濡《ぬ》れるだろ」

海パンの上にパーカーを羽織った暁《あかつき》古城《こじょう》は、そんな雪菜《ゆきな》を怪訝《けげん》そうに見返して言った。

季節は春だが、ここ絃神島《いとがみじま》は太平洋に浮《う》かぶ常夏《とこなつ》の人工島だ。夕暮れの海岸には古城《こじょう》たちと同様に、水着姿の若者が大勢訪《おとず》れている。

「桜狩《さくらが》りって、お花見の古語ですよね？　紅葉狩《もみじが》り、と同じような意味の」

「花じゃなくて、見るのはサクラゲだけどな」

「だから桜を見に来たのでは……というか、こんな砂浜《すなはま》に桜って咲《さ》くんでしたっけ？」

雪菜《ゆきな》が周囲を見回すが、もちろん絃神島《いとがみじま》の人工ビーチに桜は一本も見当たらない。あるのはいかにも南国らしい大きな椰子《やし》の木だけである。

しかし古城《こじょう》は平然と波打《なみう》ち際《ぎわ》に向かって歩き出し、

「サクラ狩《が》りは海じゃなきゃできないだろ？　あ、そうだ。サクラ渦巻《うずま》きには気をつけてな」

「桜渦巻《さくらうずま》き？　桜吹雪《さくらふぶき》じゃなくて、ですか？」

聞き慣れない謎《なぞ》の単語に、雪菜《ゆきな》が眉《まゆ》を寄せた。

夜空を思わせる夕暮れの海面に、ぽつぽつと光が灯《とも》り始《はじ》めたのはその直後だった。

「お……そろそろだな……」

古城《こじょう》はそう言って海の中へと入っていった。

慌《あわ》てて古城《こじょう》を追いかける雪菜《ゆきな》が、なにかに気づいて足を止める。

「こ……これは……⁉」

雪菜《ゆきな》が驚愕《きょうがく》に目を見張った。渚《なぎさ》から沖の方角へと向かって、薄紅《うすべに》色の光が海の中で揺《ゆ》らいでいる。

それはまるで桜の花びらが、海底から地上に向かって舞《ま》い上《あ》がってくるかのようだった。

「絃神島《いとがみじま》名物のサクラゲの幼生な。この時期にだけ、海岸近くに大量発生するんだ」

「サクラゲって……クラゲ？　これ全部、クラゲなんですか⁉　海の中に桜が咲《さ》いてるみたい……」

すごい、と雪菜《ゆきな》が息を呑《の》む。自ら桜色に発光する無数のクラゲたち。波間をたゆたう彼《かれ》らの姿は、風に舞《ま》う桜吹雪《さくらふぶき》によく似ている。沖に見える親サクラゲの大群は、まさに満開の桜の森のようだ。

「だろ。しかも旬《しゅん》のサクラゲは、めちゃめちゃ美味《うま》いんだ。高級食材として高値で売れるし」

「それでこんなに人が集まってたんですか……」

我先に海へと入っていく人々を眺《なが》めて、雪菜《ゆきな》は複雑そうな表情を浮《う》かべた。サクラ狩《が》りの〝狩《か》り〟というのが、潮干狩《しおひが》りなどと同じような意味だと気づいたらしい。

「姫柊《ひめらぎ》、あんまり沖に出るなよ。危ないから」

サクラゲの輝《かがや》きに吸い寄せられるように、海に入っていく雪菜《ゆきな》を古城《こじょう》が止めた。

振《ふ》り返《かえ》った雪菜《ゆきな》は悪戯《いたずら》っぽく微笑《ほほえ》んで、

「先輩《せんぱい》、泳げないんですもんね」

「仕方ないだろ、吸血鬼《きゅうけつき》なんだから！」

古城《こじょう》が顔を赤くして言い返す。世界最強の吸血鬼《きゅうけつき》〝第四真祖《だいよんしんそ》〟と呼ばれる古城《こじょう》だが、あまりにも強大すぎるその能力は日常生活ではほとんど役に立たない。朝起きるのがつらくなったり、吸血衝動《きゅうけつしょうどう》に襲《おそ》われたり、基本的にはデメリットばかりだ。

しかし雪菜《ゆきな》は古城《こじょう》に疑惑《ぎわく》の眼差《まなざ》しを向けて、

「吸血鬼《きゅうけつき》が泳げないというのは、根拠《こんきょ》のない迷信《めいしん》のはずですけど……」

「俺《おれ》のことはどうでもいいんだよ！　危ないってのは、溺《おぼ》れるからってことじゃなくて――」

古城《こじょう》が顔をしかめて言い返した。まさにその瞬間《しゅんかん》、雪菜《ゆきな》の前方で異変が起きる。巨大《きょだい》なにかが通り過ぎたかのように、海面が陥没《かんぼつ》して渦《うず》を巻き始めたのだ。近くにいた若者の集団が、その渦《うず》に呑《の》みこまれて悲鳴を上げる。

「サクラ渦巻《うずま》き……！　こんな浅瀬《あさせ》にサクラゲキングが出やがったのか！」

「サ……サクラゲキング……?」

雪菜《ゆきな》が呆然《ぼうぜん》と呟《つぶや》いた。渦《うず》を巻く海面の中心に、桜色に輝《かがや》く巨大《きょだい》なクラゲが現れる。全長は優に十メートル以上。クラゲの王と呼ぶに相応《ふさわ》しい怪物《かいぶつ》だ。

「しまっ……!」

動揺《どうよう》して動きを止めた雪菜《ゆきな》の足首に、サクラゲキングの触手《しょくしゅ》が絡《から》みつく。体勢を崩《くず》した雪《ゆき》菜《な》はそのまま激しく渦巻《うずま》く海中へと引きずりこまれた。サクラゲの群れに見とれて油断した雪《ゆき》菜《な》の失態だ。絃神島《いとがみじま》は〝魔族特区《まぞくとっく》〟――どんな化け物が現れてもおかしくない場所だったのだ。

反撃《はんげき》しようにも、呼吸が出来ないせいで祝詞《のりと》が紡《つむ》げない。そのまま雪菜《ゆきな》は為《な》すすべもなく海中に引きずりこまれる。彼女《かのじょ》が死を覚悟《かくご》した直後、予期せぬ衝撃《しょうげき》にサクラゲキングが爆《は》ぜた。

危機に陥《おちい》った雪菜《ゆきな》を救うため、泳げないはずの古城《こじょう》が渦《うず》の中に飛びこんで、サクラゲキングを殴《なぐ》りつけたのだ。

「うおおおおおおおおっ!」

「先輩《せんぱい》っ……!?」

世界最強の吸血鬼《きゅうけつき》の膂力《りょりょく》で殴《なぐ》られて、致命的《ちめいてき》なダメージを受けるサクラゲキング。

しかし古城《こじょう》も桜色の触手《しょくしゅ》に搦《から》め捕《と》られて、そのまま海に沈《しず》んで行くのだった。

げほっ、と弱々しく咳《せ》き込《こ》みながら、古城《こじょう》は砂浜《すなはま》で目を覚ました。古城《こじょう》を膝枕《ひざまくら》していた雪菜《ゆきな》が、不安そうな顔でのぞきこんでくる。

「気がつきましたか、先輩《せんぱい》。よかった……」

「姫柊《ひめらぎ》……？　俺《おれ》はサクラゲキングと一緒《いっしょ》に溺《おぼ》れた気がしたんだが……姫柊《ひめらぎ》が助けてくれたのか？」

古城《こじょう》が自分の唇《くちびる》に手を当てながら質問する。海中で意識を失う直前、天使のような翼《つばさ》を広げた少女が手を伸《の》ばしてくれたことを覚えている。そして彼女《かのじょ》が溺《おぼ》れた古城《こじょう》に人工呼吸をしてくれたことも。

「ふふっ……どうでしょう……？」

しかし雪菜《ゆきな》は素知らぬ顔でそう言って目を逸《そ》らす。夜桜──否《いな》、夜サクラゲに輝《かがや》く海面を見つめる彼女《かのじょ》の頬《ほお》は、なぜかほんのりと桜色に染まっていた。

特別編

Prologue XXII

マガウル・アタル——またの名を〝聖鳥環礁《せいちょうかんしょう》〟。それは聖域条約機構にも認められた、東南アジア地区の魔族特区《まぞくとっく》である。

天然の珊瑚礁《さんごしょう》の上に造られた海上都市であり、魔族特区《まぞくとっく》になる前は、美しい景観を誇《ほこ》る高級リゾートとしても知られていた。

陽光を浴びて煌《きら》めくターコイズブルーの穏《おだ》やかな海面。

純白のサンゴ砂に覆《おお》われたビーチ。

透明度《とうめいど》の高い海の上に並ぶ椰子葺《やしぶ》き屋根の水上コテージは、まるで宙に浮《う》いているようにも見える。

そんな水上コテージ群の中でも、ひときわ豪華《ごうか》な建物の中——

一人の少女がタブレット端末《たんまつ》を握《にぎ》って、ラタンのベッドの上に寝《ね》そべっていた。

少女の年齢《ねんれい》は十六、七歳《さい》ほどだった。

やや大人びた顔立ちは端整《たんせい》で、瞳《ひとみ》の色は淡《あわ》い緑。

明るいブラウンの長い髪《かみ》は、無造作なお団子にまとめている。

身につけているのは、ヘソ出しのタンクトップとショートパンツ。華奢《きゃしゃ》な体格と相まって、まるで夏休みの小学生のようだ。

小学生らしからぬ点があるとすれば、それは彼女《かのじょ》が両手首につけている幅広《はばひろ》のバングルだろう。

灰輝銀《ミスリル》に大振《おおぶ》りの宝石を埋《う》めこんだそれは、控《ひか》えめに見積もっても時価数十億円はくだるまい。下手すれば国宝級の代物《しろもの》だ。

「殿下《でんか》。トゥイエット公女殿下《でんか》」

咎《とが》めるような声で名前を呼ばれて、少女は渋々《しぶしぶ》と振《ふ》り向《む》いた。

コテージの入り口に立っていたのは、騎士《きし》装束《しょうぞく》を着た長身の女性だ。ベッドの上に転がる少女を見て、彼女《かのじょ》は不機嫌《ふきげん》そうに眉《まゆ》を顰《しか》めている。

「――またこのようなところにいらしたのですか、殿下《でんか》。しかもそのようなはしたない恰好《かっこう》で」

「はしたなくないわよっ。今どきこれくらいは普通《ふつう》でしょ」

公女殿下《でんか》と呼ばれた少女――セリーカ・トゥイエット・カッティガラは、堅物《かたぶつ》の女騎士《おんなきし》を挑発《ちょうはつ》するかのように、タンクトップの裾《すそ》をひらひらとめくった。

「だいたい昨日は真夜中まで公務につき合わされて疲《つか》れたの。癒《い》やしがないとやってられないわ」

そう言ってセリーカは、ベッドの上で両手脚《りょうてあし》を投げ出して転がった。

仰向《あおむ》けになった彼女《かのじょ》の視界に映ったのは、天井《てんじょう》を埋《う》め尽《つ》くすほどのサイズに引き延ばされた男性の写真だ。

まだらに色素が抜《ぬ》けた灰色の髪《かみ》の少年。よく見ればそれなりに凛々《りり》しい顔立ちをしているが、気怠《けだる》げな表情のせいで目立たない。ごくありふれた日本人の高校生だ。

コテージの中に飾《かざ》られている写真は、一枚ではない。

壁《かべ》や柱、ドアの内側や家具の上の写真立て——部屋中のありとあらゆる場所に、同じ少年の写真が貼《は》られている。制服姿や私服姿はもちろん、どうやって撮影《さつえい》したのか、着替《きが》え中の写真や寝顔《ねがお》を写したものもあった。微妙《びみょう》にどれも目線が合っていないのは、それらの写真がすべて盗撮《とうさつ》されたものだからだ。

「この部屋が、癒《い》やし……ですか？」

女騎士《おんなきし》が、頬《ほお》を引《ひ》き攣《つ》らせながら訊《き》き返した。

なにしろ異性の盗撮《とうさつ》写真で埋《う》め尽《つ》くされた部屋だ。しかも相手は友人どころか、知り合いでもない。不気味に感じるのは当然だろう。

しかし、ドン引きしている彼女《かのじょ》を見て、セリーカは不満そうに唇《くちびる》を尖《とが》らせる。

「えー、なんで？　癒《い》やされるでしょ。第四真祖《だいよんしんそ》だよ。世界最強の吸血鬼《きゅうけつき》。絃神島《いとがみじま》どころか世界の危機を何度も救って、それをひけらかそうともせずに正体を隠《かく》して、一般人《いっぱんじん》のふりをしてるんだよっ。かっこいいよねえ」

「そうですね。正体を隠《かく》し切れていると思っているのは、本人だけのようですが……」

「バレバレなのに気づいてないところも、抜《ぬ》けてて可愛《かわい》いよねっ」

「はあ。殿下《でんか》がそう仰《おつしや》るのでしたら、そうなのかもしれません」

女騎士《おんなきし》が投げやりな口調で言った。

　この公女には、なにを言っても無駄《むだ》だと諦《あきら》めたらしい。

「ああ、会いたいなあ、古城《こじょう》様。会って、えろいこととか、えっちぃなこととか、赤ちゃんが出来ちゃうこととかしたいなあ」

「殿下《でんか》……あまりそのようなことを大声で口になさるのはどうかと思いますが……」

「どうしてっ？　聖公家《せいこうけ》の血筋を残すのは大切でしょ。お相手が第四真祖《だいよんしんそ》なら、お父様も文句は言わないと思うなっ」

「それはたしかにそうかもしれませんが、第四真祖《だいよんしんそ》にはすでに血の伴侶《はんりょ》がいるのでは？　アルディギアの王女と婚約《こんやく》したという噂《うわさ》も流れていますし」

「あー……ラ・フォリアちゃんか。あの子はちょっと手強《てごわ》いよねえ」

　セリーカはベッドの上に置いてあった、全長約六十センチの暁古城《あかつきこじょう》人形を抱《だ》きしめて呟《つぶや》いた。

　アルディギア公国第一王女ラ・フォリア・リハヴァイン。美の女神《フレイア》の再来ともいわれる美貌《びぼう》の持ち主であり、少なくとも表向きは慈愛《じあい》に満ちた人柄《ひとがら》で知られる、世界的な有名人である。

　そしてなによりも彼女《かのじょ》は、強力な精霊使《せいれいつか》いだ。

　ラ・フォリアと本気で戦うことになれば、さすがのセリーカもそれなりに手を焼くだろう。あの王女は、セリーカが対等と認める数少ない難敵《ゆうじん》なのである。

「古城《こじょう》様に目をつけるとは、さすがラ・フォリアちゃんって感じだねっ。まあ、私も古城《こじょう》様のことは譲《ゆず》る気はないけどねっ。腕《うで》か脚《あし》の一本も犠牲《ぎせい》にすれば、あの子相手でもどうにかなると思うし」

「できれば、もう少し平和的な手段で解決していただけないでしょうか」

「やだよ。口喧嘩《くちげんか》だと、ラ・フォリアちゃんに勝てる気しないもん。だからって、色気で勝負するのもねえ。あの女、あんな細っこいくせにおっぱいでけえんだよな……」

「言葉遣《ことばづか》い！」

「てへっ」

口うるさい女騎士《おんなきし》に叱《しか》られて、セリーカは悪びれずに舌を出す。

そして公女はふと思い出したようにタブレットを持ち上げ、慣れた手つきで写真フォルダを開いた。フォルダの中にあるのは、容量の限界近くまで詰めこんだ暁古城の盗撮写真だ。

その写真のほとんどに、一人の女性が映《うつ》り込《こ》んでいる。

ベースギター用のギグケースを背負った、黒髪《くろかみ》の小柄《こがら》な少女である。

「ああ、でも、古城《こじょう》様のお気に入りのあの女も、べつに巨乳《きょにゅう》ってわけじゃないんだよね。古《こ》城《じょう》様、胸の大きさにはこだわりがないのかも」

「はあ……あの女、ですか？」

「そうそう。獅子《しし》王機関《おうきかん》の剣巫《けんなぎ》とかいう攻魔師《こうまし》。あの女、ちょっとヤバいんだよっ。私が古《こ》城《じょう》様を尾《び》行《こう》してたらすぐ気づくし、古《こ》城《じょう》様の部屋に仕《し》掛《か》けた盗《とう》聴《ちょう》器とカメラも全部嗅《か》ぎつけて捨てるし、古《こ》城《じょう》様が捨てたゴミ袋《ぶくろ》を漁《あさ》ってたら、マンションのゴミ捨て場に式神《しきがみ》飛ばして邪魔《じゃま》するし……」

「優秀《ゆうしゅう》ですね、さすが獅子《しし》王機関《おうきかん》……というよりも、それはどう考えても、殿下《でんか》のほうがヤバい女なのでは……」

「どうしてよっ！　お父様がなんのために私を絃神島《いとがみじま》に留学させたと思ってるの⁉」

「少なくとも、第四真祖《だいよんしんそ》をストーキングさせるためではないと思いますが……」

「いやっ、そんな正論は聞きたくないっ！」

真面目な口調で女騎士《おんなきし》に指摘《してき》され、セリーカは両耳を塞《ふさ》いで背中を丸めた。

東南アジア諸王国連合——通称《つうしょう》〝十六大国〟構成国の中で、もっとも古い歴史を誇《ほこ》るカッティガラ聖公国《せいこうこく》の姫《ひめ》にあるまじき姿である。

そう。セリーカは絃神島《いとがみじま》に、過去一年間ほど秘密裏《り》に留学していた。

目的は、聖鳥環礁《せいちょうかんしょう》と同じ魔族特区《まぞくとっく》である絃神島《いとがみじま》の視察。そして絃神島《いとがみじま》で目撃《もくげき》されたといわれる第四真祖《だいよんしんそ》の存在を確認《かくにん》することだった。

結論をいえば、セリーカは、その目的を果たしたといえるだろう。

日本政府の欺瞞《ぎまん》工作や、他国の諜報《ちょうほう》機関の妨害《ぼうがい》を出し抜《ぬ》いて第四真祖《だいよんしんそ》の正体を暴き、彼《かれ》に関する詳細《しょうさい》な情報を集めた。その熱意は、公女に要求される水準を遥《はる》かに超《こ》えていた。

その結果できあがったのが、今のセリーカだ。

すなわち、ただの暁古城《あかつきこじょう》の追っかけ——というよりも、重度のストーカーである。

「ところで、シャリダはなにしに来たの？　まさか私にお小言を言うため？」

険しい表情をしている女騎士《おんなきし》に向かって、セリーカが訊《き》いた。

女騎士《おんなきし》——シャリダ・ハーゲイトは、深々と息を吐《は》き出《だ》して首を振《ふ》る。

「新総裁就任記念式典の参加者リストが届きました」

「参加者リスト⁉　舞踏会《ぶとうかい》の⁉」

暁古城《あかつきこじょう》人形を抱《だ》いたまま、セリーカが勢いよく起き上がる。

聖鳥環礁《せいちょうかんしょう》の現総裁は、高齢《こうれい》を理由に間もなく退任する予定になっており、先日、新たな総裁の名前が発表されていた。

新総裁は、カッティガラ聖公女《せいこうじょ》。すなわちセリーカ・トゥイエット・カッティガラだ。

そして二カ月後には、セリーカの新総裁就任を祝う舞踏会《ぶとうかい》が開かれることになっている。当然その招待客リストには、絃神市国《いとがみしこく》の領主たる第四真祖《だいよんしんそ》——暁古城《あかつきこじょう》の名前も記されていた。

「返事が来たの？　古城《こじょう》様はなんて？」

「暁《あかつき》様の名前は伏《ふ》せられていますが、絃神市国《いとがみしこく》からは第四真祖《だいよんしんそ》ご本人が出席されるという返事を受け取っています。パートナーとして先代の第四真祖《だいよんしんそ》、アヴローラ・フロレスティーナ様を同伴《どうはん》する、と——」

「アヴローラちゃん……？　へえ……それはまた意外な人選だねっ……」

セリーカのエメラルド色の瞳《ひとみ》の奥《おく》に、一瞬《いっしゅん》だけ焔《ほのお》のような光が揺《ゆ》れた。

それに気づいてしまったシャリダが、怯《おび》えたように無意識に一歩後ずさる。

しかし、シャリダから渡《わた》された参加者リストをめくる公女の表情は、すでにいつもの無邪気《むじゃき》な笑《え》みで塗《ぬ》り潰《つぶ》されていた。

「ふふ……そっか。古城《こじょう》様が来てくださるのか……嬉《うれ》しいなっ。念のために、えっちぃな下着も用意しておいたほうがいいかなっ？　どう思う、シャリダ？　おすすめのお店とか知ってる？」

「知りませんし、用意しておく必要もないかと……」

女騎士《おんなきし》が生真面目《きまじめ》な態度で首を振《ふ》る。

そして彼女《かのじょ》は、ためらうように何度か視線を彷徨《さまよ》わせ、覚悟《かくご》を決めたように口を開いた。

「殿下《でんか》……本当に、あれを解放なさるおつもりですか？」

「もちろんだよ。そのために、面倒《めんどう》くさい公務にも励《はげ》んで準備してきたんだからね」

セリーカが、迷いのない完璧《かんぺき》な笑顔《えがお》で言った。

ほかの多くの魔族特区《まぞくとっく》がそうであるように、聖鳥環礁《せいちょうかんしょう》にも秘密がある。

決して他国に知られてはならない、忌《い》まわしい秘密。

セリーカの望みは、その〝呪《のろ》い〟を解き放ち、自由になることだ。

それを叶《かな》えてくれるのは、この世界でただ一人——暁《あかつき》古城《こじょう》だけである。

「聖鳥環礁《せいちょうかんしょう》の呪《のろ》いを解くには、より強力な呪《のろ》いをぶつけるしかないんだよ。たとえば、そう。〝天部《てんぶ》〟が生み出した〝殺神兵器《さつじんへいき》〟のような呪《のろ》いをね」

ふふっ、と美しく微笑《ほほえ》んで、セリーカは人形を抱《だ》きしめた。

「待ってるからね。古城《こじょう》様。もう、絶対に逃《に》がさないから。絶対に、絶対に、絶対に、絶対に、絶対に、絶対に、絶対に、絶対に、逃《に》がさない——だから、早く私に会いに来て」

呟《つぶや》くセリーカの瞳《ひとみ》には、もうシャリダの姿は映っていなかった。

彼女《かのじょ》が見ているのは、部屋を埋《う》め尽《つ》くす暁古城《あかつきこじょう》の写真だけ。握《にぎ》り潰《つぶ》された人形の縫《ぬ》い目《め》が裂《さ》けて、綿がはみ出ていることすら彼女《かのじょ》は気にしない。

「この私が——真祖殺しの、〝勇者〟が、あなたを待ってるから」

呟《つぶや》く彼女《かのじょ》の左右の手首で、銀色のバングルがかすかに震《ふる》えた。

バングルに嵌《は》まった宝石が、南国の陽射《ひざ》しを浴びて青白く輝《かがや》く。

それは、焔《ほのお》のように輝《かがや》く碧《あお》。かつて真祖と呼ばれた、ある吸血鬼《きゅうけつき》の瞳《ひとみ》と同じ色だった。

〈Continued on Episode "Magaul Atoll"〉

あとがき

前巻『ＡＰＰＥＮＤ３』から約一年と四カ月ぶり！　というわけで、お待たせしました。『ストライク・ザ・ブラッド　ＡＰＰＥＮＤ４』をお届けしております。

本作はアニメ『ストライク・ザ・ブラッド』のＤＶＤ・ブルーレイの購入《こうにゅう》者向け特典として発表した番外篇《ばんがいへん》や、電撃《でんげき》文庫のイベント向け冊子・書店フェア向けに書き下ろした掌編《しょうへん》などを文庫向けに加筆修正したものです。

また前巻と比較《ひかく》して新規書き下ろしの分量も大幅《おおはば》に増量。絃神島《いとがみじま》の日常要素を補完しつつ、本篇《ほんぺん》により近い雰囲気《ふんいき》も味わえると思います。お楽しみいただけたら幸いです！

■『人工島の落日』（書き下ろし）
古城《こじょう》と雪菜《ゆきな》が二人きりで見知らぬ土地を探検する、というシチュエーションが好きなので、機会があると書きたくなります。雪菜《ゆきな》が、例の彼女と古城《こじょう》を巡《めぐ》ってガチで張り合おうとするのも好き。ちなみに鉄筋コンクリート造のマンションの法定耐用《たいよう》年数が四十七年だそうです。

■『魔族特区《まぞくとっく》ではよくあること』（初出「『電撃《でんげき》文庫ＦＩＧＨＴＩＮＧフェア（２０１４年夏）』

読者プレゼント」）

「進化」をテーマにした作品、という依頼《いらい》で執筆《しっぴつ》した掌編《しょうへん》でした。このエピソードで登場した実験段階の「服だけ溶《と》かすスライム」が、将来的に、書き下ろしに登場したアレになるかと思うと趣《おもむき》深いですね。雪菜《ゆきな》は二度服を溶《と》かされる……！

■『真昼のちょっと怖《こわ》い話』（初出「ＯＶＡ『ストライク・ザ・ブラッド』消えた聖槍篇《せいそうへん》」）
怪談《かいだん》を語っていたはずなのに、どうしてこうなった、という感じのエピソード。テンプレ的な異世界召喚《しょうかん》に巻きこまれても、古城《こじょう》はきっと古城《こじょう》のままなんでしょうね。途中《とちゅう》で企画《きかく》がポシャってしまったのですが、実は一時期、ガチで異世界ストブラのスピンオフが検討されたこともあったのです。今からでもいいから誰《だれ》か書いてくれたら嬉《うれ》しい。

■『彼女の中の……』（初出「ＯＶＡ『ストライク・ザ・ブラッドⅣ』１」）
雪菜《ゆきな》と古城《こじょう》が部屋でイチャイチャするシリーズその１。滅多《めった》に本音を口にしない雪菜《ゆきな》ですが、実は鬱憤《うっぷん》が溜《た》まってるよね、という話。任務で古城《こじょう》を監視《かんし》していることではなく、古城《こじょう》に会えないことのほうが彼女にとってはストレスというのが注目ポイントです。

■『獅子王機関《ししおうきかん》の新装備！』（初出「電撃《でんげき》文庫公式海賊本《かいぞくぼん》『電撃《でんげき》すぷらっしゅ！』」）
マニャ子さんが描《えが》いてくださったイラストにあとから小説をつけるという、ちょっと変則的なスタイルで執筆《しっぴつ》した掌編《しょうへん》でした。この手の企画《きかく》モノではあまり登場させてやれない紗矢華《さやか》の話が書けたのが、ちょっと嬉《うれ》しかったです。

■『灼熱《しゃくねつ》の死闘《しとう》』（初出「ＯＶＡ『ストライク・ザ・ブラッドⅣ』２」）
雪菜《ゆきな》vs雫梨《しずり》の直接対決第二ラウンド。ちょうどこのときＯＶＡ本篇《ほんぺん》のほうでも雪菜《ゆきな》と雫梨《しずり》がステゴロの殴《なぐ》り合《あ》いをやっていたのです。ストブラ関係の掌編《しょうへん》では五指に入るくらい気に入っているエピソードで、オチも好き。何気に絃神島《いとがみじま》の魔族特区《まぞくとっく》らしさが出ている話ですね。

■『君がいない』（初出「ＯＶＡ『ストライク・ザ・ブラッドⅣ』３」）
雪菜《ゆきな》に対する、古城《こじょう》側の感情が垣間見《かいまみ》える貴重なエピソード。焼きもちを焼いているというよりは、妹みたいに思っている女の子に彼氏《かれし》が出来たと聞かされてもやもやする兄、みたいな距離感《きょりかん》をイメージしてみました。このエピソードの時点ではまだ古城《こじょう》にとって雪菜《ゆきな》は、なぜか自分を慕《した》ってくれている可愛《かわい》い後輩《こうはい》、くらいのポジションなんですよね。彼女が離《はな》れていくのは寂《さび》しいけど、文句を言える立場じゃない、という古城《こじょう》の葛藤《かっとう》が伝わると嬉《うれ》しい。

■『凪沙《なぎさ》のわくわく心理テスト』（初出「『電撃《でんげき》文庫 超《ちょう》感謝フェア2017』読者プレゼント」）

こちらも個人的に気に入っている掌編《しょうへん》。テーマが「わくわく」縛《しば》りだったので、潔《いさぎよ》くタイトルに「わくわく」と入れて圧倒的《あっとうてき》わくわく感を出してみました。古城《こじょう》と雪菜《ゆきな》と凪沙《なぎさ》の登校中のひとコマです。それっぽい心理テストをでっち上げるのに苦労した記《き》憶《おく》があります。

■『すべてを忘れて』（初出「OVA『ストライク・ザ・ブラッドⅣ』4」）

雪菜《ゆきな》と古城《こじょう》が部屋でイチャイチャするシリーズその2。古城《こじょう》が記憶喪失《きおくそうしつ》になるネタは以前から温めていたので、実現できてよかったです。

■『チクッとしますよ』（初出「『電撃《でんげき》文庫 超《ちょう》感謝フェア2020』読者プレゼント」）

雪菜《ゆきな》の生真面目《きまじめ》さに古城《こじょう》が振《ふ》り回《まわ》されるエピソード。予防接種の大切さを啓発《けいはつ》しよう、などという大それたことは考えていませんが、なんかあったときにナース服姿の雪菜《ゆきな》を思い出してもらって、注射に対する不安などを一瞬《いっしゅん》でも忘れるお役に立てたら嬉《うれ》しい。

■『お金がない！』（初出「OVA『ストライク・ザ・ブラッドⅣ』5」）

ちょっとめずらしい内政系のエピソードです。浅葱《あさぎ》はかなりのチート性能キャラなのですが、そんな浅葱《あさぎ》をもってしても絃神島《いとがみじま》の財政をどうにかするのは大変みたいです。まさかの敵役《かたきやく》も再登場していますが、すっかりギャグ要員に。やはり復活怪人《かいじん》は弱体化がお約束ですね。

■『一夜漬《いちやづ》けナイトメア』（初出「OVA『ストライク・ザ・ブラッドⅣ』6」）
雪菜《ゆきな》と古城《こじょう》が部屋でイチャイチャするシリーズその3。なんの事件も起きずにひと晩一緒《いっしょ》に過ごして、二人で同じ夢を見たというだけの話です。高神《たかがみ》の杜《もり》の制服を、雪菜《ゆきな》に着せたかっただけという説もあります。

■『真夏の剣巫《けんなぎ》と白い液体』（初出「電撃《でんげき》文庫公式海賊《かいぞく》本『電撃《でんげき》あいらんど！』」）
こちらもイラストに合わせて執筆《しっぴつ》した掌編《しょうへん》。「南の島でのバケーション」がテーマでした。とはいえ、ストブラの場合はそもそも南の島が舞台《ぶたい》なので、わりといつもどおりの感じで。その「いつもどおり」な雰囲気《ふんいき》が伝わるような作品を目指してみました。

■『いつかのバースデイ』（初出「OVA『ストライク・ザ・ブラッドⅤ』1」）
OVAが最終シーズンだったので、自重せずに本篇終了後《ほんぺんしゅうりょうご》の人間関係を匂《にお》わせた内容にしてみました。いちおう夢オチということでご了承《りょうしょう》いただければ！　紗矢華《さやか》とラ・フォリアは大人になってもいいコンビみたいですね。あくまでも夢オチですが。

■『with you』（初出「OVA『ストライク・ザ・ブラッドV』2」）
同じく本篇終了《ほんぺんしゅうりょう》後の未来を匂《にお》わせたエピソードですが、こちらは夢オチではなく正史です。OVA最終巻の後日譚《たん》にもなっています。零菜《れいな》たちの世界の古城《こじょう》がどこでなにをしているのか、これを読めばなんとなく予想できるのではないかと。

■『桜狩《さくらが》り』（初出「KADOKAWAライトノベル EXPO 2020 レーベル横断本」）
「桜」をテーマにした掌編《しょうへん》というオーダーだったのですが、絃神島《いとがみじま》は気候的に桜が咲《さ》きそうにないので悩《なや》んだ結果、クラゲの話になりました（なぜ?）。依頼《いらい》書に「とにかくヒロインを出せ、男は要《い》らん」とド直球な指示が書かれていたのが強く印象に残っています。もうちょっとオブラート的ななにかに包《くる》んでもよかったのでは……!?

さて、こんな感じでお届けしてきた『APPEND4』、ここまでお付き合いいただき本当にありがとうございました。
最後になってしまいましたが、イラストを担当してくださっているマニャ子さま、今回も素敵《すてき》な作品を本当にありがとうございました。

併《あわ》せて本書の制作・流通に関わってくださったすべての皆様《みなさま》にも心からお礼を申し上げます。
もちろんこの本を読んでくださった皆様《みなさま》にも精一杯《せいいっぱい》の感謝を
それでは、またどこかでお目にかかれますように。

三雲岳斗《みくもがくと》

◉三雲岳斗著作リスト

「コールド・ゲヘナ①〜④」(電撃文庫)
「コールド・ゲヘナ　あんぷらぐど」(同)
「レベリオン1〜5」(同)
「i．d．I〜III」(同)
「道士さまといっしょ」(同)
「道士さまにおねがい」(同)
「アスラクライン①〜⑭」(同)
「ストライク・ザ・ブラッド1〜22　APPEND1〜4」(同)
「サイハテの聖衣《シュラウド》1〜2」(同)
「虚ろなるレガリア　1〜5」(同)
「ソード・オブ・スタリオン
種馬と呼ばれた最強騎士、隣国の王女を寝取れと命じられる」(同)
「ソード・オブ・スタリオン2
種馬と呼ばれた最強騎士、隣国の王女を寝取れと命じられる」(同)
「M．G．H　楽園の鏡像」(単行本　徳間書店刊)

「聖遺の天使」（単行本　双葉社刊）
「カーマロカ」（同）
「幻視ロマネスク」（同）
「煉獄の鬼王」（双葉文庫）
「海底密室」（デュアル文庫）
「ワイヤレスハート・チャイルド」（同）
「アース・リバース」（スニーカー文庫）
「ランブルフィッシュ①〜⑩」（同）
「ランブルフィッシュ　あんぷらぐど」（同）
「ダンタリアンの書架1〜8」（同）
「旧宮殿にて」（単行本　光文社刊）
「少女ノイズ」（同）
「少女ノイズ」（光文社文庫）
「絶対可憐チルドレン・THE NOVELS」（ガガガ文庫）
「幻獣坐1〜2」（講談社ノベルズ）
「忘られのリメメント」（単行本　早川書房刊）
「アヤカシ・ヴァリエイション」（LINE文庫）
「RE：BEL ROBOTICA―レベルロボチカ―」（新潮文庫NEX）

本書に対するご意見、ご感想をお寄せください。

ファンレターあて先
〒102-8177　東京都千代田区富士見2-13-3
電撃文庫編集部
「三雲岳斗先生」係
「マニャ子先生」係

『真昼のちょっと怖い話』／OVA『ストライク・ザ・ブラッド スペシャルOVA 消えた聖槍篇〈初回仕様版〉』Blu-ray&DVD 特典ブックレット
『彼女の中の……』『灼熱の死闘』『君がいない』『お金がない!』『すべてを忘れて』『一夜漬けナイトメア』／OVA『ストライク・ザ・ブラッドⅣ〈初回仕様版〉』Blu-ray&DVD第1巻～第6巻 特典ブックレット
『いつかのバースデイ』『with you』／OVA『ストライク・ザ・ブラッドV〈初回仕様版〉』Blu-ray&DVD第1巻～第2巻 特典ブックレット

文庫収録にあたり、加筆、訂正しています。

『人工島の落日』は書き下ろしです。

電撃文庫

ストライク・ザ・ブラッド APPEND 4《アペンドフォー》

三雲岳斗《みくもがくと》

2023年10月10日　初版発行

発行者　山下直久
発行　株式会社KADOKAWA
〒102-8177　東京都千代田区富士見 2-13-3
0570-002-301（ナビダイヤル）
装丁者　荻窪裕司（META＋MANIERA）
印刷　株式会社暁印刷
製本　株式会社暁印刷

ISBN978-4-04-915118-3　C0193　Printed in Japan

電撃文庫　https://dengekibunko.jp/

電撃文庫DIGEST 10月の新刊

発売日2023年10月6日

豚のレバーは加熱しろ（8回目） 著／逆井卓馬　イラスト／遠坂あさぎ	シュラヴィスの圧政により、王朝と解放軍の亀裂は深まるばかり。戦いを止めようと奔走するジェスと豚。一緒にいる方法を模索する二人に、立ちはだかる真実とは。すべての謎が解き明かされ——最後の旅が、始まる。
ストライク・ザ・ブラッド APPEND4 著／三雲岳斗　イラスト／マニャ子	雫菜再び!?　テスト前の一夜漬けから激辛チャレンジ、絃神島の終焉を描く未来篇まで。古城と雪菜たちの日常を描くストブラ番外篇第四弾！　完全新作を含めた短篇・掌編十二本とおまけSSを収録！
ソード・オブ・スタリオン2 種馬と呼ばれた最強騎士、隣国の王女を寝取れと命じられる 著／三雲岳斗　イラスト／マニャ子	ティシナ王女暗殺を阻止するため、シャルギア王国に乗りこんだラスとフィアールカ。未来を知るティシナにラスたちが翻弄され続ける中、各国の要人が集結した国際会議が開幕。大陸を揺るがす巨大な陰謀が動き出す！
悪役御曹司の勘違い聖者生活2 〜二度目の人生はやりたい放題したいだけなのに〜 著／木の芽　イラスト／へりがる	学院長・フローネの策により、オウガの生徒会入りと〈学院魔術対抗戦〉の代表入りが強制的に決定。しかしオウガは、この機を利用し彼女の弟子で生徒会長のレイナを奪い、学院長の思惑を打ち砕くべく行動する。
やがてラブコメに至る暗殺者2 著／駱駝　イラスト／塩かずのこ	晴れて正式な『偽りの恋人』となったシノとエマ。だがエマはシノが自分を頼ってくれないことに悩む毎日。そんな折、チヨからある任務の誘いを受けて——。「俺好き」の駱駝が贈る騙し合いラブコメ第二弾、早くも登場！
この青春にはウラがある!2 著／岸本和葉　イラスト／Bcoca	七月末、鳳明高校生徒会の夏休みは一味違う。　生徒会メンバーは体育祭実行委員・教職員を交え、体育祭の予行演習をするのである！　我らがポンコツ生徒会長・八重樫先輩に何も起きないはずがなく……。
新作 **赤点魔女に異世界最強の個別指導を!** 著／鎌池和馬　イラスト／あろあ	召喚禁域魔法学校マレフィキウム。誰もが目指し、そのほとんどが挫折を味わう『魔女達』の超難関校。これは、魔女を夢見るへっぽこ魔女見習いの少女が、最強の家庭教師とともに魔法学校入学を目指す物語。
新作 **組織の宿敵と結婚したらめちゃ甘い** 著／有象利路　イラスト／林けゐ	かつて敵対する異能力者の組織に属し、反目し合う目的のために殺し合った二人だったが……なぜかイチャコラ付き合った上に結婚していた！　そんな甘い日常を営む二人にも、お互い言い出せない悩みがあり……？
新作 **レベル0の無能探索者と蔑まれても実は世界最強です 〜探索ランキング1位は謎の人〜** 著／御峰。　イラスト／竹花ノート	時は探索者優遇の時代。永遠のレベル0と蔑まれた鈴木日向は、不思議なダンジョンでモンスターたちと対峙していくうちに、レベル0から上昇しない代わりにスキルを無限に獲得できる力を開花することに——？
【画集】 **マニャ子画集2 ストライク・ザ・ブラッド** 著／マニャ子　原作・寄稿／三雲岳斗	TVアニメ『ストライク・ザ・ブラッド』10周年を記念して、原作イラストを担当するマニャ子の画集第二弾が発売決定！